Andrea Revers

Vertrau mir nicht

Eifelkrimi

KBV

FSC
www.fsc.org
MIX
Papier | Fördert gute Waldnutzung
FSC® C083411

Originalausgabe

www.kbv-verlag.de
E-Mail: info@kbv-verlag.de
Telefon: 0 65 93 - 998 96-0
Umschlaggestaltung: Ralf Kramp
Lektorat: Nicola Härms, Rheinbach
Druck: CPI books, Ebner & Spiegel GmbH, Ulm
Printed in Germany
ISBN 978-3-95441-696-7

»Vertrauen ist eine Oase im Herzen,
die von der Karawane des Denkens nie erreicht wird.«
(Khalil Gibran)

PROLOG

Was tat das weh! Der junge Mann fasste sich an den Rücken. Eigentlich hatte er nur eine Orange aus der Kiste unter der Spüle holen wollen, doch als er sich aufrichtete, schoss ihm der Schmerz in die linke Hüfte, wie ein scharfes Messer. Gebückt stand er dort, mit Tränen in den Augen, nicht in der Lage, seinen Körper zu strecken. Hexenschuss! Er kannte dieses Elend, wenn der Ischiasnerv aufschrie.

Es dauerte eine gefühlte Ewigkeit, bis er sich vorsichtig wieder in die Senkrechte begeben konnte. Danach versuchte er es tunlichst zu vermeiden, nach etwas zu greifen, das tiefer als in Hüfthöhe war. Er wollte sich nichts anmerken lassen und seinem Job professionell nachkommen, doch er zählte die Minuten bis zum Dienstschluss.

Die letzten beiden Stunden brachte er unter Schmerzen hinter sich. Als seine Schicht endlich zu Ende war, machte er sich auf den Weg zu seinem Zimmer, wo er diverse Schmerzmittel gelagert hatte. Man wusste ja nie! Am liebsten hätte er sich ins Bett gelegt, aber das musste warten. Mit vorsichtigen Schritten ging er in Richtung des Treppenhauses, wo sich auch der Lift befand. Dabei verfluchte er sich selbst. Warum hatte er nicht eine Blisterpackung in die Tasche seines Jacketts gesteckt, nachdem er es aus der Reinigung geholt hatte? Er wusste doch, dass der Ischiasnerv bei ihm gerne und jederzeit zuschlagen konnte. Ihm schauderte vor dem langen Weg in seine Kabine, aber es half nichts, da musste er jetzt durch. Gleich würde er zwei Tabletten einwerfen und damit hoffentlich die Schmerzen in den Griff bekommen. Wahrscheinlich könnte eine Massage helfen, aber im Moment wollte er sich nur ausstrecken. Es war still in der Lobby, die Rezeption nicht besetzt. Um diese Uhrzeit schliefen die meisten.

Er hatte die Treppe erreicht und hielt kurz inne, um durchzuatmen, die Hand aufs Treppengeländer gelegt. Nur noch ein paar Schritte bis zum Lift. Auf einmal nahm er wahr, wie sich jemand von hinten näherte und hinter ihn trat. Ein vertrauter Duft aus Zitrusnoten und Holztönen drang in seine Nase. Er lächelte. Starke Hände begannen zart, seine Schultern und seinen Nacken zu streicheln. Die sanften Berührungen ließen ihn erschauern. Lippen glitten seinen Hals entlang. Er schloss die Augen und lehnte sich an den warmen Körper an. Das tat gut. Die zärtlichen Küsse bereiteten ihm einen wohligen Schauer. Gänsehaut. Kurz vergaß er seinen Rücken und schnurrte wohlig unter den Liebkosungen. Ein Arm umfasste ihn am Hals und zog ihn zu sich, während die andere Hand in seinen Haaren wuschelte. Er schloss die Augen und legte den Kopf in den Nacken, lehnte sich an und entspannte sich in der Umarmung. Plötzlich verspannte sich der Griff um seinen Hals, und die Hand am Kopf umfasste sein Gesicht. Ein kurzer Ruck, ein deutlich hörbares Knacken. Der Schmerz war vergessen. Im Tod vergangen.

Noch bevor er zusammenbrechen konnte, fasste jemand kräftig zu, hob ihn über die Brüstung der Treppe und stieß ihn die zwei Stockwerke hinab.

Von oben sah er aus wie eine Puppe, mit verrenkten Gliedern, den Kopf unnatürlich verdreht auf den Treppenstufen liegend. Der bunte Teppich mit seinen ornamentalen Mustern in den Farben des Orients harmonierte perfekt mit der Uniform. Es war einfacher gewesen als gedacht. Vertrauen war schon eine feine Sache!

LEUDERSDORF, AN EINEM SCHÖNEN JUNITAG

Frederike arbeitete gerade im Garten, als sie das Gartentörchen quietschen hörte. Sie wohnte in einem kleinen Eifeldorf, war vor ein paar Jahren zu ihren Wurzeln zurückgekehrt und hatte das elterliche Bauernhaus sanieren lassen, um dort ihren Ruhestand zu genießen. Mühsam richtete sie sich auf und wischte sich mit einem ziemlich schmutzigen Handrücken den Schweiß aus dem Gesicht. Sie kniff die Augen zusammen, im Gegenlicht konnte sie nur eine dunkle Gestalt ausmachen.

»Hallo, Frederike, mir scheint, ich störe.« Eine junge Frau in Motorradkombi mit einem Helm in der Hand trat näher.

»Nicht, wenn du mit anpackst. Bei mir gibt's Unkraut im Sonderangebot.« Frederike breitete die Arme aus. »Tach, Leonie, wie schön, dich zu sehen.«

Die beiden drückten sich ausgiebig. Es war schon eine Weile her, dass sie sich gesehen hatten. Leonie hatte zwar angekündigt, mal vorbeizukommen, aber als Mitarbeiterin des Bundeskriminalamts hatte sie viel um die Ohren und war daher nicht immer Herrin ihrer Zeit. Das kannte Frederike noch aus ihrer eigenen Berufstätigkeit bei der Düsseldorfer Mordkommission. Wie viele Feiern und Partys, Essenseinladungen und kulturelle Veranstaltungen hatte sie verpasst, weil sich mal wieder ein Täter nicht nach ihrem Terminplan richtete. Aber umso schöner, dass Leonie es heute geschafft hatte.

»Du, ich habe dein Motorrad gar nicht gehört. Wie hast du dich angeschlichen?«

Leonie lachte laut auf und schälte sich aus der Kombi.

»Puh, ist das heiß! Angeschlichen habe ich mich ganz und gar nicht. Ich glaube ja eher, dass du so in dein Dasein vertieft warst, dass dir alles rund um dich herum entgeht.« Sie ließ sich auf der Bank nieder und blickte sich um.

»Schön hast du es hier. Das ist mir beim letzten Mal gar nicht so aufgefallen.«

»Das war ja auch im April letzten Jahres.« Frederike war damals von einem rachsüchtigen Kunden, den sie vor dreißig Jahren aus dem Verkehr gezogen hatte und der nun wieder auf freiem Fuß war, bedroht und ihre Nichte Angela entführt worden. Eine der Spuren, die sie damals verfolgt hatten, führte zu einem Fall des Bundeskriminalamts, mit dem Leonie Jansen befasst war. So war diese zu der Ermittlertruppe rund um Frederike gestoßen.

»Jetzt ist wieder ein Jahr rum, und wir haben Juni. Schau dir mal die Rosen an.« Frederike deutete auf einen fünf Meter hohen Rosenbusch mit Hunderten von Blüten an der Hauswand.

»Ganz zauberhaft. Ja, das Wetter ist herrlich, und die Natur steht in voller Pracht. Da konnte ich nicht widerstehen und habe mich aufs Motorrad geschwungen. Diese Eifelstraßen sind ein wahres Fest!«

Frederike scheuchte Hannelore, ihren schwarzen Kater, vom Sitzpolster und ließ sich auf den Teakholzsessel fallen. Hannelore verzog sich murrend in die Wiese, drehte sich zweimal um seine eigene Achse und ließ sich dann ins Gras gleiten.

»Wohl wahr. Trotzdem – mitten in der Woche lässt du dich sicher nur sehen, wenn du etwas willst oder brauchst.«

Leonie lachte schallend auf. »Dir kann man echt nichts vormachen, was?«

Frederike grinste schief zurück. »Tut mir leid, ich kann nicht aus meiner Haut. Außerdem bin ich neugierig. Doch zuerst einmal: Willst du einen Kaffee oder ein Wasser?« Die Eifeler Gastfreundschaft ging schließlich vor.

»Gerne einen Kaffee. Ich bin schon seit Stunden auf den Beinen. Koffein wäre jetzt genau das Richtige.«

Kurze Zeit später saßen sie gemeinsam am Küchentisch, jede mit einem dampfenden Kaffeebecher vor sich. Hannelore hatte sich auf den Stuhl neben Leonie gesetzt und ließ sich von ihr schnurrend die Öhrchen kraulen. »Du bist aber auch zu süß, mein Lieber. Auch wenn du einen bekloppten Namen trägst. Ein stolzer Kater wie du müsste Hannibal heißen. Oder Zeus!«

»Du hast es anscheinend mit der griechischen Mythologie. Hannibal – der Eber meiner Tante hieß so. Lass mal, Hannelore ist ein schöner Name, und in der heutigen Zeit sollten wir uns von Klischees wie männlich und weiblich nicht die Möglichkeiten verstellen lassen.« Beim letzten Satz hatte Frederike dozierend den Zeigefinger gehoben.

»Deine Tante hatte einen Eber? Wie praktisch.« Leonie ignorierte Frederikes emanzipatorische Weisheiten.

»Ja, hatte sie. Und noch ein paar Hundert Schweine. Aber lenk nicht ab. Was genau führt dich her?«

Leonie nahm erst einmal einen großen Schluck Kaffee, dann blickte sie Frederike ernst an. »Ich glaube, ich könnte gut deine Hilfe gebrauchen.«

Frederike richtete sich im Stuhl auf. Aha! Sie gab es nur ungern zu, aber der Ruhestand machte ihr deutlich mehr Freude, wenn er nicht ganz so ruhig war. Und das hier versprach spannend zu werden. »Erzähl!«

»Wie du weißt, arbeite ich immer noch bei der Ermittlertruppe rund um den Cyberbunker in Traben-Trarbach.«

Frederike nickte.

Der Fall hatte vor einigen Jahren bundes-, ja weltweit Schlagzeilen gemacht. Eine Bunkeranlage, gefüllt mit Servern, auf denen kriminelle Geschäfte im Darknet abgewickelt wurden. Man hatte unfassbar große Datenmengen sichergestellt, die nun nach und nach ausgewertet wurden. Cybercrime – das umfasste Drogen- und Waffenhandel, Pädophilie, Erpressung, Datenhandel, Geschäfte rund um Mord und Raub und vieles mehr, das sich Frederike gar nicht ausmalen mochte.

Eigentlich war das LKA zuständig, aber da es in einigen Bereichen um organisierte Kriminalität ging, war auch das Bundeskriminalamt involviert, ebenso Interpol. Viele der Tatverdächtigen saßen im Ausland.

»Das Thema, das mich hierherbringt, ist eigentlich gar keine so große Sache für das BKA, aber für die Betroffenen schon«, fuhr Leonie fort.

»Was genau meinst du?«

»Wir haben festgestellt, dass jemand im Netz hochwertige Datensätze zu Betrugszwecken verkauft. Daten von älteren Menschen, Adressen und Telefonnummern, aber auch persönliche Informationen. Du hast sicher schon vom Enkeltrick gehört?«

Frederike nickte gespannt. »Klar. Aber wieso ist das dein Fall?«

Leonie errötete leicht. »Tatsächlich ist es eigentlich gar nicht mein Fall. Papa hat eine gute Bekannte, die man kürzlich abgezockt hat. Statt sich vorher an ihn zu wenden, hat sie einfach ihr ganzes Geld abgeholt und einem jungen Mann gegeben, um ihrem Patenkind aus einer Notlage zu helfen. Du weißt doch, wie das läuft.«

Frederike nickte. »Und was hat das mit deiner Arbeit zu tun?«

»Ich habe die Daten von Papas Bekannten mit den Datensätzen, die wir sicherstellen konnten, abgeglichen. Sie stand drin. Und nicht nur ihre Adresse und Telefonnummer, sondern auch Informationen über nahestehende Verwandte und über ihre Vermögensverhältnisse. Und das ist nicht nur bei ihr so.«

Frederike pfiff durch die Zähne. »Das ist richtig übel. Dann kann man ja sogar verstehen, dass jemand auf diesen bekloppten Trick reinfällt.«

»Inzwischen können die sogar Stimmen und Videos faken. Das wird immer schlimmer. Ich würde dem Ganzen gerne einen Riegel vorschieben – zumindest in diesem Fall –, und da kommst du ins Spiel.«

»Welche Spur verfolgst du? Und was kann ich dabei tun?« Ein unschöner Gedanke schoss Frederike durch den Kopf. »Lass mich raten – mit meinem Alter hat das aber nichts zu tun, sondern nur mit meiner Berufserfahrung, oder?«

Sie blickte Leonie scharf an, die prompt errötete. »Äh, ehrlich gesagt verfüge ich selbst auch über Berufserfahrung …« Das kam zögernd.

Frederike kniff die Augen zusammen. »Das dachte ich mir doch!« Doch dann grinste sie. »Gib es zu, du willst mich als Köder in der Rolle der naiven Alten.«

»Genau!«

»Na, mal sehen. Wie sieht dein Plan aus?«

Leonie griff zu ihrem Handy und öffnete das elektronische Notizbuch. Sie blätterte ein paar Seiten um. »Also: Ich habe mir die Datenbank mit den angebotenen Datensätzen mal genauer angeschaut. Die sind schon sehr spezifisch. Anhand der gespeicherten Informationen konnte man erkennen, dass es sich auf keinen Fall um eine Kundendatenbank handelt. Es fehlen Bankdaten, manchmal auch Telefonnummern oder Mailadressen.«

»Wahrscheinlich hat nicht jeder eine Mailadresse«, spekulierte Frederike.

»Möglich. Die Datensätze sind darüber hinaus aber sehr spezifisch. Familienstand, Einschätzung der Vermögenswerte, Verwandtschaften – das lässt eher auf einen Chat schließen, wo Menschen in Kontakt sind.«

»Aber bei solchen Datenbanken wäre normalerweise auch eine E-Mail-Adresse oder ein Social-Media-Account dabei, oder?«

»Genau. Und das führt mich zu der Vermutung, dass die Daten nicht im Internet gesammelt wurden, sondern im analogen Leben. Das macht bei der Zielgruppe auch mehr Sinn. Die wenigsten Ü70-Jährigen, die ich kenne, treiben sich in Chats herum.«

»Vielleicht eine Telefonseelsorge?«

»Unwahrscheinlich. Hier bleiben die Anrufer in der Regel anonym. Ich kann mir auch nicht vorstellen, dass Gretchen, Papas Bekannte, bei der Telefonseelsorge anruft. Aber man weiß ja nie.«

Frederike blickte Leonie nachdenklich an. »Und ich kann mir nicht vorstellen, dass du dich ohne einen konkreten Anhaltspunkt auf den langen Weg in die Eifel gemacht hast, um mich um Hilfe zu bitten.«

Leonie lächelte verlegen. »Na ja, konkret ist anders, aber eine Idee, wie man an die Daten gekommen ist. Ich bin mit Gretchen ihre Aktivitäten durchgegangen: Wo ist sie unter Leute gegangen, Vereine, Hobbys, Reisen? Dabei bin ich darauf gestoßen, dass sie im Herbst letzten Jahres eine Flusskreuzfahrt gemacht hat.«

Frederike nickte gedankenvoll. »Eine Flusskreuzfahrt? Ja, das kann ich mir gut vorstellen. Eine Menge alter Leutchen, alle neugierig und kommunikativ, man unterhält sich, lernt sich kennen, erzählt sich Dinge. Da fällt der Austausch von Bankdaten nicht drunter, aber Verwandtschaften, Namen von Angehörigen und Ähnliches schon. Hast du das überprüft?«

»Habe ich. Ich habe Kontakt aufgenommen mit einigen Menschen, die in der Datenbank aufgeschlüsselt waren, und bingo! Das hat in acht von zehn Fällen gepasst.«

»Immer der gleiche Veranstalter?«

»Ja.« Leonie blätterte erneut in ihrem Notizbuch. »*Seeland-Reisen*. Sitzen in Frankfurt und sind spezialisiert auf Kreuzfahrten. Einer der Großen der Branche. Das hat mich dann wieder stutzig gemacht.«

»Inwiefern?«

»Man sollte doch meinen, dass da in einem deutlich größeren Stil Daten abgegriffen werden können. Entweder müsste es ein Insider sein oder die Kundendatenbank ist gehackt worden und das Unternehmen hat ›vergessen‹, das seinen Kunden mitzuteilen. Aber selbst wenn wir annehmen, dass die Daten in der Verwaltung abgeflossen sind, sehe ich nicht, wie persönliche Informationen zu den Reisenden es bis in die Verwaltung schaffen.«

Frederike schnalzte mit der Zunge. »Guter Punkt. Also muss es ein Insider auf einem Schiff sein.«

Leonie nickte. »Ja, das halte ich für wahrscheinlicher.

»Und du weißt auch schon, welches, stimmt's?«

Leonie lachte auf. »Papa hat immer davon erzählt, wie schnell du Schlüsse ziehst. Das hat sich anscheinend mit den Jahren nicht geändert.« Leonies Vater war tatsächlich ein alter Düsseldorfer Kollege von Frederike. Leonie war in seine Fußstapfen getreten. »Ich habe die *Wilma* in Verdacht, ein Flusskreuzfahrtschiff, das in diesem Jahr auf der Rhein-Mosel-Strecke fährt.«

Frederike begann zu strahlen. »Und du möchtest, dass ich da mitfahre? Wie toll ist das denn! Das wollte ich schon immer mal machen. Aber ich dachte immer, ich wäre noch zu jung dafür.«

Leonie grinste. »Ach was! Du hast genau das richtige Alter.«

Frederikes Lächeln erlosch. »Echt? Ist es schon so weit?«

»Du musst nicht fahren, wenn du nicht willst.« Leonie schloss das Notizbuch und steckte ihr Handy wieder in ihre Brusttasche.

»Papperlapapp. Natürlich fahre ich und helfe dir, den Typen das Handwerk zu legen. Enkeltrick finde ich richtig böse. Alten Leutchen unter Vorspiegelung falscher Tatsachen ihr Erspartes aus der Tasche zu ziehen – da werde ich echt sauer. Nein, ich bin auf jeden Fall dabei. Wie ist der Plan?«

»Nächsten Mittwoch geht's los. Ich habe mit der Reederei gesprochen. Die ist sehr daran interessiert, die Sache möglichst diskret beizulegen. Es ist keine gute Werbung, wenn sich herumspricht, dass eine Bande Krimineller es auf ihre Kunden abgesehen hat, um sie später abzuziehen. Man hat dir eine Einzelkabine mit französischem Balkon reserviert. Es geht von Koblenz nach Trier und wieder zurück. Fünf Übernachtungen mit Stopps in Beilstein, Zell an der Mosel, Bernkastel-Kues, Trier und Cochem.«

Leonie holte, während sie sprach, einen zusammengefalteten Flyer aus ihrer Hosentasche. »Hier ist schon mal das Programm. Ich schicke dir alle Details per E-Mail zu. Du hast doch eine E-Mail-Adresse, oder?« Sie grinste.

Frederike schnitt eine Grimasse. »Natürlich. Ich bin doch nicht von gestern.«

»Nein, natürlich nicht!« Leonie trank den letzten Schluck aus ihrem Becher. »Von vorgestern. Deshalb bist du ja so wertvoll für mich!« Sie grinste, während Frederike ihr erbost die Zunge herausstreckte.

Hannelore sprang von seinem Stuhl und strich Frederike maunzend um die Beine. Die schaute erschrocken auf die Uhr. »Was denn? Schon so spät?«

Sie sprang auf, öffnete den alten Küchenschrank und holte ein Döschen Katzenfutter heraus. »Willst du auch was, bevor du dich auf den Heimweg machst?«

»Katzenfutter? Eher nicht.«

Frederike lachte auf. »Nein, überhaupt etwas zu essen. Du bist ja schon den ganzen Vormittag unterwegs. Ich könnte uns etwas kochen.«

»Da sag ich nicht Nein. Aber wie gesagt nichts Katziges.«

»Schade, ich hätte hier gerade Makrele im Angebot.« Frederike füllte Hannelores Napf auf. Der Kater begann gierig zu schlingen.

Nach dem Essen begaben sich Leonie und Frederike in den Garten. Leonie hielt einen Espresso in der Hand. Frederike wollte sie nicht gehen lassen, bevor sie nicht mehr erfahren hatte: Was brauchte Leonie konkret, um die Enkeltrick-Bande dingfest zu machen? Frederike hörte gespannt zu und machte sich ein paar Notizen.

»Also beobachten, wie die Daten gesammelt werden und wer auf dem Schiff dahinterstecken könnte und dir dann berichten«, fasste sie zusammen.

»Genau. Und keine Alleingänge. Wir versuchen, den Kopf hinter der ganzen Aktion zu entdecken, und ich bin mir nicht sicher, ob der tatsächlich auf dem Schiff ist oder ganz woanders sitzt.«

»Keine Sorge. Ich hab's verstanden: nur gucken, nicht anfassen!«

Leonie grinste. »Genau! So langsam muss ich los. Es ist noch eine gute Strecke bis Wiesbaden, und die fahre ich lieber im Hellen. Da sieht man wenigstens, was auf der Straße liegt.«

Dann stand sie auf, zog den Reißverschluss ihrer Kombi zu und schnappte sich den Motorradhelm. »Ich glaube nicht, dass es für dich gefährlich werden kann, aber trotzdem: Pass gut auf dich auf. Iiih, sind das Ameisen?«

»Oje, eine Ameisenstraße. Du hast den Helm in ein Nest gelegt. Warte, ich hole eine Bürste. Die müssen aus dem Helm, bevor du fährst.«

Leonie betrachtete angewidert das Gewimmel im Helminneren. »Ich habe jetzt wirklich keine Lust, mir das Teil aufzusetzen. Beißen die Viecher nicht sogar?«

Frederike nickte und betrachtete den Helm zweifelnd. »Ich könnte dir Insektenspray anbieten, aber der Gestank ist wahrscheinlich noch schlimmer als die kleinen Krabbler.«

»Nein danke. Mist! Was mache ich jetzt bloß?«

Frederike dachte kurz nach, dann hellte sich ihr Gesicht auf.

»Warte mal eben, ich habe da eine Idee.« Sie verließ den Garten durch das kleine Törchen und verschwand um die Hausecke. Kurze Zeit später kam sie zurück und hielt eine Halbschale mit passender Motorradbrille in der Hand. »Da, besser als nichts.«

Leonie betrachtete die Utensilien mit kritischem Blick. »Hast du die vom Sperrmüll?«

»Lass das mal nicht Max, meinen Nachbarn, hören. Nimm es als Kompliment, dass er dir die Sachen leiht. Normalerweise kommen die nur bei der Oldtimerrallye aus dem Schrank. Er fährt eine alte BMW mit Beiwagen.«

»Nach Oldtimer sehen die auch aus. Gut, ich probiere sie an. Ich muss jetzt wirklich fahren.«

»Los, setz auf. Ich will ein Foto machen!« Frederike griff nach ihrem Handy in der Rocktasche.

»Auf gar keinen Fall!« Widerstrebend setzte Leonie zuerst die Brille und dann den Halbschalenhelm auf.

Frederike war begeistert. »Du meine Güte, du siehst wirklich selten dämlich aus.«

»Na, na«, ertönte es vom Gartenzaun. Max war Frederike gefolgt. Auch er wollte sich das Schauspiel nicht entgehen lassen. »Schöne Maschine, die du da hast. Und der Helm steht dir besser als mir.«

»Hat der überhaupt eine Straßenzulassung?«

»Selbstverständlich. Aber ob er wirklich schützt, wenn es drauf ankommt, vermag ich nicht zu sagen.«

»Ich lasse es mal lieber nicht darauf ankommen!«, schnaubte Leonie und packte ihren ameiseninfizierten Helm unter den Arm. »In knapp zwei Wochen bringe ich die Sachen zurück. Ist das okay?«

Max winkte ab. »Alles gut. Das ist bloß einer meiner Reservehelme.«

Frederike drückte Leonie noch einmal. »Mach, dass du wegkommst. Und danke!«

Frederike war aufgeregt. Nicht nur ein neuer Fall, der mal so gar nichts mit Mord und Totschlag zu tun hatte – eine schöne Abwechslung –, sondern auch die Aussicht auf eine tolle Reise. Gut, es ging nicht in die Karibik, nur an die Mosel, aber immerhin. Frederike kannte die Gegend von früheren Ausflügen und schätzte die Landschaft ebenso wie die guten Weine. Jetzt galt es, die Reise zu organisieren. Was sollte sie bloß anziehen? Und wer zum Teufel würde sich um Hannelore kümmern?

Das schwarze Fellknäuel lag im Gras zu ihren Füßen und genoss den lauen Sommertag. Es half nichts, sie brauchte Unterstützung. Zeit, ein Telefonat mit Angela, ihrer Nichte, zu führen.

KURZ VOR DER ABFAHRT

Frederike hatte den Überblick verloren. Ihr halber Kleiderschrank lag ausgebreitet auf dem großen Bett, die andere Hälfte hing auf Kleiderbügeln überall im Raum an allen möglichen Haken und Vorsprüngen. Sie war gerade in die Sichtung verschiedener Wäschestücke versunken, als sich die Schlafzimmertür öffnete und Angela im Türrahmen stand.

»Du lieber Gott, was ist denn hier los? Große Modenschau oder ist Altkleidersammlung?«

»Irgendwie beides«, seufzte Frederike. »Ich wollte eigentlich bloß mal schauen, was ich auf meine Reise mitnehme, aber dabei sind mir Sachen in die Hände gefallen, die ich bestimmt schon seit dreißig Jahren nicht mehr getragen habe.« Sie dachte mit ein wenig Wehmut an die Zeit zurück. Damals hatte sie auch noch eine so gute Figur und lange Beine wie Angela gehabt.

»Und wahrscheinlich auch nicht mehr tragen wirst, oder?« Angela war zum Bett getreten und hob ein paillettenbesetztes Top hoch.

»Nichts da. Das passt super unter den roten Blazer.« Frederike griff nach dem Top und legte es auf einen kleinen Stapel.

Angela hockte sich auf die Bettkante. »Also sag noch mal, wann genau fährst du los? Und wie bist du überhaupt auf den Gedanken gekommen, so kurzfristig etwas zu buchen?«

Frederike hatte sie am Vorabend nur kurz über ihre Reisepläne unterrichten können, weil Angela auf dem Sprung zu ihrem Nachtdienst war. Sie arbeitete als Pflegefachkraft im Dauner Krankenhaus. So hatten sie sich für heute Nachmittag verabredet.

Frederike griff zu einem Zettel, der auf dem Nachttisch lag. »Hier, ich habe dir mal alle Daten aufgeschrieben. Klappt das mit Hannelore?«

Angela griff nach dem Zettel und nickte gleichzeitig. »Klar kümmere ich mich um ihn. Möglicherweise passe ich nicht immer genau seine Zeiten ab, aber ein bisschen Flexibilität tut dem Kater auch mal gut. Hannelore ist eine richtige Diva geworden seit seiner Entführung. Wo ist er eigentlich?«

Frederike drehte sich um die eigene Achse und blickte sich suchend um. »Irgendwo hier muss er sein. Er war doch gerade noch hier. Wo hat er sich verkrochen? Hannelore?«

Angela bemerkte, dass die Bettdecke am Kopfende ein gewisses Eigenleben entfaltete, und klopfte vorsichtig auf die leichte Erhebung. »Das müsste er sein. Wahrscheinlich hat er sich verkrochen, als er die Pailletten gesehen hat.« Sie beugte sich vor und spähte unter die Bettdecke. Schnurrbarthaare, zwei dunkle Augen, langsam robbte Hannelore zurück in die Welt und ließ sich von Angela kraulen.

»Mal ehrlich, wozu brauchst du den roten Seidenblazer und das Paillettentop? Haben die da Abendveranstaltungen? Du legst doch sonst so viel Wert auf Bequemlichkeit.« Angela betrachtete skeptisch die bereits im Koffer gelandeten Kleidungsstücke.

»Na ja, ich will schließlich was hermachen«, rechtfertigte Frederike sich halbherzig und ließ sich auf die andere Seite des Bettes sinken.

»Wow, du hast eine Louis-Vuitton-Tasche? Ich glaube es ja wohl nicht!« Angela angelte die Tasche zu sich und hielt sie hoch. »Wahnsinn. Wie kommst du nur an das ganze Zeug?«

»Hallo? Ich habe mehr als die Hälfte meines Lebens in Düsseldorf verbracht.«

Frederike hatte dort bei der Kripo gearbeitet. Das Leben war hart gewesen, Überstunden die Regel – da war der eine oder andere Frustkauf auf der Kö eine schöne Kompensation für entgangene Freuden gewesen.

»Erbe ich die, wenn du mal tot bist?«

»Also wirklich! Auf keinen Fall. Nachher bringst du mich noch um die Ecke, nur um der Tasche habhaft zu werden. Du kannst sie nach dem Urlaub haben.«

»Uiih«, freute sich Angela überschwänglich. »Aber warum warten? Stell dir vor, die fällt vom Schiff in die Fluten. Schon ist sie hin. Die ist doch viel zu schade für so eine Tour. Außerdem, wozu brauchst du überhaupt eine Handtasche auf dem Schiff? Ist doch alles inklusive. Und Taschentücher und Zimmerschlüssel passen in die Hosentasche.« Anscheinend konnte sie es kaum erwarten, die Tasche in ihre Hände zu bekommen.

»Nichts da, die muss mit. Ich muss schließlich nach was aussehen. Und da kommt mir die Tasche gerade recht.«

Angela wurde hellhörig. »Sag mal, was ist das eigentlich für eine Tour? Sind das alles Singles und du suchst dir einen heißen Freier? Oder wieso willst du da um jeden Preis Eindruck schinden?«

Frederike lachte verlegen auf. »Nein, natürlich nicht. Sehe ich aus, als hätte ich es nötig? Mir ist meine Unabhängigkeit ganz recht. Aber …« Sie zögerte.

Angelas Misstrauen war geweckt. »Wenn du schon so guckst – da ist doch was im Busch! Raus mit der Sprache: Was läuft hier?«

Frederike stand auf und wandte sich wieder dem Kleiderschrank zu. »Ich weiß gar nicht, was du meinst. Außerdem muss ich dich nicht um Erlaubnis fragen, wenn ich eine Reise mache.« Ihre Stimme klang leicht pampig.

Angela merkte, dass sie überzogen hatte. »Natürlich nicht. Aber ich würde gerne wissen, was los ist. Du planst spontan eine Reise, die bereits nächste Woche losgeht. Obwohl du noch keine Pflegestelle für Hannelore hast. Und stehst jetzt vor dem Kleiderschrank und kramst in den Überresten deiner bewegten Vergangenheit.« Sie stutzte und sog die Luft ein. »Das ist es! Das ist überhaupt keine Reise, stimmt's? Du bist wieder auf der Pirsch!«

Frederike zögerte kurz, doch dann erhellte sich ihr Gesicht, und sie strahlte Angela an. »Ja genau. Leonie Jansen vom BKA hat mich um Hilfe gebeten. Ich soll auf der Flusskreuzfahrt für sie beobachten. Sie vermutet, dass dort eine Bande unterwegs ist, die es auf die Ersparnisse alter Leute abgesehen hat.«

»Und deshalb brauchst du die Tasche und die ollen Designerklamotten, um als reiche Rentnerin durchzugehen.« In dem Moment, in dem Angela das sagte, wurde ihr erst klar, was sie da sagte. »Moment mal, du bist nicht als Ermittlerin an Bord – du bist der Lockvogel!« Ihre Stimme hob sich. »Du willst allein auf ein Schiff, ohne Rückendeckung, und bringst dich dort selbst als Opfer ins Spiel? Was ist, wenn sie deine Tarnung durchschauen? Du bist vollständig auf dich allein gestellt. Auf keinen Fall!« Sie sprang auf. »Ich komme mit. Und Frank sage ich auch Bescheid.«

Frank war nicht nur Angelas Lebensgefährte, er arbeitete darüber hinaus auch bei der Wittlicher Kripo. Sie war schon fast an der Tür, als sie noch einmal herumfuhr und fauchte: »Oder weiß er das etwa schon, und ich bin wieder mal die Letzte, die was erfährt?«

Frederike hob beruhigend die Hände. »Du liebe Güte, jetzt komm mal runter. Zuerst einmal: Ich bin vierundsiebzig und weiß, was ich tue. Das war jahrelang mein Geschäft, also tu du jetzt bitte nicht so, als wäre ich alt und tatterig! Zweitens: Ich werde die ganze Zeit mit Leonie in Kontakt sein. Meinetwegen kannst du aber gerne Frank informieren. Mir ist es durchaus lieb, wenn die Kollegen von der örtlichen Kripo eingebunden sind und wissen, was ich dort vorhabe. Wahrscheinlich hat Leonie da sowieso schon angerufen. Drittens: Du fährst auf keinen Fall mit. Du bist nicht nur viel zu jung für so eine Reise, du versaust mir auch den Auftritt! Wie soll ich als Lockvogel fungieren, wenn meine Nichte mit an Bord ist?«

»Trotzdem! Ich kann mich ja zurückhalten. Niemand muss wissen, dass wir zusammengehören. Außerdem machen auch junge Leute inzwischen Flusskreuzfahrten.«

»Pfft, wahrscheinlich denken die bei einer jungen alleinstehenden Frau, dass sie sich dort ein Altertümchen organisieren will, einen Sugardaddy.«

»Iihh! Du hast eine grauenvolle Fantasie! Jetzt habe ich Kopfkino.« Angela war pikiert, konnte die Vermutung allerdings nicht von der Hand weisen. »Okay.«

Sie ließ sich resignierend wieder auf die Bettkante sinken. »Wahrscheinlich bekomme ich auch überhaupt keinen Urlaub. Aber trotzdem, mir behagt es nicht, dich dort allein zu wissen. Kann denn nicht vielleicht eine deiner Freundinnen mitfahren? Grete? Oder jemand vom St. Ägidius in Hillesheim?« Im Hillesheimer Altersheim hatte Frederike bei ihren Ermittlungen einige Freunde gefunden, die sie gerne tatkräftig unterstützen.

»Na ja, wenn du schon Angst um mich hast, die ich ein Profi bin, finde ich den Gedanken nicht besonders attraktiv, jemanden mit hineinzuziehen, der völlig unbeleckt ist von professioneller Ermittlungsarbeit. Da habe ich mehr damit zu tun, auf meine Reisegefährtin aufzupassen als auf alles andere. Das kann ich überhaupt nicht gebrauchen.«

Angela dachte nach. »Und wie wäre es mit Willi? Der kennt sich aus und könnte bestimmt auch helfen.«

Frederike dachte nach. Dann nickte sie gedankenvoll. »Ja, das könnte gehen. Willi wäre okay.« Sie hob den Finger. »Aber eins sage ich dir direkt: Wenn er keine Zeit oder keine Lust hat, fahre ich trotzdem. Und außerdem werde ich jetzt erst einmal klären, ob überhaupt noch jemand mitkann. Ohne Leonies Einverständnis und auch das der Reederei geht niemand mit mir aufs Schiff.« Sie stand auf und stapfte aus dem Schlafzimmer.

Angela kraulte noch einmal kurz den Kater, der sich inzwischen in eine Lage T-Shirts eingerollt hatte, und folgte dann seufzend ihrer Tante.

Als sie das Wohnzimmer betrat, war Frederike in ein Telefongespräch mit Leonie vertieft. Angela setzte sich in einen Sessel und zog die Beine an.

Frederike ging auf und ab. »Gut, ich kann verstehen, dass du das intern erst einmal abklären musst. Ich denke, dass Willi, also Doktor Wilhelm Walther, eine Bereicherung für die Ermittlung sein könnte. Er ist ein hervorragender Beobachter. Als forensischer Psychologe und offizieller Berater der Kripo Wittlich ist er mit Ermittlungsarbeit vertraut und kann durch sein Einfühlungsvermögen Menschen dazu bringen, ihr Innerstes zu offenbaren. Als Mann in den besten Jahren hat er außerdem noch ganz andere Mittel, ältere Damen dazu zu bringen, dass sie ihm ihr Herz ausschütten.«

Angela grinste vor sich hin. Anscheinend hatte sich Frederike schon an den Gedanken gewöhnt, dass Willi sie begleiten könnte. Es war bestimmt auch netter, jemanden um sich zu haben, mit dem man sich austauschen konnte und der einem den Rücken freihielt.

»Sag Bescheid, ob die Reederei noch eine Kabine zur Verfügung stellt.«

Frederike lauschte ins Telefon. »Nein, auf keinen Fall. Wir werden uns keine Kabine teilen.«

Angela hörte die Stimme am anderen Ende der Leitung, konnte die Worte aber nicht verstehen.

»Es macht doch keinen Sinn, als Pärchen aufzutreten, wenn ich als Lockvogel fungieren soll. Nein, für eine vernünftige Ermittlungsarbeit benötigen wir getrennte Kabinen. Aber du kannst der Reederei versichern – zu zweit sind wir wesentlich schlagkräftiger. Die Investition lohnt sich also.«

Frederike lauschte noch kurz in den Hörer, verabschiedete sich dann und wandte sich Angela zu. »Weißt du, deine Idee mit Willi gefällt mir ganz gut. Mal abgesehen davon, dass er dann auch mal aus dem Haus kommt, schätze ich seine Fähigkeiten, Situationen zu analysieren und Informationen zu beschaffen. Er ist absolut genial darin, Menschen zu ergründen, zu beobachten, sie ins Reden zu bringen. Das macht er besser als ich. Und zu zweit können wir uns aus verschiedenen Richtungen der Bande nähern und uns dabei gegenseitig Rückendeckung bieten.«

»Und es wundert sich auch niemand, wenn ihr euch auf dem Schiff anfreundet. Man braucht ja bloß zweimal mittags am gleichen Tisch zu essen, und schon ist man gut bekannt.« Angela war froh, dass Frederike ihren Vorschlag so wohlwollend aufgenommen hatte, und bemühte sich, ihre Entscheidung zu unterstützen. Jetzt musste bloß noch Willi zustimmen.

Zwei Stunden später saßen sie gemeinsam in Willis kleinem Appartement in der Hillesheimer Seniorenresidenz St. Ägidius. Willi war alleinstehend, eigentlich erst Mitte sechzig, aber schon seit ein paar Jahren frühverrentet. Er litt schwer an Diabetes und hatte deswegen ein Bein verloren. Vor ein paar Jahren war es ihm sehr schlecht gegangen, er kämpfte mit dem Tod und kam direkt aus dem Krankenhaus in die hiesige Pflegestation. Seitdem nutzte er die Möglichkeit des betreuten Wohnens. An den Tagen, an denen es ihm nicht gut ging, war er froh, schnell professionelle Unterstützung zu bekommen. Diese Tage waren erfreulicherweise in den letzten beiden Jahren seltener geworden. Er hatte sich wieder erholt, konnte sich mit seiner Beinprothese recht gut bewegen und arbeitete inzwischen immer mal wieder auf freiberuflicher Basis als psychologischer Berater für die Kriminalpolizei. Frank Junge war sein Neffe und Pflegesohn, und so hatte er inzwischen für Angela fast die Rolle eines Schwiegervaters in spe.

»Leonie Jansen vom BKA hat mich eben angerufen und mich offiziell gebucht.«

Frederike schaute ihn erstaunt an. »Tatsächlich? Sie bezahlen dich? Mich hat sie umsonst.«

Willi lachte. »Lass mich raten. Du bedienst die typisch weiblichen Stereotypen und hast kein Geld gefordert.«

»Stimmt. Leonie hat mich um einen Gefallen gebeten, und ich habe nicht lange nachgedacht. Außerdem zahlen sie ja die Reise. Und dir zahlen sie was? Da muss ich ja echt noch mal nachverhandeln.« Frederike blickte erbost aus der Wäsche.

Angela tätschelte beruhigend ihre Hand. »Meinst du nicht, dass du mit zweierlei Maß misst? Du bist eine gutsituierte Pensionärin. Willi verdient seine Brötchen als Freiberufler. Da ist es doch kein Wunder, dass man ihn anders behandelt.«

Willi griff nach seiner Kaffeetasse und murmelte in sich hinein: »Du bedienst auch die weiblichen Stereotypen, Angela!«

Frederike lachte auf. »Du hast ja recht. Ich denke aber, gleiche Arbeit gleiches Geld, oder?«

Willi nickte. »Sicher. Aber ihr könnt nicht erwarten, dass euch das jemand hinterherträgt. Ich habe allerdings auch den Eindruck, dass die Sache inzwischen deutlich größer geworden ist. Ursprünglich hat dich Leonie ja wohl nur um einen Gefallen gebeten. Durch meine Person bekommt das Ganze jetzt offiziellen Status. Am besten redest du noch mal mit ihr.«

Frederike winkte ab. »Nicht so wichtig!«

»Weibliche Stereotype!«, nuschelte Angela und grinste.

»Wenn es dich tröstet, für mich hat Leonie nur eine Kabine mit winzigem Fenster ohne Balkon raushandeln können.«

»Ja, das tröstet mich. Wenn wir uns besser kennen, darfst du dann auch mal bei mir auf dem Balkon sitzen.« Frederikes Ärger über die vermeintliche Ungleichbehandlung war verraucht. So eine Kabine mit Balkon war ja schließlich auch ihr Geld wert. Außerdem gab es all-inclusive. Das würde sie nach Herzenslust ausnutzen.

»So, meine Lieben, ich lasse euch dann mal allein, und ihr könnt einen Plan aushecken. Mich ruft der Dienst.« Angela erhob sich, bedankte sich noch einmal artig bei Willi für den Kaffee und zog von dannen.

Willi hob seine Kaffeetasse und prostete Frederike zu. »Auf unseren ersten gemeinsamen Urlaub!«

Sie lächelte und hob ebenfalls ihre Tasse. »Möge es nicht der letzte sein.«

Routenplan der Wilma für die Tage 1 bis 6, jeweils mit Ankunft und Abfahrtszeit:

Tag	**Ort**	Ankunft	Abfahrt
1.	**Koblenz**	15:30 Bording	18:00
2.	**Beilstein**	03:30	12:30
	Zell	15:00	
3.	**Zell**		07:00
	Bernkastel-Kues	12.30	21:00
4.	**Trier**	7:00	18:00
5.	**Cochem**	07:00	18:00
	Koblenz	23:30	
6.	**Koblenz**	Bis 11 Uhr	

KOBLENZ, ES GEHT LOS

Endlich war es so weit. Frederike stand mit ihrem gepackten Koffer und der großen Reisetasche in der Schlange und schob sich langsam nach vorne. Insgesamt waren es sicher noch über hundert Menschen, die mit ihr darauf warteten, an Bord genommen zu werden. Eine junge Frau stand direkt hinter der Reling an einem kleinen Counter und empfing die Gäste. So wie es von Weitem aussah, kontrollierte sie die Tickets und gab Hinweise, wie man zu seiner Kabine kam.

Hastig tastete Frederike nach ihrem Ticket, das ihr Leonie per Kurier zugeschickt hatte. Schließlich sollte sie nicht auffallen. Frederike war ein ganz normaler Gast wie alle anderen auch. Sie blickte sich um. Willi stand weiter hinten in der Schlange. Im Gegensatz zu Frederike trug er nur ein relativ kleines Köfferchen, wie sie neidisch bemerkte. Männer brauchten anscheinend nicht viel. Ersatzunterhose, Ersatz-T-Shirt, Kulturbeutel mit dem Nötigsten, das war's. Bei ihr sah es da schon anders aus. Auch wenn die Reise nur knapp eine Woche dauern sollte, brauchte Frederike das volle Programm. Man wusste ja nie, wie sich das Wetter entwickelte und wie unfallfrei sie die zahlreichen Mahlzeiten und Büfettaufenthalte meistern würde. Die Hinweise des Reiseveranstalters waren auch nicht wirklich hilfreich gewesen: legere Kleidung, aber gehoben und beim Kapitänsdinner gerne auch was Schickes, allerdings keine Abendgarderobe. Das hätte ihr auch gerade noch gefehlt.

Willi hatte man eine kleine Kabine im Unterdeck gegeben, auf dem Flur, wo auch das Personal untergebracht war. Aber das hatte ihn nicht gestört, im Gegenteil. Er hatte gemeint, so könne er sich unauffällig bei den Personalunterkünften herumtreiben.

Frederike musterte das Motorschiff *Wilma*, das sie in den nächsten Tagen beherbergen würde. Es bot einen imposanten Anblick, war mehr als hundert Meter lang und hatte insgesamt vier Etagen. Knapp über der Wasserlinie sah man eine Reihe von Bullaugen. Aha, das waren die billigen Plätze. Direkt darüber befanden sich zwei weitere Decks. Alle diese Kabinen waren, soweit Frederike das erkennen konnte, mit französischen Balkons ausgestattet. Sie hatte sich im Internet bereits mit dem Grundriss des Schiffs vertraut gemacht. Ihre Kabine sollte sich auf dem Oberdeck befinden, nah am Zentrum des Geschehens. Oben auf dem Sonnendeck standen zahlreiche Liegestühle mit Sonnensegeln und Sonnenschirmen. Hoffentlich spielte das Wetter mit. Für die nächsten Tage waren die Wetteraussichten recht optimistisch gewesen. Mal sehen, ob es stimmte. Falls ja, würde Max die Blumen im Vorgarten gießen und auch hinter dem Haus nach dem Rechten sehen. Eigentlich hätte er sich auch gleich um Hannelore kümmern können, ging es Frederike durch den Kopf, doch hätte der Kater dann auf seine täglichen Streicheleinheiten verzichten müssen. Max hatte es nicht so mit Haustieren. Da erscholl hinter ihr eine hohe Stimme, die sich vor Begeisterung fast überschlug. »Du liebe Güte, ist das eine Tasche von Louis Vuitton? Die ist ja herzig.«

Frederike fühlte sich in die Seite gestupst. Jemand zerrte an ihrer Handtasche. Sie fuhr herum. Ihr Blick fiel auf eine mondäne Blondine – wahrscheinlich gefärbt – im Kostüm, mit modischer Sonnenbrille, deren jugendliche Erscheinung im Streit mit den zahlreichen Falten im gebräunten Gesicht lag.

»Hände weg!«

Die Frau hinter ihr hob entschuldigend die Hände. »Verzeihen Sie mir. Aber ich sammele Handtaschen, und dieses Modell ist mir ja noch nie untergekommen. Was für eine tolle Farbe!«

Frederike fing die Blicke eines Mitreisenden auf: amüsiert, aber auch leicht angeekelt. Sie grinste ihn breit an. Er fühlte sich ertappt, errötete leicht und sah betreten weg. Tja, nicht jeder teilte wohl die Vorliebe für rosafarbene Vintage-Handtaschen. Sie wandte sich der Bewunderin zu.

»Ja, ein Modell aus den Achtzigern, von dem ich mich nicht trennen kann.«

»Sie ist aber auch zu schön. Darf ich sie mal anfassen?«

Frederike nickte. »Aber wir müssen weiter.« Die Schlange war schon ein ganzes Stück vorangekommen, und die Ersten begannen Frederike zu überholen. Rasch sortierten sich die beiden Frauen und schlossen wieder auf.

Die Frau hielt Frederike die Hand hin. »Ich bin übrigens Cornelia Messner. Aus Düsseldorf. Wahrscheinlich werden wir uns auf dem Schiff ja noch öfters über den Weg laufen.«

Frederike schlug ein. »Frederike Suttner. Aus der Eifel. Tatsächlich habe ich früher in Düsseldorf gewohnt.«

Cornelia strahlte sie an. »Na, dann wundert mich die tolle Tasche nicht. Sicher ein Erinnerungsstück.«

Frederike nickte gedankenverloren. Sie hatte die Tasche gekauft, nachdem sie als frisch gebackene Kriminalhauptkommissarin ihren ersten großen Fall verantwortlich aufgeklärt hatte. Eine Frau hatte ihre beiden Kinder und dann sich selbst getötet. Frederike hatte die Tasche jedoch kaum getragen, weil sie jedes Mal die Gesichter der beiden Mädchen vor sich gesehen hatte. Deshalb sah die Tasche noch so neu aus. Der Kauf war wohl doch eine Schnapsidee gewesen. Aber wer weiß, vielleicht konnte sie ja nun die Tasche mit schöneren Bildern und glücklichen Erinnerungen verbinden. Schiff und Wetter sahen ja schon mal vielversprechend aus.

»Ihre Sonnenbrille ist aber auch nicht schlecht. Ist das Gestell von Theo?«

Cornelia Messner nickte glücklich und fasste an ihre Brille.

»Herzlich willkommen an Bord der *Wilma*. Bitte fühlen Sie sich wie zu Hause. Wenn Sie mir Ihr Ticket zeigen, wird Sie sofort jemand zu Ihrer Kabine geleiten!« Sie hatten die junge Frau am Counter erreicht, die sie mit warmer Stimme und einem strahlenden Lächeln begrüßte. »Ich bin Jessica, Ihre Gastgeberin für die nächsten fünf Tage.«

Ein paar Minuten später war Frederike auf dem Weg zum Oberdeck, um ihre Kabine aufzusuchen, begleitet von einer Servicekraft, die ihr den Koffer trug. Sie hatte mit Willi verabredet, dass sie sich beim Essen am Büfett treffen wollten, um offiziell Bekanntschaft zu schließen. Hoffentlich kam ihr da Cornelia Messner nicht ins Gehege. Auch sie reiste allein und hatte gleich die Gelegenheit ergreifen wollen, sich mit Frederike fürs Abendessen und den morgigen Ausflug zu verabreden. Frederike seufzte. Eigentlich war es ja ganz schön, schnell Anschluss zu finden, aber das konnte sie gerade so gar nicht brauchen. Vielleicht hatte Willi ja eine Idee, wie sie konstruktiv mit der Situation umgehen konnte. Ausflüge waren nämlich in ihrer Planung nicht vorgesehen. Lieber wollten sie die Zeit dazu nutzen, dem Personal auf den Zahn zu fühlen.

Sie öffnete die Tür zu ihrer Kabine und war angenehm überrascht, wie offen der Raum durch das große Fenster wirkte, auch wenn sechzehn Quadratmeter ja nicht gerade üppig waren. Das war das Elend, wenn man allein in einem großen Haus wohnte. Da wurde jedes Hotelzimmer zur Sardinenbüchse. Frederike schob den Koffer ins Zimmer und warf Reisetasche und Handtasche aufs Bett. Erst einmal alles einräumen, sich ein wenig frisch machen und dann eine Runde drehen. Sie war doch zu neugierig, was das Schiff alles zu bieten hatte.

Willi war derweil ebenfalls in seiner Kabine angekommen. Die beiden runden Fenster ließen Licht hinein, aber alles in allem war es doch recht dunkel für seine Begriffe. Er konnte einen Blick auf das gegenüberliegende Flussufer werfen, aber unter Aussicht verstand er etwas anderes. Gut so, er war schließlich zum Arbeiten hier. Seine Kabine verfügte über ein Doppelbett, zwei kleine Sesselchen und einen winzigen Schreibtisch. Das war praktisch. So hatte er genügend Platz für seine Papiere und seinen Computer. Ein größerer Schreibtisch wäre ihm zwar lieber gewesen, aber das war bei einem Urlaubsschiff wohl zu viel verlangt. Vorsichtig packte er die sorgfältig zusammengelegten Wäschestücke in den Schrank. Frische Unterwäsche für jeden Tag, zwei T-Shirts und eine Ersatzjeans. Fürs Abendessen hatte er sogar noch ein Hemd eingepackt, das jetzt aber erst einmal aushängen musste. Socken trug er aus Prinzip nicht, und fürs Schlafen reichte der Slip. Die Kulturtasche nahm noch am meisten Platz ein. Wenn er längere Zeit unterwegs war, brauchte er Utensilien, um seinen Beinstumpf zu versorgen und die Prothese zu polstern. Doch bei der Kürze des Aufenthalts hatte er darauf verzichtet und hoffte, dass sich diese Entscheidung nicht irgendwann rächen würde. Das Gute an einer Schiffsreise war ja, dass man sich selbst gar nicht so viel bewegte, sondern dem Schiff die Arbeit überließ. Sozusagen Sitzwandern.

Er würde sich jetzt erst einmal eine Runde hinlegen. Das lange Stehen in der Schlange hatte ihn ermüdet. Er gab es nur ungern zu, aber er freute sich auf die Reise, wenn er auch seinen Schreibtisch nur ungern verlassen hatte. Doch ein paar Tage »Urlaub« würden ihm guttun und ihn auf neue Gedanken bringen. Er schrieb bereits seit anderthalb Jahren an einem Buch über die Resozialisierungsmöglichkeiten jugendlicher Straftäter. Etwas frischer Wind im Kopf würde hoffentlich helfen, die aktuelle Schreibblockade aufzulösen Zudem schätzte er die Zusammenarbeit mit Frederike Suttner. Da sie inzwischen in Rente war, war sie eine explosive Kombination aus fundierter Ermittlungsroutine und einer erschreckenden Missachtung von Regeln. Sie verfügte über einen einzigartigen Riecher verbunden mit der Fähigkeit, auch in ausweglosen Situationen Möglichkeiten zu entdecken. Er war schon sehr gespannt, wie sie die aktuelle Situation meistern würde. Über seinen eigenen Anteil an der Ermittlung dachte er nicht groß nach. Er würde das tun, was er immer tat: herumsitzen und zuhören. Das war sein »Mojo«, seine Superkraft. Fürs Rumrennen, Zusammenschlagen und Über-den-Haufen-Schießen war Frederike zuständig.

Er legte sich auf das Bett, schob sich ein Kopfkissen unter den Nacken und stellte den Wecker auf dreißig Minuten. Dann schloss er die Augen und ließ sich in den Schlaf gleiten.

Frederike hatte sich derweil bereits ein erstes Mal umgezogen und war nun wüst entschlossen, zunächst einmal einen Blick auf die Bar zu werfen und das dortige Whisky-Sortiment in Augenschein zu nehmen. Sie hatte eine ausgeprägte Vorliebe für den rauchigen Geschmack eines guten Laphroaig. Aufgekratzt öffnete sie ihre Kabinentür, als sich direkt gegenüber eine weitere Tür öffnete. Sie blickte in das erfreute Gesicht von Cornelia.

»Ach, das ist ja ein Zufall. Willst du dich auch mal umsehen? Ist doch okay, wenn wir uns duzen, oder?«

Frederike zögerte kurz, doch dann nickte sie entschlossen. »Ja, auf jeden Fall.« Warum sollte sie sich über eine Bekanntschaft ärgern, wenn sie doch aufs Schiff gekommen war, um Bekanntschaften zu schließen und Menschen auszuhorchen? Da konnte sie auch gleich mit Cornelia den Anfang machen.

Gemeinsam bummelten die beiden den Gang entlang in Richtung des Restaurants.

»Wollen wir aufs Sonnendeck?«

»Später«, winkte Frederike ab. »Ich will mir erst mal ein Bild von den Möglichkeiten beim Abendessen machen und Ausschau halten, wo es den besten Tisch mit der schönsten Aussicht gibt und was die Bar so im Angebot hat. Und wenn das Angebot gut ist, schlage ich auch sofort zu.«

Cornelia nickte anerkennend. »Eine Frau, die weiß, was sie will. Das gefällt mir. Also, auf zur Bar.«

Auf dem Weg dorthin passierten sie den Speiseraum, und Frederike bemerkte zufrieden, dass es neben den kleinen Zweier- und Vierertischen auch größere Einheiten mit acht Plätzen gab.

»Ich glaube, ich setze mich heute Abend hier an einen der großen Tische. Dann lernt man direkt mal ein paar neue Leute kennen. Was ist, bist du dabei?«

Cornelia hatte schon gerade einen kleinen Zweiertisch an der Reling in Beschlag nehmen wollen, ließ sich aber von Frederike überreden. »Na gut, dann lassen wir die kleinen Tische für die Pärchen, die sich noch etwas zu sagen haben, oder für die Paare zum gegenseitigen Anschweigen.«

Frederike grinste. »Lass mich raten: Du bist geschieden?«

Cornelia strahlte. »Glücklich! Die typische Midlife-Krise. Bei ihm, nicht bei mir! Jetzt mache ich mein eigenes Ding, hab mir eine neue Frisur verpassen lassen und mich neu eingekleidet. Natürlich alles von seinem Geld. Das hier ist meine Scheidungsreise.«

»Darauf sollten wir anstoßen.«

Die beiden begaben sich zur Bar. Auf den ersten Blick sah Frederike, dass sie hier richtig war. Neben den typischen Dimples und Ballantines gab es eine ganze Batterie von Whiskyflaschen, deren Namen ihr Herz höherschlagen ließen: Lagavulin, Bowmore, Kilchoman und, jawoll ja, Laphroaig. Sie schob sich ungelenk auf den Barhocker. Irgendwie waren diese Dinger immer einen Ticken zu hoch oder ihre Beine einfach zu kurz oder ihr Rock zu eng, und es war völlig unmöglich, sich grazil darauf niederzulassen. Barhocker – von Männern für Männer erfunden. Das sollte auch mal jemand ändern. Neidisch blickte sie auf Cornelia, die sich trotz des adretten Kostümrocks gewandt auf den Hocker schwang.

Sie bemerkte Frederikes Blick. »Pilates! Zweimal die Woche.«

Frederike seufzte. Für so was hatte sie keine Zeit. Sie rutschte mit dem Hocker in Richtung Theke. Als sie sich endlich eingerichtet hatte, blickte sie den gut aussehenden Barkeeper strahlend an. »Hier bleibe ich!«

Aus dem Lautsprecher dröhnte das Lied *»My heart will go on«* übers gesamte Schiff.

»Das ist unsere Hymne«, erläuterte der junge Barkeeper lächelnd, als er Frederikes fragenden Blick wahrnahm. »Die wird immer gespielt, wenn wir ablegen. Die werden Sie jetzt noch häufiger hören.« Er wandte sich seinen Flaschen zu, während die *Wilma* sich langsam vom Kai entfernte.

Cornelia kicherte. »Mein Gott, der Titanic-Song als Schiffshymne. Das scheinen ja echte Optimisten zu sein.«

»Glücklicherweise müssen wir um diese Jahreszeit keine Eisberge befürchten«, befand Frederike und nahm dankbar ihren Whisky in Empfang.

Abends traf man sich zum Abendessen. Frederike hatte, nachdem sie in ihre Kabine zurückgekehrt war, Willi eine WhatsApp geschickt und ihn grob über ihre Eindrücke informiert. Man war übereingekommen, sich an dem mittleren großen runden Tisch zu treffen, um sich offiziell kennenzulernen. Danach hatte Frederike sich noch ein kleines Schläfchen gegönnt. Der Whisky – besser gesagt, die beiden Whiskys – war vielleicht nicht die beste Idee gewesen, aber es hatte gereicht, Cornelia erst einmal abzuschütteln und ein gutes Verhältnis zum Barkeeper aufzubauen. Cornelia war nach dem ersten Whisky weitergezogen, um sich die Wellnesseinrichtungen anzuschauen. Sie hatte ein wenig enttäuscht gewirkt. Der Barkeeper, Claudio, hatte sich dafür umso mehr gefreut. Es war um die Zeit noch nicht viel los. Frederike nutzte die Zeit, um ihn gnadenlos auszuquetschen. Wann, wenn nicht jetzt? Außerdem versprach sie sich viel von dem Kontakt. Waren Barkeeper nicht die Menschen, denen man freiwillig alle seine Sünden, Ängste und Sorgen anvertraute? Claudio arbeitete erst seit Kurzem auf der *Wilma*. Ursprünglich kam er aus Palermo. Bereits mit vier Jahren war er gemeinsam mit seinen Eltern nach Deutschland gezogen. Der Vater arbeitete im Brühler

Eisenwerk, und so kam auch bei Claudio ein leichter rheinischer Zungenschlag durch. Er war eigentlich gelernter Dachdecker, doch hatte sein Rücken nicht mehr mitgespielt, und so hatte er nach einer Alternative gesucht. Frederike hatte fast eine Stunde plaudernd mit ihm an der Bar verbracht, bis es langsam so voll wurde, dass er zu viel zu tun hatte, um sich ihr weiterhin zu widmen. Doch versprach er, ihr am Abend einen Platz für einen Absacker zu reservieren.

Frederike hatte danach noch eine flotte Runde übers Schiff gedreht und war an Deck auf Willi getroffen. Die erste Schleusenfahrt bot die Gelegenheit für Small Talk.

Kurz nach sechs betrat Frederike das Restaurant. Willi hatte schon am mittleren Tisch Platz genommen und wie zufällig seine Jacke auf den Stuhl neben sich platziert, um ihr einen Platz freizuhalten. Als Frederike sich ihm näherte, sah sie Cornelia am Nebentisch sitzen und von Weitem winken. Mist! Frederike kaute nervös auf ihren Lippen herum. Sie musste wirklich aufpassen, dass Cornelia ihr nicht bei ihren Ermittlungsarbeiten in die Quere kam. Sie tat so, als hätte sie sie nicht gesehen, blickte betont in eine andere Richtung und ging zu Willis Tisch, an dem bereits fünf Leute Platz genommen hatten.

»Ist hier noch frei?« Sie blickte Willi an und deutete auf den Stuhl neben ihm.

»Aber selbstverständlich!« Er beeilte sich, seine Jacke an sich zu nehmen und über seinen eigenen Stuhl zu hängen.

Frederike lehnte sich zurück und blickte sich scheinbar suchend um. Wie zufällig fiel ihr Blick auf Cornelia, die verärgert zurückschaute.

»Ist das eine Bekannte von Ihnen?«, fragte Willi von der Seite, sodass es alle hören konnten. »Bitten Sie sie doch rüber. Hier ist noch ein Platz frei, und wir können sicher ein wenig zusammenrücken, damit Sie nebeneinandersitzen können.«

Frederike lächelte ihn an. »Sehr liebenswürdig!« Rasch winkte sie Cornelia zu. »Komm doch rüber. Hier ist noch Platz.«

Cornelia kämpfte mit sich. Immerhin waren an ihrem Tisch noch fünf Plätze frei. Doch dann erhob sie sich. Es dauerte nicht lange, dann saß sie strahlend an Frederikes anderer Seite.

Zwei Stunden später hatte Frederike Kopfschmerzen von dem ganzen Trubel und dem Small Talk. Inzwischen war man per Du am Tisch, und sie hatte erste Eindrücke über die um sie herum sitzenden Mitreisenden und die Abläufe auf dem Schiff bekommen. Nun stand sie allein an der Reling, um den Kopf wieder freizubekommen. Eigentlich konnte sie mit den Ergebnissen der ersten Stunden zufrieden sein. Sie hatte das Essen genutzt, um erste Gespräche zu führen und die Gäste an ihrem Tisch kennenzulernen. Aber irgendwie war sie nicht glücklich mit dem Verlauf. Immerhin waren rund hundertvierzig Menschen an Bord, die sie nun wirklich nicht alle persönlich kennenlernen wollte. Eigentlich hatte sie sich bei ihren Ermittlungen auf das Personal beschränken und nur am Tisch sitzen wollen, um unverbindlich mit Willi Bekanntschaft zu schließen, damit es nicht auffiel, wenn sie gemeinsam an Deck saßen, um sich auszutauschen. Dieser ganze Small Talk erschien ihr wie Zeitverschwendung. Doch wie sollte sie an das Personal herankommen?

Da erklang hinter ihr ein Räuspern. »Darf ich mich zu dir gesellen? Die Luft hier draußen ist so schön«, erklang eine bekannte Stimme hinter ihrem Rücken. Willi. Sie drehte sich erfreut um. Jetzt konnten sie unter vier Augen ein paar Worte wechseln und sich über ihre bisher gesammelten Eindrücke austauschen.

»Aber gerne.«

Willi stellte sich neben sie an die Reling und zischte zwischen den Zähnen: »Hast du was dagegen, wenn wir uns wieder in die Liegestühle setzen? Mein Bein ist das ganze Stehen nicht mehr gewöhnt, und ich würde gerne eine rauchen.« Dann hob er seine Stimme. »Schau dir mal den klaren Himmel an. Man kann wunderbar die Sterne betrachten. Was hältst du davon, wenn wir uns in die Deckchairs setzen und die Sternlein zählen?«

»Ein schöner Gedanke.« Frederike nahm betroffen zur Kenntnis, dass Willi auf dem Weg zum Liegestuhl leicht humpelte. Hoffentlich hielt er durch. Sie schaute sich um. Überall saßen noch Menschen an den Tischen und waren ins Gespräch vertieft. Sie fielen sicher nicht auf, wenn sie sich hier draußen ein wenig unterhielten.

»Was sollte das mit Cornelia?«, wollte Frederike wissen. »Ich mache mir Sorgen, dass sie wie eine Klette an mir hängt und ich keine ruhige Minute mehr habe.«

»Ich kann gerne versuchen, sie ein wenig von dir abzulenken. Mir ist da so ein Gedanke gekommen. Sie hat dich doch auf deine Louis-Vuitton-Tasche angesprochen – übrigens ein wirklich ausgefallenes Stück. Anscheinend hat sie ein Blick für Materielles.«

Frederike nickte. »Stimmt.«

»Vielleicht kann sie uns ja behilflich sein. Du könntest sie darauf ansetzen, Ausschau nach teuren Klamotten und Designerstücken zu halten. Wir brauchen eine Idee, wer hier die potenziellen Opfer sein könnten.«

»Mir geht da eine ganz andere Idee durch den Kopf!«

»Und die wäre?«

»Allein an unserem Tisch saßen schon vier Leute, die bereits öfter eine Flusskreuzfahrt mitgemacht haben, Cornelia auch. Ich wollte mich bei unseren Ermittlungen aufs Personal fokussieren. Doch was wäre …«

»… wenn jemand der Passagiere unser Datensammler wäre?«, vervollständigte Willi ihren Satz. »Stimmt, das wäre möglich. Aber hatte Leonie nicht ein Muster erkannt, dass alle Datensätze in Verbindung zu bringen waren mit einer bestimmten Crew? Deshalb sind wir doch hier gelandet.«

»Richtig. Aber auch hier auf der Strecke gibt es Stammgäste. Es ist mir zwar unbegreiflich, immer am gleichen Platz Urlaub zu machen, aber auch solche Menschen gibt es.«

»Und außerdem bleibt man ja nicht am gleichen Platz, sondern schippert den Fluss rauf und runter«, klugscheißerte Willi. »Aber ich weiß, was du meinst. Doch ich schlage vor, dass wir uns erst mal an unseren Plan halten – Konzentration aufs Personal. Bei den Passagieren gibt es sicher einige potenzielle Opfer, die einem professionellen Betrüger auffallen könnten. Von daher ergibt auch das eine interessante Beobachtungsperspektive.«

Gemeinsam genossen sie den Sonnenuntergang und spekulierten über ihre Mitreisenden. Inzwischen war es dunkel geworden, aber immer noch angenehm warm. Da löste sich aus der Dunkelheit ein Schatten. »Ach, hier bist du. Wollten wir nicht an die Bar?«

Cornelia trat ins Licht der kleinen Laterne. Die goldenen Creolen an ihren Ohren funkelten im Licht. Sie hatte sich umgezogen und trug nun einen knallroten Overall aus einem fließenden Stoff. Frederike zögerte kurz, doch Willi übernahm die Initiative.

»Frederike wollte sich gleich zurückziehen, doch ich leiste dir gerne Gesellschaft bei einem Absacker.« Er drückte seine Zigarette aus und erhob sich mühsam aus dem Deckchair. »Gott, sind die niedrig. Das muss ich auf jeden Fall noch üben.«

Er packte Cornelia am Ellbogen und schob sie in Richtung Treppe. »Bis morgen!«, hörte Frederike noch, dann war sie allein. Zeit, sich ein paar Gedanken über das weitere Vorgehen zu machen.

Inzwischen hatte das Schiff abgelegt. Morgen in aller Herrgottsfrühe sollten sie in Beilstein ankommen. Sie hatten nicht viel Zeit, den Datensammlern auf die Spur zu kommen. In fünf Tagen würden sie wieder in Koblenz anlegen. Frederike blickte sich um. Ja, auch auf dem Sonnendeck wurden noch Getränke serviert. Sie winkte einer jungen weiblichen Servicekraft zu. »Eine Pina Colada, bitte. Und wären Sie so lieb, mir ein paar

Fragen zu beantworten? Ich bin zum ersten Mal bei so einer Flusskreuzfahrt dabei.«

In ihrer Kabine angekommen, checkte sie ihre E-Mails. Endlich hatte Leonie die Personalliste vom Veranstalter bekommen. Es hatte einige Zeit und Nerven gebraucht, die Verantwortlichen der Reederei davon zu überzeugen, dass es die Ermittlungen wesentlich vereinfachen würde, hätte man eine Aufstellung aller Mitarbeiter mit Namen, Heimatadressen, Funktionen und Beschäftigungsdauer. Natürlich war Datenschutz ein Thema. Frederike hatte sich zwar über die schleppende Beantwortung ihrer Fragen geärgert, fand es aber eigentlich auch ganz okay, dass das Unternehmen bei der Weitergabe persönlicher Daten so sensibel reagierte. Immerhin ging es bei ihren Ermittlungen ja um einen Datenklau der übelsten Sorte. Beim Öffnen der Datei bemerkte sie, dass die Liste nicht die persönlichen Daten der Angestellten enthielt, nur die Namen, Funktionen und Beschäftigungsdauer waren vermerkt. Sie seufzte. Besser als nichts. Den Barmanager Claudio hatte sie ja schon kennengelernt. Die junge Frau auf dem Sonnendeck war Restaurantstewardess und hieß Mascha. Es war ihr erster Einsatz auf der *Wilma*. Auf Frederikes Fragen hatte sie kaum eine Antwort gewusst und sie stattdessen an Jessica Langhans verwiesen, die junge Frau, die sie an Bord begrüßt hatte. Jessica sei supernett, schon ewig dabei und offizielle Gastgeberin an Bord, zuständig für alle Fragen und Probleme der Gäste.

Frederike schickte die Liste per WhatsApp an Willi weiter. Kurz darauf klingelte ihr Telefon, und er war in der Leitung. Im Hintergrund hörte Frederike Stimmengewirr. »Bist du noch in der Bar?«

»Ja, hier ist noch einiges los, aber es leert sich so langsam. Diejenigen, die noch hier sind, haben sich bereits mit den Vorzügen des All-inclusive-Angebots auseinandergesetzt. Das ist jetzt die beste Zeit für tiefschürfende Gespräche.«

Frederike lachte auf. »Ich komme. Ein Absacker vor der ersten Nacht im fremden Bett wäre keine schlechte Idee.«

Nachdem sie das Gespräch beendet hatte, schlüpfte sie wieder in ihre Schuhe und verließ ihre Kabine. Sie würden schon herausbekommen, wer die Schiffsreisen nutzte, um potenzielle Opfer auszuspähen und persönliche Informationen zu sammeln.

BEILSTEIN

Als Frederike am nächsten Morgen zum Frühstück ging, musste sie feststellen, dass der Frühstücksraum verwaist war. Sie hatte so wohlig geschlafen, dass sie die Zeit völlig vergessen hatte. Nun waren die Ausflügler bereits von Bord gegangen.

Frederike suchte sich einen Platz an einem kleinen Tisch direkt an der Reling. Beim Anblick des romantischen Städtchens Beilstein bedauerte sie, dass sie den Landausflug verpasst hatte, genoss aber auch die friedliche Stille an Bord und die Sonne auf ihrem Gesicht. Ihr war morgens sowieso nicht nach Plaudereien zumute. Ihre typische Morgenmuffeligkeit, wie Angela es nannte. Eine Tasse Kaffee und eine Zeitung – mehr brauchte sie erst einmal nicht. Obwohl das Frühstücksbüfett lockte. Eine vanilliger Duft nach frisch gebackenen Waffeln zog durch den Raum und kroch ihr in die Nase. Es half nichts, bei Waffeln wurde sie schwach. Sie schnappte sich ein Tablett und deckte sich mit allerlei Leckereien ein. Neben den Waffeln fanden auch Rührei und Speck den Weg auf den Teller. Frederike grinste: Wenn ich zu Hause ankomme, habe ich bestimmt fünf Kilo mehr auf den Rippen, aber was soll's. Auf einem Schiff sind Rettungsringe nützlich. Willi war anscheinend unterwegs. Er hatte ihr eine Nachricht geschickt, ob sie mitwolle, und sich dann nicht mehr gemeldet. Anscheinend hatte er sich den Ausflüglern angeschlossen.

Eine ältere Dame stand telefonierend vor der Kaffeemaschine und hielt den Verkehr auf. Schade, gerade war es noch so schön ruhig gewesen. Manche Menschen waren aber auch rücksichtslos, dachte Frederike bei sich, und schob die beleibte Frau mit dem Ellbogen beiseite. Diese war so ins Telefonat vertieft, dass sie das kaum wahrnahm, doch wie gewünscht zwei Schritte zur Seite trat. Frederike konnte nicht verhindern, dass sie vor dem Kaffeeautomaten stehend und auf ihren Cappuccino wartend einen Teil des Gesprächs mitbekam.

»Geht es ihm denn gut?« – »Kann ich mit ihm sprechen?« – »Und er wird dann auch bestimmt freikommen?« – »Na gut, ich muss das erst noch regeln. Wann kommen Sie vorbei?« – »Gut, ich erwarte Sie dann.« – »Mein Akku ist fast leer, ich muss das Handy jetzt erst mal aufladen.«

Seufzend beendete die Frau das Gespräch. Ihr Gesicht war ernst und sorgenvoll.

Frederike reagierte ganz spontan: »Sie sehen aus, als hätten Sie gerade schlimme Nachrichten erhalten. Sie sind ganz blass. Wollen Sie sich nicht erst einmal setzen?«

Die Dame wollte ihr schon zum Tisch folgen, doch dann überlegte sie es sich anders. »Nein, das geht nicht. Ich muss etwas erledigen.« Sie drehte sich um und wollte den Raum verlassen.

Doch Frederike stellte schnell das Tablett auf dem nächsten freien Tisch ab und folgte ihr ein paar Schritte. »Bitte lassen Sie mich Ihnen helfen. Und nehmen Sie einen Schluck Kaffee. Das Koffein wird Ihnen guttun.«

Sie schob die Frau zurück zu ihrem Tisch und drückte sie auf einen Stuhl. »Hier, nehmen Sie den. Ich kann mir gleich einen neuen holen.« Sie schob ihren frisch gebrühten Cappuccino über den Tisch.

Zögernd griff ihr Gegenüber nach der Tasse und trank einen Schluck. Sie wirkte wie in Trance, und Frederike begann, sich Sorgen zu machen. Die sah aus, als würde sie jeden Moment zusammenklappen.

»Kann ich Ihnen irgendwie behilflich sein? Was ist denn passiert?«

»Kai-Uwe ist in einen schweren Unfall verwickelt. Ich glaube, es geht ihm nicht gut.«

»Ach herrje! Liegt er im Krankenhaus? Soll ich Ihnen ein Taxi rufen?« Frederike kramte schon nach ihrem Handy.

»Nein, nein, ihm selbst ist nicht viel passiert. Aber der Fahrer des anderen Fahrzeugs ist tot. Anscheinend ist Kai-Uwe viel zu schnell gefahren. Und jetzt hat er richtig Ärger mit der Polizei.«

Frederike horchte auf. »Und deshalb hat man Sie angerufen? Was können Sie denn ausrichten? Entschuldigen Sie, ich bin übrigens Frederike Suttner.« Sie streckte der Frau die Hand entgegen, die diese nahm und kurz schüttelte. Ein angenehmer Händedruck, dachte Frederike, fest und bestimmt.

»Eleonore Heilmann.« Die Frau schniefte ein wenig und suchte in ihrer Handtasche nach einem Taschentuch. »Ich bin ganz durch den Wind. Kai-Uwe, mein Enkel, wollte wohl, dass man mich einschaltet, damit er seine Eltern nicht anrufen muss. Sie wissen ja sicher, wie das ist. Mit der Oma ist einfacher reden als mit den Eltern.«

»Ach, er war das eben selbst am Telefon?«

»Nein, nein, das war jemand von der Polizei. Derjenige, der bei dem Unfall getötet wurde, war ein Ausländer im diplomatischen Dienst. Deshalb wurde jetzt die Botschaft eingeschaltet, und die Ermittlungen wurden an das Konsulat abgegeben. Ach, ich weiß gar nicht, wo mir der Kopf steht.« Eleonore Heilmann schloss müde die Augen. »Das geht jetzt aber auch schon fast eine Stunde immer hin und her. Ich habe jetzt nur aufgelegt, weil der Handyakku gleich leer ist und ständig piepst.« Sie erhob sich hektisch. »Ich muss dringend nach einer Steckdose Ausschau halten.«

Frederike hielt sie auf. »Schauen Sie, hier an den Fenstertischen gibt es sogar Lademöglichkeiten.«

»Ach, gut.« Eleonore kramte in der Tasche nach ihrem Ladekabel. »Die wollen in zehn Minuten wieder anrufen.«

»Was soll denn jetzt passieren?«

»Kai-Uwe benötigt einen Rechtsbeistand, der eine Zulassung in dem Land hat. Er hat da wohl schon Kontakt zu jemandem, aber der möchte sein Honorar vorab haben, und es geht wohl auch um eine Kaution, die zu hinterlegen ist, damit Kai-Uwe erst mal wieder nach Hause kann.«

Frederike kam die ganze Geschichte vor wie eine Räuberpistole. »Um welche Summe geht es denn?«

»Zunächst einmal elftausendfünfhundert Euro, zehntausend für die Kaution – die bekommen wir dann später zurück – und tausendfünfhundert Euro für den Rechtsanwalt.« Eleonore fingerte nach ihrem Handy, doch der Batteriebalken zeigte kaum Ladung.

»Jetzt bleiben Sie mal ganz ruhig. Wenn ich das richtig verstehe, sollen Sie elftausendfünfhundert Euro zahlen, damit Ihr Enkel eine Kaution hinterlegen kann. Sollen Sie das Geld überweisen?« Frederike bemühte sich, Ruhe auszustrahlen, obwohl es innerlich in ihr brodelte. Das durfte doch nicht wahr sein! Die Frau machte einen so vernünftigen Eindruck.

»Nein, nein, ich muss die Summe bar hinterlegen. Die schicken jemanden vorbei, damit er das Geld abholen kann.«

»Hierher?«

Eleonore nickte müde. »Er kommt an Bord, sobald wir in Zell anlegen. Gut, dass ich überhaupt so viel Bargeld dabeihabe.«

»Kommt Ihnen das nicht komisch vor? Wie soll denn das Geld ins Konsulat kommen?«

Eleonore sah Frederike giftig an. »Natürlich kommt mir das komisch vor. Ich habe extra darauf bestanden, dass man jemanden von der Kripo schickt, der sich ausweisen kann.«

Frederike zog eine Augenbraue hoch. »Und warum können Sie das Geld nicht überweisen? Das wäre doch viel sicherer.«

»Eine Auslandsüberweisung dauert zu lange. Man droht damit, Kai-Uwe auszufliegen. Dann wird er in dem Land – ach herrje, es ist irgendwas Afrikanisches, Somalia oder Nigeria oder so ähnlich –, auf jeden Fall wird er dann dorthin gebracht und verbringt die Zeit bis zu seinem Prozess im dortigen Gefängnis. Und man weiß doch, wie es da ist! Der Herr von der Kripo, mit dem ich telefoniert habe, war auch ganz besorgt deswegen. Es muss also schnell gehen.«

»Wollen Sie sich nicht vorsichtshalber noch einmal rückversichern, ob das alles stimmt?«

»Halten Sie mich für blöd? Ich habe versucht, meinen Enkel zu erreichen. Aber sein Handy ist ausgeschaltet. Es geht nur die Mailbox an. So, jetzt muss ich aber wirklich das Geld aus dem Safe holen.« Eleonore stand auf und blickte verzweifelt auf ihr Handy.

»Gehen Sie ruhig. Ich sitze hier noch eine Weile und kann auf Ihr Handy aufpassen.«

Ihr Gegenüber zögerte kurz, nickte dann aber. »Ich bin sicher gleich wieder da. Wollen Sie nicht auch noch an Land gehen?«

Frederike sah auf ihre Uhr. Es war deutlich später, als sie angenommen hatte. In einer guten Stunde würden sie bereits ablegen. Kein Wunder, dass es so leer an Bord war. Die meisten Passagiere hatten die Gelegenheit genutzt, sich Beilstein – laut Reiseführer das »Dornröschen der Mosel« – ein wenig genauer anzusehen. Morgen würde sie sich den Wecker stellen, schwor sie sich. Irgendwie hatte sie jetzt doch Lust auf Ausflüge bekommen.

»Nein, das habe ich leider verpasst. Ich schaue es mir vom Schiff aus an und freue mich schon auf Zell.«

»Dann bis gleich!« Eleonore verschwand nach unten.

Frederike fackelte nicht lange. Sie schnappte sich ihr eigenes Telefon und wählte die Nummer von Frank Junge.

»Frank, sorry, dass ich so einen Zeitdruck mache, aber könntest du dich sofort ins Auto setzen und dich auf den Weg nach Beilstein machen?«

»Tag, Frederike, ja, danke der Nachfrage, mir geht's gut.«

Frederike stöhnte auf. »Setz dich ins Auto, dann können wir gerne deine Befindlichkeit diskutieren. Wir legen hier gleich ab.«

»Okay, ich mache mich auf den Weg. Aber wenn das nicht dringend ist …!« Franks Stimme klang drohend und genervt. Frederike fragte sich, ob sie nicht gerade einen Fehler machte. Aber die Sache stank ganz gewaltig!

Kurz darauf klingelte ihr Telefon. »So, ich bin jetzt unterwegs. Mein Navi sagt mit, dass ich in zwanzig Minuten bei euch sein kann. Du hast Glück, dass ich gerade in Büchel bin. Jetzt sag mir, was los ist. Ist irgendwas mit Onkel Willi?«

»Nein, keine Sorge, uns geht es gut. Aber es gibt hier eine Sache, die mir sehr merkwürdig vorkommt.« Frederike schilderte Frank das Gespräch mit Eleonore.

Frank hörte zu, aber sein Interesse hielt sich in Grenzen. »Du weißt schon, dass ich bei der Mordkommission arbeite? Kannst du mir mal sagen, was ich bei euch soll?«

»Ganz einfach!« Frederike erläuterte ihm ihren Plan.

Jetzt musste sie nur noch verhindern, dass Eleonore erneut in Kontakt mit diesen Typen kam, sonst wäre ihr schöner Plan hinfällig. Eleonore sollte eigentlich jeden Moment zurückkehren. Da öffnete sich die Tür zum Oberdeck. Mist, aber es half nichts. Frederike fegte mit einer Handbewegung ihren Orangensaft um, sodass sich die Flüssigkeit flächig über Eleonores Handy ergoss. Frederike sprang auf, zog schnell das Kabel aus der Steckdose und bemühte sich, das Handy trockenzulegen, als Eleonore sie auch schon wütend anblaffte.

»Jetzt sagen Sie nicht, dass Sie mein Mobiltelefon kaputt gemacht haben. Das darf doch wohl nicht wahr sein. Ich habe Ihnen doch erklärt, wie wichtig das ist.« Ihre Stimme schwankte zwischen Zorn und Verzweiflung.

Frederike hatte inzwischen das Gerät mit einer frischen Serviette abgetupft, während jemand vom Personal flott die Tischdecke tauschte. Frederike registrierte, dass man bereits die anderen Tische fürs Mittagessen eindeckte.

»Sie sollten das Gerät jetzt erst einmal trocknen lassen. Wenn Sie es in diesem Zustand einschalten, wird es durchbrennen. Dann ist es völlig hinüber.«

Eleonore, die gerade schon hoffnungsvoll den Einschaltknopf drücken wollte, zögerte. »Und wie lange dauert es, bis das Gerät trocken ist?«

Frederike lächelte verkniffen. »Das kann schon ein paar Tage dauern. Ich weiß auch nicht, ob das mit dem Orangensaft klappt. Das klebt ja ziemlich.« Innerlich verfluchte sie sich selbst, dass sie nicht die Wasserkaraffe umgestoßen hatte. Ihre Reflexe waren auch nicht mehr wie früher. »Man soll ein nasses Gerät am besten in trockenen Reis legen.« Ihre Stimme wurde immer leiser, als sie sah, wie Eleonore Heilmann sie anstarrte, Mord im Blick.

»Äh, kann ich Ihnen mein Handy leihen? Sie haben sich doch sicher die Nummer notiert?«

»Nein, habe ich nicht.«

Frederike war sich darüber im Klaren – wenn Blicke töten könnten, dann läge sie jetzt leblos hingestreckt im Restaurant. »Dann rufen wir jetzt einfach die zuständige Kripo an. Wo war denn der Unfall?« Frederike bemühte sich, das Wort »Unfall« unfallfrei auszusprechen. Am liebsten hätte sie es in Gänsefüßchen gesetzt, hatte aber den Eindruck, dass die Wasserkaraffe dann auf ihrem Schädel landen würde.

Eleonore seufzte auf. »Irgendwo in der Nähe von Berlin. Da ist ja auch das Konsulat. Glaube ich.«

Die Tür zum Restaurant öffnete sich, und Jessica, ihre Gastgeberin, zeigte einem verschwitzt wirkenden jungen Mann den Weg zu den beiden Damen. Frank hatte es gerade noch pünktlich geschafft! Frederike hörte, wie Jessica ihm sagte, dass er in spätestens zehn Minuten das Schiff verlassen müsse, sonst würde er sich mit auf den Weg nach Zell machen.

Inzwischen füllte sich auch das Bordrestaurant. Die Ausflügler kamen fröhlich und hungrig herbeigeeilt.

Frank Junge fackelte nicht lange. Er trat zu Eleonore Heilmann, zeigte seinen Kripoausweis und stellte sich kurz vor. »Junge von der Mordkommission Wittlich. Wir wurden von den Kollegen um Amtshilfe gebeten, und da ich gerade in der Ecke unterwegs war, bin ich jetzt schon hier, um die Kaution abzuholen. Haben Sie die elftausendfünfhundert Euro?«

Eleonore schaute ihn entgeistert an. »Aber Sie wollten doch erst in Zell …«

»Jede Minute zählt. Das Konsulat möchte Ihren Enkel noch heute Abend ausfliegen. Wenn das Geld bis dahin nicht vor Ort ist, könnte das kritisch für ihn werden. Haben Sie das Geld hier?«

Eleonore wühlte in ihrer Handtasche und holte ein Bündel Geldscheine heraus. »Ich brauche aber eine Quittung!«

Frank sah sie gramvoll an. Das passte jetzt so gar nicht. »Es tut mir leid, aber ich hatte wirklich keine Zeit, etwas vorzubereiten. Ich war gerade im Einsatz, als der Anruf kam. Haben Sie vielleicht ein Blatt Papier da?«

Frederike nestelte bereits in ihrer Tasche herum. Sie riss eine Seite aus ihrem Notizbuch und legte sie zusammen mit einem Stift auf den Tisch. »Machen Sie schnell. Jessica winkt schon.« Flott notierte Frank den Betrag und quittierte mit seiner Unterschrift. Dann blickte er Eleonore an. »Hier, das muss erst einmal reichen. Sie haben ja auf jeden Fall eine Zeugin für die Übergabe. So, ich muss los. Wir halten Sie auf dem Laufenden.«

»Mein Handy ist defekt.«

Frank blickte Eleonore ratlos an, doch Frederike schaltete schnell und zückte eine ihrer Visitenkarten. »Rufen Sie bei mir an. Über mich können Sie Frau Heilmann erreichen.«

Frank nickte nur und verließ dann eilig das Sonnendeck. Kurz danach legte die *Wilma* ab.

Eleonore ließ sich erschöpft in einen Stuhl sinken. Frederike winkte nach einem Kellner und ließ sich dann ihr gegenüber nieder.

»Du lieber Himmel, was für ein Tag! Ich bin fix und fertig. Hoffentlich geht das alles gut. Man liest ja immer so viel!«

Frederike guckte Eleonore entgeistert an. Das fiel der Guten aber früh auf! Dann bemühte sie sich um ein vertrauensbildendes Lächeln. »Das wird schon wieder. Wir warten jetzt mal, dass sich Kai-Uwe bei Ihnen meldet.«

Von Weitem erspähte Frederike Willi. Also hatte er tatsächlich die Gelegenheit genutzt, Beilstein zu erkunden. Sie musste dringend eine Möglichkeit finden, sich ungestört mit ihm auszutauschen.

»Was soll ich denn jetzt bloß machen? Kai-Uwe kann mich ja jetzt gar nicht mehr erreichen.«

Frederike nickte ihr beruhigend zu. »Sollte sich jemand bei mir melden, sage ich Ihnen sofort Bescheid. Bleiben Sie hier oder gehen Sie in Ihre Kabine?«

In der Zwischenzeit war Willi näher getreten und hatte sich am Nebentisch niedergelassen.

»Ich werde erst mal die Küche aufsuchen und mir eine Tüte trockenen Reis organisieren.« Eleonore blickte auf das tote Handy in ihrer Hand. »Vielleicht lässt sich das Telefon ja noch reparieren. Sind Sie sicher, dass das mit dem Reis funktioniert?«

Frederike nickte scheinbar unbekümmert. »Ja, eigentlich schon. Das muss da aber ein bis zwei Tage liegen. Aber machen Sie sich keine Gedanken. Sollte es nicht klappen, ist das ein Fall für meine Haftpflichtversicherung.«

»Entschuldigung, dass ich mich einmische.« Willis ruhige Stimme ertönte aus dem Hintergrund. »Aber falls Sie ein elektronisches Gerät trocknen wollen, eignet sich Reis nicht. Durch die Feuchtigkeit verklumpt er, und Bestandteile können ins Gerät eindringen.« Er rückte seinen Stuhl herum, sodass er nun mit am Tisch saß. »Ich bin übrigens Willi, Willi Walther, aber ihr könnt gerne Du sagen.« Er reichte den beiden die Hand.

»Wir kennen uns bereits vom gestrigen Abendessen«, bemerkte Frederike, während sie den Händedruck erwiderte. »Ich bin Frederike.«

»Ach ja, entschuldige, mein Namensgedächtnis ist nicht das Beste.«

Auch Eleonore stellte sich mit Namen vor, und man bot sich gegenseitig das Du an. Man war schließlich im Urlaub! Dann nahm Willi das Thema wieder auf. »Wenn das Handy ins Wasser gefallen ist, lässt man es am besten einfach trocknen. Wusstet ihr, dass die meisten Handys dadurch nass werden, dass sie einem auf der Toilette aus der Hosentasche fallen?«

»Wenn es nur Wasser wäre! Frederike …«, Eleonore deutete auf ihre Tischnachbarin, »hat Orangensaft drübergekippt.«

Willi hob erstaunt eine Augenbraue. »Orangensaft? Das ist ganz schlecht. Der Zucker! Ich befürchte, da kannst du dein Handy abschreiben. Aber immerhin hast du ja noch die SIM-Karte. Die solltest du erst einmal vorsichtig reinigen, bevor du sie wieder benutzt.«

»Ich glaube, ich werde nicht umhinkommen, mir in Zell ein Prepaidhandy zuzulegen. So ganz ohne Telefon – das halten meine Nerven nicht aus. Vielleicht kann ich ja wenigstens meine SIM-Karte retten.« Eleonore stand auf. »Ich habe übrigens Kabine 212, sollte jemand für mich anrufen. Aber ich muss mich jetzt erst einmal frisch machen.« Sie wandte sich ab und strebte dem nächstgelegenen Treppenabgang zu.

Willi stand auf und setzte sich auf den Stuhl Frederike direkt gegenüber. »Nachdem wir uns jetzt bereits mehrfach über den Weg gelaufen sind, spricht ja nichts dagegen, zukünftig etwas mehr Zeit zusammen zu verbringen.«

Sie hatten bereits am Vorabend festgestellt, dass man bei einer solchen Schiffsreise schnell Bekanntschaft schloss und Vertrauen zu den Mitreisenden aufbaute. Überall sah man Grüppchen von Leuten zusammensitzen, lachen und plaudern. Also lehnte sich Frederike entspannt zurück und freute sich, dass sie auf die Heimlichkeiten weitgehend verzichten konnten.

»Na, hattest du einen schönen Vormittag?«

Willi lächelte sie an. »Du hast ja anscheinend verschlafen. Ja, das Städtchen ist schön, sehr romantisch. Besonders die Klosterkirche hat es mir angetan.« Er deutete auf einen Gebäudekomplex oben am Hang. »Da oben kann man herrlich sitzen und das Panorama genießen.«

Mascha kam herüber und stellte ihm eine Tasse Kaffee hin. »Möchten Sie auch etwas?«, wandte sie sich an Frederike, doch die winkte ab. Mascha verschwand wieder.

»Ich habe die Gelegenheit genutzt, mich ein wenig unter die Leute zu mischen. Es ist wirklich erstaunlich, welche Informationen man durch diese kleinen Plaudereien bekommt.«

»Könntest du mir das gleich erzählen? Ich bin neugierig, aber du musst dir erst Eleonores Geschichte anhören.«

Willi nahm einen Schluck Kaffee. »Da bin ich ja mal gespannt. Ich habe mir schon gedacht, dass du ihr Handy nicht einfach so geschreddert hast. Leg los.«

Frederike schilderte die Ereignisse der letzten Stunde und ihre Mitwirkung daran.

Willi war beeindruckt. »Okay, die Nummer mit Frank war ein interessanter Move. Aber was versprichst du dir jetzt genau von der Aktion?«

»Ich bin mir selbst nicht ganz sicher. Das war jetzt flott improvisiert. Wenn es sich tatsächlich um die Kripo gehandelt haben sollte, die mit Eleonore Kontakt aufgenommen hat …«

Willi zog spöttisch beide Augenbrauen hoch.

»… ja, ich glaube da auch nicht dran, aber dann ist nichts verloren. Die werden jemanden aufs Schiff schicken, und wir können den dann erst mal überprüfen. Wenn der Geldempfänger echt ist, wird er sich ja sowieso ausweisen. Sollte Eleonore jedoch an eine Betrügerbande geraten sein, gibt es zwei Möglichkeiten: Entgegen der Absprache ist Eleonore zurzeit nicht zu erreichen, aber die Betrüger wissen ja, dass der Akku des Handys leer ist. Vielleicht hat sie das Ladekabel vergessen oder der Akku ist defekt. Sie sitzt auf dem Schiff fest und kann nicht für Ersatz sorgen. Möglicherweise werden sie misstrauisch und lassen das Ganze fallen. Oder aber sie vertrauen auf ihr Glück – Eleonore hat ja die Geldlieferung fest zugesagt –, und es kommt tatsächlich jemand an Bord. Egal, wie die Sache ausgeht, Frank beobachtet in Zell den Anleger. Kommt jemand zur Geldübergabe an Bord, verfolgt er die Boten anschließend. Denk dran, wir sind an den Hintermännern interessiert, nicht am untergeordneten Personal.«

Willi nickte. »Gut, das ist machbar. Aber es gibt ja kein Geld.«

Frederike nickte zufrieden. »Ja, das ist der springende Punkt. Eleonore wird ihm sagen, dass bereits jemand von der Kripo da war und das Geld entgegengenommen hat. Ich werde das bezeugen.«

»Ich verstehe. Ihr wollt das System irritieren.«

»Hä?«

Willi winkte ab. »Der ursprüngliche Plan ist gescheitert. Das erfordert Rücksprache. Ihr hofft, dass der Bote direkt Kontakt mit dem Auftraggeber aufnehmen wird und Frank so eine Spur hat, die er verfolgen kann.«

»Genau!«

»Okay. Interessant.« Willi blickte auf seine Uhr. »Wenn ich das richtig verstehe, haben wir bis Zell jetzt Ruhe und können uns gemütlich dem Mittagessen widmen.« Er griff nach der Speisekarte.

Frederike zückte ihr Handy. »Ich werde Leonie mal anrufen und bitten, diesen Kai-Uwe ausfindig zu machen. Ich kann mir vorstellen, dass Eleonore die Nerven verliert, wenn heute Nachmittag jemand an Bord kommt und ihr sagt, sie hätte ihr Geld dem Falschen ausgehändigt.«

Sie wählte Leonies Nummer, während sich Willi in die Speisekarte vertiefte.

»Ich frage mich ja, warum jemand bei einem All-inclusive-Urlaub überhaupt so viel Bargeld mit an Bord nimmt«, murmelte er noch, doch Frederike hörte gar nicht zu.

Frank stand derweil am Anleger in Zell. Das Geldbündel in seiner Hosentasche bereitete ihm Stress. Er hatte es sich auf einer Holzbank direkt an der Mosel gemütlich gemacht, nachdem er sich unterwegs noch schnell ein Sandwich besorgt hatte. Da er eigentlich im Dienst war, informierte er kurz seinen Chef, Kriminalhauptkommissar Michael Engel, dass er seine Mittagspause etwas ausdehnte. Mehr wollte er erst einmal nicht sagen. Die ganze Sache kam ihm nicht korrekt vor. Wenn er nicht schon mehrere Male mit Frederike zusammengearbeitet hätte, wäre er sicher nicht hier. Er kannte die Tante seiner Lebensgefährtin gut und wusste, dass sie und Willi hier an Bord für Leonie Jansen vom BKA unterwegs waren, aber sie sollten doch bloß beobachten und berichten. Das hier sah nach einer sehr spontanen Improvisation von Frederike aus, und Frank hasste es, improvisieren zu müssen.

Er sah auf die Uhr. Gleich fünfzehn Uhr. Eigentlich sollte das Schiff jeden Moment anlegen. Am Flusskreuzfahrt-Anleger herrschte nur wenig Betrieb. Ein Mann führte seinen Schäferhund spazieren, ein Pärchen saß liebevoll aneinandergekuschelt auf der Bank neben seiner. Etwas weiter weg stand jemand an sein Motorrad gelehnt und schaute auf sein Handy. Frank fingerte nach seinem Autoschlüssel. Sein Wagen stand circa dreißig Meter weiter entfernt geparkt. Das konnte knapp werden, falls es der Typ mit dem Motorrad sein sollte. Er überlegte kurz, ob er seinen Beobachtungsstandort wechseln sollte, doch es war kein Parkplatz in unmittelbarer Nähe frei. Da sah er auch schon die *Wilma* herannahen. Das Pärchen nebenan beobachtete, wie das Schiff anlegte. Der Mann mit Hund war nur noch von Weitem zu erkennen.

Kurz darauf kamen die ersten Gäste von Bord, um ihren Landausflug in Zell an der Mosel zu genießen. Frank hielt den Motorradfahrer fest im Blick und bemerkte erst recht spät, dass sich der junge Mann von der Nebenbank erhoben hatte, seiner Freundin kurz zuwinkte und sich dann in Richtung Anleger aufmachte. Er fingerte etwas aus seiner Tasche und betrat dann den Steg. An Bord wurde er von einer jungen Frau aufgehalten. Er sprach kurz mit ihr, und sie brachte ihn dann ins Innere des Schiffs. Flott tippte Frank eine Nachricht in sein Telefon: *Er kommt*.

Frederike spürte die Vibration ihres Handys und blickte auf das Display. Dann nickte sie Willi zu. Inzwischen hatte sich Eleonore Heilmann wieder zu ihnen gesetzt, und auch Cornelia hatte bei ihnen Platz genommen. Frederike hatte das Gefühl, dass sie einen Narren an Willi gefressen hatte. Vielleicht war es aber auch ihre Louis-Vuitton-Tasche, überlegte sie amüsiert.

Eleonore stand auf. »Kommt jemand mit an Land? Ich muss mir hier einen Handyladen suchen. Sonst habe ich keine Ruhe.«

Cornelia erhob sich ebenfalls. »Ich komme mit. Ich glaube aber nicht, dass man hier irgendwo ein Telefon kaufen kann. Da musst du wahrscheinlich bis Trier fahren.«

»Ist mir egal. Ich schnappe mir irgendwo ein Taxi. Der Fahrer wird schon wissen, wo es hier was gibt.«

»Ein Taxi?«, fragte Frederike zweifelnd. »Da bin ich mal gespannt.«

In dem Moment trat Jessica an den Tisch, einen jungen Mann im Schlepptau. »Hier, das ist Eleonore Heilmann.«

Der Mann blickte zu den vier Menschen am Tisch. Dann wandte er sich an Eleonore. »Kann ich Sie kurz allein sprechen?«

»Aber selbstverständlich. Geht es um meinen Enkel?«

Der Mann schob Eleonore ein paar Schritte zur Seite und begann, leise auf sie einzureden. Er zeigte ihr ein Plastikkärtchen.

Frederike beobachtete das Gespräch gespannt, und auch Willi bemühte sich, der Szene zu folgen, wurde aber gerade von Cornelia in eine Unterhaltung verwickelt.

Eleonore schlug die Hand vor den Mund, ihre Augen waren aufgerissen. »Das kann doch nicht sein!«, hörte Frederike von Weitem.

Der junge Mann bemühte sich um Ruhe und sprach mit gesenkter Stimme, aber man merkte ihm an, dass die Situation nicht nach seinem Geschmack war. Er wirkte gestresst.

Eleonore rang die Hände. »Aber ich habe nicht mehr dabei. Ich habe Ihrem Kollegen alles gegeben.« Der Mann erwiderte etwas. »Dann geben Sie mir Ihre Telefonnummer. Mein Handy ist kaputt, aber sobald ich wieder erreichbar bin, melde ich mich bei Ihnen. Frederike!« Eleonore wandte sich zum Tisch. »Frederike, kannst du dem Herren hier deine Handynummer geben? Da ist bei der Geldübergabe wohl irgendetwas schiefgegangen. Das muss er jetzt erst mal klären und ich mir Bargeld besorgen.«

Frederike stand auf und ging zu den beiden hinüber. Sie reichte dem jungen Mann die Hand. Höchstens Mitte zwanzig, konstatierte sie, durchaus gepflegt.

Schon fast zu viel! Ein Dandy-Typ. »Suttner. Und Sie sind?«

Der junge Mann starrte sie an, sagte aber nichts.

»Das ist Kommissar Brix von der Kripo. Er will das Geld abholen. Aber das habe ich doch schon in Beilstein seinem Kollegen gegeben.«

»Brix wie der Frankfurter *Tatort*-Kommissar? So ein Zufall. Ja, der Kollege war schon hier. Was läuft denn hier eigentlich?«

Kommissar Brix blickte auf seine Uhr. »Es tut mir leid, ich muss jetzt los. Wir melden uns bei Ihnen.« Er drehte sich auf dem Absatz um und ging mit raschen Schritten zum Ausgang.

»Aber Sie können mich doch gar nicht erreichen«, rief Eleonore Heilmann noch hinter ihm her, aber das schien ihn gar nicht mehr zu interessieren.

Frederike tippte derweil eine Nachricht in ihr Handy. *Er kommt zurück!*

Frank beobachtete, wie der junge Mann vom Steg direkt zu seiner Freundin eilte, und spitzte die Ohren, um möglichst viel von der Unterhaltung aufzuschnappen. Doch die beiden redeten zu leise. Dann griff die Frau zum Telefon. Ihre Stimme war jetzt deutlicher zu verstehen.

»Zum Teufel, was ist hier los? Hat da schon jemand von euch in Beilstein das Geld abgeholt?« – »Wie?« – »Nein. Da wusste jemand Bescheid und hat sich als Kripobeamter ausgegeben. Sie hat ihm das Geld gegeben.« – »Ja, die ganzen elftausendfünfhundert Euro.« – »Aber das muss doch einer von deinen Leuten gewesen sein.«

– »Pass auf, mir ist das zu blöd. Irgendjemand spielt da mit falschen Karten. Wir sind raus.«

Sie unterbrach das Gespräch und fingerte die SIM-Karte aus dem Handy. »Komm, wir sollten abhauen. Da verarscht uns jemand.«

Sie warf die SIM-Karte in weitem Bogen in Richtung Mosel. Dann machten sich die beiden auf.

Frank blickte ihnen nach. Sollte er ihnen folgen oder sich lieber um die SIM-Karte kümmern? Er hatte nicht den Eindruck, dass die beiden jetzt zu ihrem Auftraggeber fahren würden. Im Gegenteil, das sah nach Kontaktabbruch aus. Also lieber die SIM-Karte holen. Die Frau hatte zwar weit ausgeholt, aber, wie Frauen eben werfen, kaum Meter gemacht. Es war unwahrscheinlich, dass es die Karte bis in die Mosel geschafft hatte. Die beiden nahmen ihm die Entscheidung ab, indem sie sich in ein Auto setzten und mit hohem Tempo davonfuhren.

Frank stand auf und ging zum Ufer. Er hatte sich bemüht, sich die Stelle zu merken, wo die Karte seiner Meinung nach zu Boden gefallen war. Trotzdem dauerte es einige Minuten, bis er die Karte im Ufergras entdeckte. Direkt neben den frischen Hinterlassenschaften des Schäferhunds. Bäh! Vorsichtig griff er nach der Karte, wischte sie am Jackenärmel ab und steckte sie in seine Geldbörse. Es musste ja einen Grund geben, warum die junge Frau die SIM-Karte entsorgt hatte. Zumindest die gespeicherten Telefonnummern dürften hochinteressant sein. Wenn er Glück hatte, waren auch die letzten Gespräche hinterlegt. Ansonsten konnte der Provider sicher weiterhelfen.

Zufrieden machte er sich auf den Weg zu seinem Wagen. Er bemerkte nicht, dass ihm der Blick des Motorradfahrers folgte, der die Szene mit Interesse beobachtet hatte.

ZELL AN DER MOSEL

Frederike bemühte sich immer noch, Eleonore zu beruhigen, als ihr Telefon klingelte.

»Sind sie das? Ist das für mich?« Eleonore wollte ihr schon das Gerät aus der Hand reißen, doch Frederike hatte bereits Franks Namen im Display erspäht. Eleonore allerdings auch!

»Frank Junge? Das ist doch der Kripomensch, der heute Vormittag in Beilstein das Geld abgeholt hat. Wieso hast du seine Nummer eingespeichert? Los, gib mir das Handy. Ich muss mit ihm sprechen.« Frederike wechselte einen resignierten Blick mit Willi und überließ ihr das Telefon.

Und so kam es, dass Frank nicht Frederikes Stimme im Ohr hatte, sondern die einer sehr aufgebrachten Eleonore Heilmann.

Kurze Zeit später ließ sich Eleonore frustriert wieder auf ihren Stuhl sinken und funkelte Frederike böse an. »Du schuldest mir eine Erklärung.«

Frederike nickte. »Ja, das tue ich. Aber zuerst möchte ich dich um Verzeihung bitten. Als ich heute Morgen dein Telefonat mitbekommen habe, ging mir direkt durch den Kopf, dass dich da jemand mit einer üblen Betrugsmasche abziehen möchte.«

»Du bist echt auf so einen dämlichen Enkeltrick hereingefallen?« Cornelia hatte die Geschichte mit offenem Mund verfolgt. Sie schüttelte den Kopf. »Aber das weiß man doch, dass das alles Fake ist.«

Willi brachte sie mit einem leichten Kopfschütteln zum Schweigen, und Frederike nahm den Faden wieder auf.

»Du warst so aufgeregt, dass ich mit meinen Befürchtungen nicht zu dir durchgedrungen wäre. Also habe ich meinen zukünftigen Schwiegersohn …« – sie setzte das Wort gedanklich in Anführungszeichen, denn Angela war ja nicht ihre Tochter, sondern ihre Nichte, was aber keinen großen Unterschied machte – »… der zufällig bei der Kripo arbeitet, gebeten, dein Geld sicherzustellen. Mach dir keine Sorgen, du erhältst selbstverständlich den Betrag zurück. Parallel habe ich mich erkundigt, ob die Kripo es zulassen würde, dass ein deutscher Staatsbürger ins Ausland verbracht werden darf, sollte er jemanden vom diplomatischen Dienst verletzen. Mir wurde versichert, das sei völlig ausgeschlossen. Frank ist also auch extra hier nach Zell gefahren, um ein Auge darauf zu haben, wer nun möglicherweise das Geld einsammeln möchte. Er ist an dem jungen Mann dran.«

»Ja, er hat mir gesagt, dass er den Anleger beobachtet hat und man nun die Telefondaten des falschen Kriminalbeamten überprüfen wird. Aber was ist denn nun mit Kai-Uwe?«

»Ich bin sicher, ihm geht es gut. Hier, versuche doch noch mal, ihn zu erreichen.« Frederike schob Eleonore ihr Handy hin. Doch Kai-Uwe meldete sich nicht.

Cornelia schaute Eleonore an. »Ich begreife es nicht. Du bist doch sonst so abgebrüht. Wie konnte dir das passieren?«

Eleonore schloss müde die Augen und sprach mit tonloser Stimme: »Kai-Uwe ist mein Enkel, mein Ein und Alles. Ich mache mir immer noch Sorgen, und ich werde mir nie verzeihen, wenn an der Geschichte doch etwas dran und mein Enkel nun in Gefahr ist.« Sie war blass im Gesicht, ihre Lippen bebten.

Willi beugte sich nach vorne. »Darf ich deine Hände nehmen?«

Eleonore nickte teilnahmslos.

Willi ergriff ihre Hände und hielt sie fest. »Schau mich an. Deinem Enkel geht es gut, und du hast getan, was du konntest. Es ist alles gut, hörst du? Jetzt atme tief ein und aus. Und gleich noch mal.«

Er wartete einige Sekunden und beobachtete Eleonore aufmerksam. Dabei hielt er ihre Hände weiterhin fest. Eleonore öffnete die Augen und sah ihn an.

»Geht es wieder?«

»Ja, es geht wieder. Danke. Aber ich glaube, ich brauche jetzt einen Schnaps.«

Frederike lachte auf. »Da bin ich gerne dabei. Den kann ich jetzt auch vertragen.« Sie winkte der jungen Kellnerin zu.

Nachdem Eleonore ihren Tresterschnaps hinuntergekippt hatte, erhob sie sich. »Jetzt lege ich mich erst einmal hin.«

»Mach das. Wir werden derweil herausfinden, wo sich dein Kai-Uwe aufhält. Wozu hat man Freunde bei der Polizei?«

Willi nahm Frederikes vollmundiges Versprechen mit einem leisen Schnauben zur Kenntnis. Cornelia erhob sich ebenfalls. »Ich gehe in die gleiche Richtung und begleite dich ein Stück. Gleich geht der Landausflug los, und ich will mir noch meine Jacke holen. Kommt ihr nicht mit?«, wandte sie sich an Frederike und Willi.

Willi winkte ab. »Nein, die Klettertour heute Morgen war erst einmal genug für mein Bein. Ich muss die Füße hochlegen. Aber viel Spaß!«

»Und ich habe zu tun!«, ergänzte Frederike und winkte mit ihrem Handy. »Gute Unterhaltung beziehungsweise angenehme Ruhe euch beiden!«

Nachdem die beiden verschwunden waren, wählte sie erneut die Nummer von Leonie Jansen. »Hast du etwas erreicht?«, fragte sie hoffnungsvoll, nachdem sich ihre Gesprächspartnerin gemeldet hatte. »Wir versuchen immer noch, Kai-Uwe ausfindig zu machen.«

Leonie gluckste am anderen Ende der Leitung. »Da kannst du lange suchen beziehungsweise da müsst ihr weit fahren.«

Doch Frederike hörte nur die wesentliche Information. »Gott sei Dank. Du hast ihn gefunden.«

»Ja, das habe ich. Und musste dafür bis ans andere Ende der Welt. Er ist tatsächlich geschäftlich in Neuseeland. Seine Firma hat ihn für drei Wochen in ihre Zweigstelle geschickt. Im Moment ist es in Christchurch mitten in der Nacht. Deshalb ist wohl das Handy ausgeschaltet. Aber man hat mir in der Firma vorsichtshalber eine Durchwahl gegeben, wo man ihn heute Abend ab einundzwanzig Uhr erreichen kann. Ich hoffe, du hast eine Flatrate.«

»Ach, du bist ein Engel.« Frederike strahlte. »Ich bin ja so froh, dass sich das Problem löst.«

»Ihr solltet ihn aber heute Abend nicht zu lange aufhalten. Sein Flieger geht um zwölf Uhr fünfundvierzig Ortszeit, und er wird schnell zum Flughafen aufbrechen. Sein Einsatz endet heute. Beziehungsweise morgen.« Leonie lachte leise auf. »Diese Zeitverschiebung bringt mich ganz durcheinander.«

»Na, dann sollte er ja heute Abend seine Sprachbox abhören und auch wieder über die eigene Nummer erreichbar sein. Vielen Dank, meine Liebe.«

»Wie kommt ihr sonst voran?«

»Wir werden gleich erst mal unsere Eindrücke zusammentragen. Ich habe den Eindruck, dass diese Aktion hier nichts mit unserem Auftrag zu tun hat. Schlecht vorbereitet und viel zu spontan. Wir haben ja gestern erst abgelegt. Wie sollten die so schnell an diese ganzen Informationen gekommen sein?«

»Das ist eine Frage, die ihr vor Ort sicher besser beantworten könnt als ich. Lass uns heute Abend noch mal telefonieren. Ich muss jetzt in ein Meeting. Bye! Und grüße Willi von mir.« Leonie beendete das Gespräch.

Frederike, die sich für das Telefonat an die Reling gestellt hatte, gesellte sich wieder zu Willi, der inzwischen sein Bein auf einem Stuhl hochgelagert hatte.

»So schlimm?« Frederike deutete auf das Bein, während sie Platz nahm.

»Die Treppen in Beilstein waren eine Herausforderung. Es hat sich gelohnt, immerhin bin ich auf den Spuren von Heinz Rühmann gewandelt. Zell muss ich mir jetzt sparen. Vielleicht geht es heute Abend wieder.

Ich habe mir eben, während du telefoniert hast, meine Sprachnotizen vom Vormittag noch mal angesehen. Aber lass uns erst einmal bei Eleonore bleiben. Was hältst du von der Sache?«

»Ich bin mir nicht sicher, ob die Aktion mit unserem Auftrag zusammenhängt. Natürlich geht es auch um einen Enkeltrick, das würde passen. Aber so schnell? Wir haben gestern erst abgelegt, und die ziehen bereits eine solche Nummer durch?«

Willi zuckte mit den Achseln. »Na ja, manchmal ist Schnelligkeit geboten. Mich wundern aber zwei Dinge. Erstens: Warum hat Eleonore diese große Menge Bargeld an Bord? Wir reisen doch all-inclusive. Ich verstehe das nicht.«

Frederike schaute ihn an. »Stimmt. Aber tatsächlich kann man auch ein Basispaket buchen ohne Getränke und so. Vielleicht hat sie das ja gemacht. Obwohl mir elftausendfünfhundert Euro für Schnaps und Cocktails etwas übertrieben erscheinen. Und was ist zweitens?«

»Zweitens: Woher wussten die Trickbetrüger von der Geldsumme? Ich kann mir nicht vorstellen, dass sie der Typ ist, der mit Geldbündeln winkend durchs Schiff trabt.«

»Sie hat das Geld aus dem Bordsafe geholt. Vom Bordpersonal wusste es also definitiv jemand.« Frederike sinnierte vor sich hin. »Vielleicht hat es ja doch mit unserem Auftrag zu tun. Denn die müssen ja gleichzeitig eine Menge Informationen bekommen haben. Sie wussten anscheinend, dass Eleonore einen Enkel hat, der Kai-Uwe heißt.«

»Na ja, manche sind so fit in Gesprächsführung, dass sie solche Informationen ganz nebenbei durch Small Talk herauslocken können. Eleonore scheint mir nicht der Typ Mensch zu sein, der sich bei einem Telefonat so einwickeln lässt. Obwohl – wenn Kai-Uwe ihr Ein und Alles ist, kann so eine Krise jemanden schon emotional völlig überfordern. Da weicht der gesunde Menschenverstand der reinen Panik.«

»Cornelia hat auch gesagt, dass sie Eleonore das nicht zugetraut hätte. Sie nannte sie sogar ›abgebrüht‹, wenn ich mich recht erinnere.«

Willi nickte. »Stimmt, das ist mir auch aufgefallen. Eine merkwürdige Wortwahl. Das lässt darauf schließen, dass die beiden sich näher kennen. Auch das ist merkwürdig. Ich hatte gestern nicht den Eindruck, dass Cornelia Bekannte auf dem Schiff hat, nachdem sie sich so viel Mühe gegeben hat, sich an dich zu hängen.«

»Vielleicht hat sie Eleonore erst später entdeckt?«

»Unwahrscheinlich. Sie saß am Nebentisch.«

Frederike blickte Willi erstaunt an. »Echt? Das ist mir gar nicht aufgefallen.«

»Du warst ja auch mehr mit deinem Laphroaig beschäftigt«, grinste Willi. »Nein, ich bin ziemlich sicher, dass die zwei sich gestern noch nicht kannten. Und ich war noch ziemlich lange an der Bar. Da war später auch nicht mehr viel los.«

»Hast du dich mit Claudio angefreundet, dem netten Barkeeper?«

»Ja, habe ich.«

Frederike vermeinte ein leichtes Zögern zu vernehmen.

»Auf jeden Fall waren die beiden nicht mehr in der Bar. Cornelia hat noch eine Weile in meiner Nähe gesessen, war dann aber verschwunden«, fuhr Willi fort.

»Dann müssen wir davon ausgehen, dass die zwei sich irgendwann später begegnet sind und Cornelia sich dort von der Abgebrühtheit Eleonores überzeugen konnte.« Frederike dachte nach. »Vielleicht waren sie ja gemeinsam in der Sauna, und Eleonore hat unfassbar heiße Aufgüsse zelebriert.« Sie grinste.

Willi erwiderte das Grinsen. »Wir werden es herausfinden. Sauna ist keine schlechte Idee. Da wird dann auch gerne ein wenig getratscht. Allerdings kann ich mir nicht vorstellen, dass jemand vom Personal mit in der Sauna gesessen hat.«

Frederike nickte gedankenvoll. »Auch wieder wahr. Wir sollten also herausbekommen, was Eleonore gestern Abend noch so getrieben hat. Trotzdem – ich bin fassungslos, dass man so schnell zugeschlagen hat.«

Doch Willi war anderer Meinung. »Warum nicht? Denke daran, Kai-Uwe macht sich heute auf den Rückweg. Morgen hätte die Nummer vielleicht schon nicht mehr geklappt. So hat die Zeitverschiebung den Tätern voll in die Karten gespielt.«

»Aber woher sollten sie denn wissen, dass Kai-Uwe geschäftlich unterwegs ist, wenn nicht mal seine Oma darüber informiert war?«

»Check mal seinen Instagram-Account. Es sollte mich nicht wundern, wenn da nicht das eine oder andere Foto gepostet worden wäre.«

Frederike nickte. Ja, dieses Kack-Internet. Hier machten sich die Menschen ohne Not nackig und wunderten sich anschließend, dass jemand die Daten missbrauchte. »Möglich wäre es. Aber jetzt zu dir: Was hast du inzwischen in Erfahrung gebracht?«

Willi lehnte sich entspannt zurück und schloss die Augen. »Keine Angst, ich schlafe nicht ein. Aber so kann ich mich besser erinnern. Also: Bei dieser Tour sind hundertdreiundvierzig Gäste an Bord. Die meisten reisen zu zweit oder sind Paare. Es sind nur neun Kabinen einzeln belegt. Dazu gehören unsere beiden. Cornelia ist eine weitere Alleinreisende, und auch Eleonore gehört dazu. Alleinreisende gibt es anscheinend gar nicht so häufig, denn dafür sind die Reisekosten zu hoch. Unter den Alleinreisenden sind auch drei Männer. Einen davon habe ich gestern an der Bar kennengelernt, ein ehemaliger Geschäftsmann aus Breisach, jetzt Privatier. Er macht anscheinend öfters solche Flusskreuzfahrten mit, war auch schon auf der Donau und der Rhône unterwegs.«

»Warum konzentrierst du dich so auf Alleinreisende?«

Willi öffnete erstaunt die Augen. »Ist das nicht logisch? Diese ganze Abzockmasche funktioniert doch am besten bei alleinstehenden Menschen. Der Betrug klappt in der Regel nur, wenn der oder die Betroffene keinen klaren Gedanken mehr fassen kann und emotional im Ausnahmezustand ist. Nahestehende Personen sind ein Risiko.«

»Richtig!« Frederike fasste sich an den Kopf. Dass sie da nicht selbst drauf gekommen war. Eindeutig zu viel Whisky gestern!

Willi hatte wieder die Augen geschlossen. »Heute habe ich mich beim Ausflug Cornelia angeschlossen. Ich fand es interessant, wie schnell sie sich gestern auf dich fixiert hatte.«

»Hallo? Ich bin eine sehr sympathische Person. Wieso wundert dich meine Anziehungskraft?«

Willi kommentierte den Einwurf mit einem feinen Lächeln.

»Wir haben uns in ein Café gesetzt und uns gemeinsam die Leute angeschaut, die vorbeiflanierten. Cornelia hat wirklich eine spitze Zunge. Mir ist aufgefallen, dass sie eine gute Beobachterin ist und besonderes Augenmerk auf die Insignien der Macht legt.«

»Hä?«

»Sie registriert Statussymbole«, erläuterte Willi. »Bei einem Passanten bemerkte sie bereits eine teure Rolex, bevor ich überhaupt gesehen hatte, dass der Mann eine Uhr trägt. Sie erkennt Designerkleidung, identifizierte alle möglichen Labels und nannte auch Preise. Handtaschen und Schuhe haben es ihr anscheinend besonders angetan.«

»Na ja, sie stammt aus Düsseldorf. Aber möglicherweise war es ja gar nicht meine persönliche Anziehungskraft, die sie gestern so gefesselt hat, sondern meine Tasche.«

»Ja, deine rosa Louis-Vuitton-Tasche«, nickte Willi bestätigend. »Ich darf dir bei der Gelegenheit sagen, dass das hässliche Ding bei Sammlern mit rund zweitausend Euro taxiert wird.«

»Echt?« Frederike war begeistert. Da hatte sich die Investition ja doch gelohnt. »Ich hatte ja gehofft, dass mir das wilde Teil auf dieser Tour einen Hauch von Extravaganz verleiht.«

»Definitiv! Aber was ich damit sagen will – Cornelia hat einen ausgeprägten Hang zum Geld. Sie hat übrigens auch keine Miene verzogen, als sie mitbekommen hat, dass Eleonore so viel Bargeld dabeihatte.«

Frederike sog die Luft ein. »Sag mal, vielleicht sind wir doch auf dem falschen Dampfer.«

Willi öffnete überrascht die Augen.

»Nein, ich meine nicht das Schiff hier. Das passt schon. Aber wir waren doch eigentlich der Meinung, dass sich jemand vom Personal die Daten beschafft und meistbietend verkauft. Vielleicht ist es ja doch ein Gast?« Frederike überlegte. Konnte das nicht doch sein? Willi hatte ja davon gesprochen, dass einige bereits mehrfach auf Kreuzfahrttour gewesen waren.

»Ich glaube nicht. Wenn ich Leonies Ansatz richtig verstanden habe, konzentrieren sich die Ermittlungen ja genau auf dieses Schiff. Warte mal.« Er schnappte sich seinen Gehstock und stand mit schmerzverzerrtem Gesicht auf.

Frederike beobachtete ihn, wie er in Richtung Bar davonzog. Brauchte er etwas Schmerzstillendes?

Kurze Zeit später kehrte er zufrieden lächelnd zurück und nahm wieder Platz. »Also, von den hiesigen Gästen war anscheinend niemand in den letzten drei Jahren auf der *Wilma*.«

»Und das weißt du woher?«

»Ich sagte doch, dass ich gestern lange an der Bar war.«

Frederike nickte verstehend. »Claudio!«

Sie winkte nach Mascha und ließ sich ihre Getränke auf die Kabinennummer schreiben.

»Ich gehe jetzt noch einmal zu Eleonore rüber und erzähle ihr von Kai-Uwe. Nicht, dass sie von Albträumen geplagt wird bei ihrem Mittagsschläfchen. Hoffentlich ist sie dann so erleichtert, dass sie mir erzählt, was es mit dem hohen Geldbetrag auf sich hat, den sie hier mitführt. Und du kannst ja mal dein Glück bei Cornelia versuchen. Es wäre hilfreich, wenn wir irgendwie herausbekommen, ob und wie die beiden gestern Abend aufeinandergetroffen sind.«

Willi stand auf. »Ich denke, jetzt sind erst einmal alle auf Landgang. Ich werde versuchen, mich beim Personal lieb Kind zu machen. Vielleicht gibt es hier einen medizinischen Dienst, der mal einen Blick auf den Stumpf werfen kann.«

Frederike tätschelte ihm bedauernd den Rücken, überließ ihn aber wortlos seinem Schicksal. Sie wusste, dass er sie um Hilfe bitten würde, falls er diese benötigte. Alles andere würde er als aufdringlich empfinden.

Vorsichtig klopfte sie an die Tür der Kabine 212. Es dauerte eine Weile, Frederike hörte ein Rascheln, dann öffnete Eleonore die Tür. »Ach, du bist es. Willst du reinkommen?«

Frederike nickte nur und schob sich an Eleonore vorbei ins Zimmer. Die Fenster des französischen Balkons waren geöffnet, und eine leichte Brise wehte durch die Kabine.

»Hast du was in Erfahrung bringen können?«, wollte Eleonore hastig wissen, noch bevor sie sich auf die beiden Sesselchen vor den Balkon gesetzt hatten.

»Ja, gute Nachrichten. Kai-Uwe ist zurzeit geschäftlich in Christchurch, Neuseeland. Da ist es im Moment mitten in der Nacht. Deshalb geht er wohl nicht ans Telefon. Ab einundzwanzig Uhr solltest du ihn erreichen können. Er fliegt dann im Laufe des Tages zurück nach Frankfurt, sodass du ihn bald wieder in deine Arme wirst schließen können.«

Eleonore schossen die Tränen in die Augen, sie schluchzte vor Erleichterung kurz auf. »Gott sei's gepriesen! Bist du sicher?«

»Man hat sich mit seinem Arbeitgeber in Verbindung gesetzt und die Infos dort erhalten. Er hat aber auch fleißig Bilder von sich und seiner Umgebung auf Instagram gepostet.« Frederike konnte nicht vermeiden, dass sich ein leichter Vorwurf in ihre Stimme schlich. Wenn Eleonore einfach mal gegoogelt hätte, wäre sie sicher auch schnell auf diese Infos gestoßen.

»Ach, mit diesem ganzen Computerzeugs habe ich nichts am Hut. Du lieber Gott, Neuseeland. Wo die jungen Leute heutzutage überall unterwegs sind.« Eleonore wurde nachdenklich. »Es kann sogar sein, dass er mir vor einiger Zeit mal erzählt hat, er müsse für einige Zeit nach Übersee. Mein Gedächtnis ist wirklich nicht mehr wie früher.« Sie schüttelte den Kopf. »Aber Hauptsache, es geht ihm gut. Es geht ihm doch gut?«

Frederike lachte und drückte Eleonores Hand. »Ja, es geht ihm gut. Und bald kannst du mit ihm telefonieren!«

Eleonore erwiderte den Händedruck. »Danke, dass du mich vor meiner eigenen Idiotie bewahrt hast.«

Frederike blickte ihr durchdringend in die Augen. »Das war keine Idiotie. Man hat eine sehr gut durchdachte Betrugsmasche bei dir durchgezogen. Und deshalb sollten wir uns mal darüber unterhalten, was das möglich gemacht hat. Ich hätte da ein paar Fragen.«

Gehorsam lehnte Eleonore sich zurück und war ganz Ohr.

Einige Zeit später machte sich Frederike auf die Suche nach Willi, doch er war weder in dem kleinen Erste-Hilfe-Zimmer noch in seiner Kabine. Mascha, die gerade die Bar übernommen hatte, konnte ihr auch nicht helfen. Also ging Frederike in ihre eigene Kabine, schickte Willi eine WhatsApp mit: *Interessante Neuigkeiten,* und legte sich dann auf ihr Bett, um über das Gehörte nachzudenken.

Eleonore hatte ihr erzählt, dass sie nicht einfach eine kleine Vergnügungsfahrt auf der Mosel machte, nein, es ging um richtig viel Geld. In einem kleinen Hinterzimmer, dessen Lage auf dem Schiff sie sich allerdings nicht entlocken lassen wollte, fanden des Nachts äußerst lukrative Pokerrunden statt. Hier wurde um hohe Einsätze gespielt, und nur Bares war Wahres. Das Ganze hatte Eleonore Frederike unter dem Siegel der Verschwiegenheit anvertraut, und sie war keineswegs bereit, die Namen ihrer Mitspieler zu verraten. Anscheinend hatte man die Runde auf höchste Geheimhaltung eingeschworen. Frederike wusste auch, warum. Illegales Glücksspiel konnte mit einer mehrjährigen Freiheitsstrafe geahndet werden. Das erklärte, warum Eleonore so viel Bargeld in der Tasche hatte. Und Frederike war sich ziemlich sicher, dass Cornelia zu dieser illustren Runde zählte. Wo sonst hätte sie Eleonore als »abgebrüht« wahrnehmen sollen? Wenn Frederike es richtig interpretiert hatte, war Eleonore eine professionelle Pokerspielerin. Wer hätte das von der alten Dame gedacht?

Die Aufregung des Tages forderte ihren Tribut. Nach kurzer Zeit war Frederike eingeschlafen. Ihr letzter Gedanke galt Willi. Wo zum Teufel mochte er abgeblieben sein?

Es war bereits nach achtzehn Uhr, als Frederike aus ihrem Schläfchen erwachte. Höchste Zeit, zum Abendessen zu eilen. Willi hatte sich noch nicht gemeldet, aber Frederike vermutete, dass sie ihn im Restaurant treffen würde. Ob Leonie noch im Einsatz war? Erst wollte Frederike ihre Nummer wählen, um ihr von ihren neuesten Erkenntnissen zu berichten, entschied sich dann aber anders. Die junge Frau hatte sich ihren Feierabend verdient, und die Pokerrunde lief sicher nicht weg. Frederike war davon überzeugt, dass die auch im Laufe dieser Nacht wieder ausgetragen werden würde, und war fest entschlossen, Eleonore und Cornelia nicht aus den Augen zu lassen. Sie würde schon herausfinden, wo diese Runde stattfand und wer alles daran teilnahm. Am interessantesten schien ihr aber die Frage, wer vom Personal in diese Runden eingebunden war. Beschwingt ging sie in Richtung des Speisesaals. Sie waren heute einen großen Schritt weitergekommen.

ZELL AN DER MOSEL – IMMER NOCH

Im Restaurant war Willi nicht zu finden und auch an der Bar keine Spur von ihm. Frederike erkundigte sich bei Mascha, die gerade Dienst hatte, nach ihm, doch sie hatte ihn in den letzten Stunden nicht gesehen. Frederike begann sich Sorgen zu machen. Möglicherweise hat sich der Beinstumpf wirklich entzündet, und Willi lag mit starken Schmerzen in seinem Zimmer.

Sie ging die Treppen hinunter zum Unterdeck zu seiner Kabine. Gerade als sie in den Gang trat, öffnete sich eine Kabinentür und Claudio trat heraus. Nanu? Wohnte das Personal nicht weiter den Flur hinunter? Claudio strahlte sie fröhlich an und grüßte. Sie erwiderte sein Lächeln. Der Junge war wirklich ein Sonnenschein. Doch dann stutzte sie. Moment mal, war das nicht die Nummer von Willis Kabine? Sie klopfte zögernd. Sofort wurde die Tür geöffnet, und Willi stand im Bademantel in der Tür. Anscheinend hatte er mit einem anderen Besucher gerechnet, denn sein Lächeln erlosch schlagartig, als er Frederikes ansichtig wurde.

Frederike riss die Augen auf, und ihr Mund formte ein stummes »Ooh«. Die Situation war ihr peinlich.

Willi reagierte schneller als sie. »Komm rein.« Seine Stimme klang resigniert.

Frederike trat ein. Das Bett war ungemacht, und es müffelte ein wenig.

»Sorry, aber die Fenster lassen sich nicht öffnen. Ich mach mal die Klimaanlage an.«

Frederike ließ sich auf einen Sessel sinken. »Du bist schwul.« Das war eine Feststellung, keine Frage.

Willi nickte. »Allerdings bin ich nicht der Meinung, dass meine sexuellen Gepflogenheiten irgendjemanden etwas angehen oder ein Gesprächsthema sein sollten.«

»Selbstverständlich nicht!« Frederikes Stimme klang aufgebracht. »Ich lasse dich ja auch nicht an meinem Sexualleben teilhaben.«

»Schön, dass du das so siehst.« Willi ließ sich neben ihr in den Sessel fallen.

»Eigentlich wollte ich dich zum Essen abholen.«

Willi lächelte amüsiert. »Gut, ich bin hungrig.«

Frederike erwiderte sein Lächeln. »Das kann ich mir vorstellen. Er ist aber auch zum Anbeißen.«

Willi warf ihr einen bösen Blick zu, stand auf, schnappte sich seine Sachen und ging ins Badezimmer, um sich anzuziehen.

Frederike biss sich auf die Lippen. Dann fasste sie ihren Mut zusammen. »Warum hast du das nie erwähnt?«

»Es hat sich nicht ergeben«, klang es aus dem Badezimmer.

Sie zuckte mit den Achseln. Stimmte eigentlich. Ihr Verhältnis war freundschaftlicher Art, sie waren in gewisser Weise Kollegen. Und trotzdem ... Ob Frank es wusste?

Willi kam vollständig bekleidet aus dem Badezimmer und setzte sich wieder neben sie. »Bevor du dir den Kopf zerbrichst: Niemand in meinem Umfeld kennt meine Neigung, und ich wäre dir sehr verbunden, wenn das so bliebe.«

Frederike blickte ihn offen an. »Warum? Das ist doch heutzutage wirklich keine große Sache. Wir haben die Ehe für alle, Anti-Diskriminierungsgesetze, das volle Programm.«

»Wir sind beide alt genug, um uns an dunklere Zeiten zu erinnern. Der Paragraf 175 wurde erst 1994 gestrichen.«

Frederike nickte nachdenklich. Ja, die Zeiten waren einmal extrem bedrohlich für schwule Männer gewesen. Aber sie hatten sich geändert. Sie sprach es laut aus. »Die Zeiten haben sich geändert.«

Doch Willi schnaubte nur. »Die Zeiten ändern sich ständig. Vielleicht ist es dir entgangen, weil es dich nicht betrifft, aber in den letzten Jahren haben viele Länder Homosexualität wieder als Straftatbestand eingeführt, das Strafmaß erhöht, teils droht die Todesstrafe. Auch hier in Europa ist das zu beobachten! Polen ist deutlich abgerutscht. Und machen wir uns nichts vor – auch in diesem Land ist die Homophobie wieder auf dem Vormarsch. Da wird in rechten Kreisen das Hohelied der Familie gesungen und Kinderreichtum beschworen. Seit Jahren steigen die Zahlen für Hasskriminalität aufgrund der sexuellen Orientierung.«

Frederike schaute ihn entsetzt an. »Das meinst du nicht ernst, oder? Glaubst du wirklich, dass das hier in Deutschland wieder ein Thema sein könnte?«

»Ich habe lange genug in verschiedenen Gefängnissen gearbeitet, um zu wissen, dass Vorurteile und Schwulenhass nie weg waren. Wenn ich dort meine Arbeit tun wollte ...« Willi zuckte mit den Schultern. »Wie auch immer, ich fühle mich zu alt für ein Coming-out. Bitte respektiere das.« Er stand auf.

Frederike erhob sich ebenfalls. »Natürlich. Nichtsdestotrotz ist es sehr praktisch, dass du dir Claudio geangelt hast. Kein Wunder, dass du so gut über die Passagiere informiert bist.«

Willi lachte auf und drückte Frederike kurz. »Unfassbar! Du bist echt eine Marke. Immer das Auge auf den Fall gerichtet!«

Frederike erwiderte seine Umarmung. »Ach, du kennst mich doch: praktisch denken, Särge schenken.«

Gemeinsam verließen sie die Kabine, um zu Tisch zu gehen.

Auf dem Weg zum Restaurant informierte Frederike ihn kurz über ihr Gespräch mit Eleonore.

»Eine inoffizielle Pokerrunde mit hohen Einsätzen? Das wäre wirklich eine gute Gelegenheit, um Informationen über einzelne Passagiere zu sammeln. Die Teilnehmer sind auf jeden Fall gut betucht«, murmelte Willi leise, während sie sich dem Restaurant näherten. »Weißt du was? Lass uns einen Zweiertisch nehmen. Ich würde das Thema gerne weiter diskutieren.«

Frederike stimmte zu und steuerte auf den kleinen Tisch in der hintersten Ecke zu. Die beiden nahmen Platz.

»Lass uns erst etwas zu essen holen. Mir hängt der Magen in den Kniekehlen.« Frederike schob ihre Serviette zur Seite und stand auf.

Willi nickte ihr zu. »Geh du zuerst. Ich sichere hier unseren Platz.«

Frederike kicherte. »Schade, dass wir kein Handtuch dabeihaben. Dann könnten wir prima die Stühle reservieren.« Sie schlenderte zum Büfett.

Gerade als sie sich über die Schüssel mit grünem Salat hermachen wollte, ertönte eine spitze Stimme hinter ihr. »Na, ihr zwei habt es euch heute Nachmittag ja gemütlich gemacht, was?« Cornelia stand hinter ihr und schaute sie spöttisch an. Frederike zuckte nur mit den Schultern. »Hattest du einen schönen Ausflug?«

»Tsss!« Cornelia drehte sich um und ging zu ihrem Tisch, von dem aus Eleonore Frederike zuwinkte. Frederike winkte freundlich zurück, war aber innerlich irritiert. Was war das denn jetzt gewesen? Sie schüttelte leicht den Kopf, dann widmete sie sich wieder der Salatbar.

Kurze Zeit später saß sie Willi gegenüber.

»Ich glaube, mit Cornelia haben wir uns ein Problem eingehandelt. Sie scheint es nicht zu goutieren, dass wir hier allein sitzen.«

Willi lächelte leicht. »Das habe ich schon befürchtet. Sie hatte sich sehr schnell an uns gehängt, und jetzt sitzen wir hier ohne sie. Ich nehme an, sie ist gekränkt. Wir werden uns darauf einrichten müssen, dass sie uns beobachtet. Ich hoffe, dass uns das nicht unsere Ermittlungen erschwert.«

»Du liebe Güte, ich komme mir vor wie auf einem Schulausflug.«

»In so einer geschlossenen Runde kommt es immer zu gruppendynamischen Prozessen. Deshalb vermeide ich Gruppenreisen.«

»Nun, ich vertraue darauf, dass du einen klugen psychologischen Kniff draufhast, wie wir dem Problem begegnen können. Jetzt hol dir aber erst mal was zu essen. Dann können wir weiterreden.«

Gehorsam stand Willi auf. Frederike überlegte, ob sie ihm helfen sollte. Ein Tablett mit nur einer Hand zu tragen, konnte eine Herausforderung sein. Doch es ging auch ohne sie. Kurze Zeit später kam Willi zum Tisch zurück, eine der Bediensteten im Schlepptau. Sie stellte mit einem freundlichen Lächeln das Tablett an seinen Platz. »Guten Appetit!«

»Danke schön.« Willi griff in seine Tasche, friemelte einen Fünf-Euro-Schein hervor und gab ihn der jungen Frau.

Frederike blickte auf. »Für fünf Euro hätte ich dir auch dein Tablett nachgetragen. Brauchst bloß etwas zu sagen.«

Willi grinste. »Ach, du weißt doch, wer gut schmiert, der gut fährt. Manchmal kann es ganz praktisch sein, an die Hilfsbereitschaft von Leuten zu appellieren. So kommt man ins Gespräch.«

»Du lässt aber auch keinen Trick aus, dich beim Personal einzuschmeicheln.« Frederike grinste breit. »Doch lass uns auf die Pokerrunden zurückkommen. Irgendjemand vom Personal muss dahinterstecken und die organisieren.«

»Also muss es jemand sein, dem es möglich ist, einen Raum dafür bereitzustellen, jemand Höheres in der Hierarchie.«

Frederike nickte gedankenvoll. »Das ist wahrscheinlich, aber nicht sicher. Ich habe keine Ahnung, wie die

Hierarchien auf einem Schiff sind und welche Möglichkeiten dem Personal zur Verfügung stehen.«

»Das kann ich ein wenig erhellen. Das Personal wohnt normalerweise in Zweierkabinen an Bord. Die Schlafkabinen entfallen also oder es müssten sich zwei verbündet haben. Was hat Eleonore denn über den Raum erzählt?«

»Nichts. Allerdings muss es ja einen großen runden Tisch geben, an dem die Spieler sitzen können. Wie soll das in einer Zweibettkabine gehen? Zu blöd, dass Eleonore nicht mehr erzählen will.«

»Zu blöd, dass du es dir mit Cornelia versaut hast. Vielleicht wäre sie auskunftsfreudiger.«

Frederike funkelte Willi böse an. »Ich habe gar nichts versaut. Was kann ich dafür, dass sie ein Auge auf dich geworfen hat?«

Willi lachte laut auf und warf dabei den Kopf in den Nacken. Am Nebentisch drehten sich die Menschen um, um die Ursache für den Heiterkeitsausbruch zu entdecken.

Willi beugte sich nach vorne und senkte seine Stimme. »Und ich dachte schon, sie hätte es auf dich abgesehen!«

»Auszuschließen wäre das nicht. Für mein Alter bin ich noch ganz ansehnlich.«

»Na ja, wer's mag!«

Frederike trat ihn unter dem Tisch kraftvoll auf den Fuß, doch Willi grinste nur. »Das war die Prothese. Doch lass es gut sein. Du weißt, dass das ein Scherz war.«

»Deshalb habe ich ja auch nur auf die Prothese gezielt. Aber im Ernst: Wir sollten versuchen, Cornelia wieder auf unsere Seite zu ziehen. Sie kann uns wahrscheinlich sehr viel mehr über die Pokerrunde erzählen als Eleonore, denn sie ist ja anscheinend eine fantastische Beobachterin. Ich werde mich nach dem Essen zu ihr setzen.«

»Und ich gehe an die Bar.«

»Grüße Claudio von mir.«

»Sicher nicht! Aber jetzt lass uns endlich essen. Meine Tapas werden kalt.«

Frederike hatte beschlossen, sich nach dem gemeinsamen Abendessen mit Willi zu den beiden Damen an den Tisch zu setzen und die Missstimmung zwischen ihr und Cornelia aus der Welt zu schaffen. Außerdem wollte sie miterleben, wie Eleonore ihren heiß geliebten Enkel Kai-Uwe zumindest telefonisch wieder in ihre Arme schließen konnte. Willi hatte andere Pläne, und Frederike fragte nicht nach.

Frederike schlenderte zu dem großen Tisch in der Mitte des Restaurants, an dem sich anscheinend die meisten Einzelreisenden versammelt hatten. Eleonore begrüßte sie begeistert. »Gut, dass du kommst. Ich habe schon nach dir Ausschau gehalten. Du wolltest mir doch dein Handy leihen.«

»Ja natürlich, hier ist es. Hast du noch die Nummer, die ich dir gegeben habe? Oder willst du Kai-Uwe lieber auf seinem Handy erreichen?«

Eleonore wurde rot. »Ich kenne seine Nummer nicht auswendig. Er hat sie mir im Handy eingespeichert, weil er weiß, wie vergesslich ich bin.«

Frederike lachte. »Ja, das kenne ich. Dann ist ja gut, dass wir die Festnetznummer seiner Firma in Neuseeland haben.«

»Hoffentlich geht er direkt ran. Ich kann überhaupt kein Englisch mehr.«

Frederike machte sich mehr Gedanken über ihre nächste Telefonrechnung. Was würde so ein Gespräch nach Neuseeland wohl kosten? Aber sie war es ja selbst schuld, warum hatte sie auch Eleonores Handy geschrottet? Also lächelte sie bloß und beruhigte Eleonore. »Wenn du willst, kann ich es erst einmal versuchen. Mein Englisch ist zwar auch nicht berauschend, aber dafür sollte es noch reichen.«

»Pack doch einfach deine SIM-Karte in Frederikes Handy. Dann hast du deine Nummer und kannst ihn über WhatsApp anrufen. Das kostet nichts«, mischte sich Cornelia ein.

Eleonore staunte. »Das geht?« Sie nahm Frederike das Handy ab und reichte es Cornelia. »Kannst du das machen? Ich habe meine SIM-Karte im Portemonnaie.«

»Klar kann ich das machen.« Cornelia packte Frederikes Handy. »Hat jemand eine Haarnadel?«

»Hier, nimm das Cocktailschirmchen. Die sind ziemlich spitz.« Eleonores Sitznachbar, ein älterer gut gekleideter Mittsiebziger mit weißem Bart und wild gestylter Haarmähne, fischte das Schirmchen aus seinem Cocktail und hielt es Cornelia hin.

»He, ihr wollt doch nicht mit einem schnapsverklebten Hölzchen an meinem Handy rumfriemeln?« Frederike wollte Cornelia das Handy entreißen, doch die brachte es außer Reichweite.

»Ja, mit Zucker in Handys kennst du dich aus, was?«, lachte sie auf. »Keine Sorge, ich mache es erst einmal sauber.« Sie rührte mit dem Holzstäbchen in ihrem Mineralwasser herum und trocknete es anschließend an einer Serviette ab. »Hier, wie neu!«

Nachdem die SIM-Karten getauscht waren, bat Cornelia Frederike, ihr Handy zu entsperren. Anschließend wurde es an Eleonore weitergereicht, damit sie den Code für ihre SIM-Karte eintippen konnte.

»So. Jetzt müsste es eigentlich funktionieren.« Cornelia war sehr zufrieden mit sich. »Hier, Frederike, deine SIM-Karte. Bevor die noch unter die Räder kommt.«

Frederike fühlte sich gerade ein wenig überfahren. Aber was half es schon! Gleich war einundzwanzig Uhr, und danach konnte sie hoffentlich ihr Handy wiederbekommen.

Eleonore stierte auf das Display des Handys. »In WhatsApp klappt das aber nicht. Ich sehe die Telefonnummern nicht. Hier sind nur deine Kontakte.«

Sie blickte Frederike mit großen Augen an und wirkte irritiert. Hatte sie die zahlreichen BKA- und LKA-Kontakte gemerkt? Frederike war erleichtert, dass sie nicht nachfragte.

»Mit WhatsApp funktioniert das nicht. Wenn du telefonieren willst, geht das nur im normalen Mobilfunknetz«, mischte sich Cornelias Nachbar, von dem Frederike inzwischen wusste, dass er Harry hieß, erneut ein. »Die WhatsApp-Daten sind an die Telefonnummer gebunden, nicht an die SIM-Karte. Ein Wechsel der SIM-Karte bringt nichts.«

Eleonore stöhnte auf. »So genau will ich das gar nicht wissen. Ich will einfach nur telefonieren. Gleich ist einundzwanzig Uhr!«

»Es wird ja wohl nicht auf die Minute ankommen.« Frederike hatte ihr das Handy entrungen und suchte in den Kontaktdaten nach Kai-Uwe. Treffer! »Hier! Ist er das?« Sie hielt Eleonore das Handy unter die Nase.

»Ja, das ist er.«

»Gut!« Frederike fackelte nicht lange und drückte auf »Anrufen«.

Eleonores Gesicht begann zu strahlen, als sich eine jugendliche Männerstimme meldete. Glücklich griff sie nach dem Gerät.

Nachdem man im Anschluss an das glückliche Ende der Geschichte noch eine Weile zusammengesessen hatte, machte Frederike sich müde zu ihrer Kabine auf. Sie hatte zwei Gläser eines hervorragenden Moselrieslings intus, der für die nötige Bettschwere sorgte. Es war noch ein netter Abend geworden. Auch wenn sich keine Gelegenheit ergeben hatte, mehr Informationen über die Pokerrunde zu bekommen, war Frederike zufrieden mit dem Verlauf. Cornelia hatte ihren Ärger anscheinend überwunden, was auch immer die Ursache gewesen sein mochte. Und schließlich war morgen auch noch ein Tag.

Auf dem Weg zu ihrer Kabine kam Frederike an der Bar vorbei. Es war bereits ziemlich leer, die meisten Passagiere lagen wohl schon friedlich schlafend in ihren Kojen. Willi saß am Tresen, mit dem Rücken zu ihr, und bemerkte sie nicht, denn er war hochkonzentriert ins Gespräch mit Claudio, dem netten Barkeeper, vertieft. Da wollte sie nicht stören. Vielleicht war er ja erfolgreicher mit seinen Ermittlungen als sie heute Abend. Sie schenkte dem Barkeeper noch ein Lächeln, dann ging sie zu Bett.

Am nächsten Morgen war Claudio tot.

ZELL AN DER MOSEL – ABER WIESO?

Auf dem Flur waren laute Schritte und aufgeregte Stimmen zu hören, die sich im Halbschlaf in Frederikes Träume schmuggelten. Zögernd tastete sich ihr Bewusstsein aus dem Schlaf. Sie erkannte langsam, dass es kein unruhiger Traum gewesen war, in dem sich Menschen durch dunkle Flure drängten. Die Hektik auf dem Gang war real. Was mochte da passiert sein? Ein Blick auf die Uhr sorgte für eine weitere Überraschung. Eigentlich müssten sie doch bereits abgelegt haben und sich auf dem Weg nach Bernkastel-Kues befinden. Kurz entschlossen schwang sie die Beine aus dem Bett, stand auf und zog sich rasch etwas über. Inzwischen war der Lärm nach vorne zur Rezeption gewandert. Sie folgte den Stimmen in Richtung des Schiffszentrums. Hoffentlich war nichts Schlimmes passiert.

Ein Polizist in Uniform war bemüht, die Passagiere von der zentralen Treppe fernzuhalten, die die verschiedenen Ebenen des Schiffs miteinander verband. Frederike bemühte sich, über die Schultern der vor ihr Stehenden einen Blick zu erhaschen. Sie sah einen abgesperrten Tatort, eine weiße Abdeckplane, unter der sich anscheinend ein menschlicher Körper befand, und mehrere Polizisten. Anscheinend wartete man auf den Rechtsmediziner. Frederike hörte, wie der Kapitän mit einem der Polizisten diskutierte. Anscheinend war er nicht begeistert davon, dass der komplette Fahrplan über Bord geworfen wurde und die *Wilma* in Zell bleiben musste.

Wer mochte der Tote – oder die Tote – sein? Vielleicht wusste es jemand aus der neugierigen Meute, die vor ihr stand.

»Was ist denn da passiert?«

Die Frau vor ihr drehte sich nicht um. Ihr Blick war unverwandt auf die Szene gerichtet, doch gab sie die gewünschte Auskunft. »Da ist jemand auf der Treppe verunglückt. Jemand vom Personal. So ein Jammer, ein ganz junger Bursche.«

Jemand anders ergänzte: »Hat immer hinter der Bar gestanden.«

»Tja, man sollte es nicht glauben. Die Treppen hier auf dem Schiff sind aber auch ziemlich steil. Ich wäre gestern auch beinahe gestolpert – konnte mich gerade noch am Geländer festhalten.«

Frederike zog die Stirn in Falten. Der übliche Besserwisser! Dann ging ihr erst auf, was gesagt worden war – der Tote war der Barkeeper gewesen. Claudio? Sie erschauderte. Ihr nächster Gedanke galt Willi. Wusste er es schon? Sie musste dringend mit ihm sprechen.

Im Frühstücksraum war er nicht zu finden. Frederike holte ihr Handy heraus und schickte ihm eine kurze WhatsApp: *Wir müssen reden.* Während sie sich ihren Kaffee und ein Croissant besorgte, schaute sie immer wieder auf das Display. Keine Reaktion! Wo zum Teufel mochte er sein? Oder hatte er einfach nur verschlafen und von dem Drama gar nichts mitbekommen? Voller Energie stand sie auf, um ihn in seiner Kabine aufzusuchen. Doch sooft sie auch an die Tür klopfte – niemand öffnete.

Frederike drehte sich um und ging zurück zum Frühstücksrestaurant. Hier war es inzwischen sehr voll und laut. Der Todesfall war das beherrschende Thema, entnahm Frederike den aufgeschnappten Satzfetzen. Dazwischen hörte sie auch den Namen Claudio. Also handelte es sich bei dem Toten offenbar wirklich um ihn. Wie schrecklich! Frederike hatte den jungen Mann bei ihren Besuchen an der Bar ins Herz geschlossen. Wie würde es Willi aufnehmen? Ein weiterer Blick aufs Display. Keine Nachricht!

Von Weitem winkte ihr Eleonore zu. »Setz dich zu uns. Hier wird gerade ein Stuhl frei.«

Entschlossen packte Frederike ihr Handy weg. Willi würde sich schon melden, wenn er so weit war, da war sie sich sicher.

»Hast du es schon gehört? Der Barkeeper ist tot. Im vorderen Treppenhaus. Anscheinend ein Unfall, aber die Polizei ermittelt trotzdem.« Eleonore konnte es anscheinend gar nicht erwarten, sie mit den Informationen zu überfallen.

Frederike nickte. »Ja, ich habe es mitbekommen. Der Arme. So jung.« Ohne großes Nachdenken spulte sie die in einem solchen Fall üblichen Floskeln ab. Dabei ratterte das Gedankenkarussell. Bei Todesfällen jeglicher Art geriet sie unter Hochspannung, und parallel beschäftigte sie der Gedanke, ob Claudios Tod irgendetwas mit ihren Ermittlungen zu tun haben könnte. Oder mit Willi. Über den Gedanken erschrak sie selbst so sehr, dass sie fahrig ein Glas Wasser vom Tisch fegte.

»Herrje, pass doch auf!« Eleonore hatte den Wasserschwall zu großen Teilen abbekommen und funkelte Frederike böse an. »Du hast es aber auch mit Gläsern!«

Cornelia, die auf der anderen Seite von Eleonore saß, bemühte sich bereits, ihre Tischnachbarin mit einer Stoffserviette trockenzulegen. »Sei froh, dass es diesmal kein Orangensaft war. Das trocknet wieder.«

Eleonore schaute jammervoll auf ihre durchweichte Seidentunika.

Frederike grinste verlegen. »Vielleicht solltest du dich in einen Sack mit Reis setzen.«

Cornelia und Eleonore schauten Frederike leicht schockiert an, doch dann brachen beide in Gelächter aus. »Ich sehe es buchstäblich vor mir«, prustete Cornelia.

Von den Seitentischen gab es pikierte Blicke. So ein Gelächter, wenn ein Toter an Bord war? Das ging gar nicht.

Schnell mäßigten die drei ihren Lachanfall.

»Sorry. Ich bin gerade nicht ich selbst. Der arme Claudio.« Frederike blickte Cornelia an. »Weißt du noch, wie nett er uns am ersten Tag an Bord willkommen geheißen hat?«

Cornelia nickte. »Und wie er dich mit deinem Lieblingswhisky versorgt hat, ja, ich erinnere mich.«

»Wisst ihr, ob die Kripo schon an Bord ist? Im Bereich der Rezeption habe ich nur die Polizisten in Uniform gesehen. Ich denke, die warten auf den Rechtsmediziner.«

»Jesses, du kennst dich aber gut aus. Bist du vom Fach?«, wollte Eleonore erstaunt wissen.

Frederike zuckte kurz zusammen. Das fehlte noch, dass sie durch ihr dummes Geschwätz ihre eigene Tarnung zunichtemachte. »Ja klar, ich habe das *Tatort*-Abitur.« Hoffentlich hakte da keiner nach. Frederike hasste jede Form von Krimis, und der *Tatort* kam ihr bestimmt nicht auf die Mattscheibe.

Cornelia mischte sich ein. »Ich glaube, ich habe eben deinen Schwiegersohn an Bord kommen sehen.«

»Frank?«

»Das weißt du besser. Dieser junge schlaksige Kerl, der mit Eleonore gesprochen hat.«

Frederike nickte zufrieden. Dann konnte sie sich denken, wo Willi war und warum er nicht antwortete. Hoffentlich ging es ihm gut.

»Mir tut ja seine Freundin leid.« Eleonore stand auf, um sich Nachschub am Büfett zu holen, und ließ ihre Bemerkung einfach in der Luft stehen.

Frederike sah ihr mit offenem Mund nach. »Was? Claudio hatte eine Freundin?«

Eleonore konnte ihre Frage gar nicht hören, aber Cornelia sprang ein. »Ja, Jessica. Die kennst du doch auch.«

»Unsere Gastgeberin? Die mit den braunen Locken?«

»Genau. Die zwei waren so ein zauberhaftes Paar. Er hat sie angebetet.«

Eleonore kam wieder zurück zum Tisch, den Teller vollbeladen mit Rührei und Speck.

»Schon mal was von Cholesterinspiegel gehört?«, wollte Cornelia von ihr wissen, doch Frederike ließ den Themenwechsel nicht zu. Das fehlte jetzt gerade noch, dass das Thema auf Krankheiten kam. Dann würde sie nichts Nützliches mehr erfahren.

»Seid ihr sicher, dass die beiden ein Paar waren?«

Synchrones Nicken von den beiden Frauen.

»Und wann habt ihr das gemerkt?« Frederike ließ nicht locker. Wie hätte ihr das entgehen können? Und was sagte das über Claudio aus?

Eleonore wurde rot. Dann beugte sie sich vor und flüsterte Frederike zu: »Bei der Pokerrunde. Die haben die beiden doch zusammen organisiert.« Dann wandte sie sich betrübt an Cornelia. »Mit unserem Abendtermin wird es wohl nichts.«

Frederike war erfreut. Einerseits, weil damit klar war, dass Cornelia tatsächlich aktiver Teil der Pokerrunde war, andererseits, weil Eleonore anscheinend ihre Zurückhaltung, über das Thema zu reden, ihr gegenüber aufgegeben hatte. Möglicherweise hatte der Blick auf Frederikes Kontaktliste ja vertrauensbildend gewirkt. Jetzt musste sie das Eisen schmieden.

»Meine Lieben, was haltet ihr davon, wenn wir uns ein ruhiges Plätzchen auf dem Sonnendeck suchen, und ihr erzählt mir alles über euer Hobby?«

Ein gutes Stündchen später war sie erheblich schlauer. Nach anfänglichem Zögern hatten die beiden ausgepackt und sich mit ihren Geschichten gegenseitig übertrumpft. Anscheinend gab es ein Telegram-Forum, wo sich professionelle Pokerspieler zu Spielrunden verabredeten. Voraussetzung: hohe Einsätze in bar – und da waren Eleonores elftausendfünfhundert Euro kleine Fische. Sie hatte tatsächlich noch deutlich mehr Geld im Schiffssafe liegen. Bei Cornelia war es ähnlich. Bei ihr war die Summe sogar noch angestiegen, denn sie hatte in der ersten Nacht schwer gewonnen. Im Gegensatz zu Harry, der auch mit von der Partie war. Die Pokerspieler kannten sich gegenseitig nicht, konnten sich aber für verschiedene Events anmelden. Diese fanden teils auf Schiffen statt, teils bei Gruppenreisen und teils auch an Land, zum Beispiel im Umfeld von anderen Sportevents. Die Reisen oder Events dienten als Tarnung. Die Teilnehmer mussten ein Startgeld von zweihundertfünfzig Euro pro Person zahlen. Darüber hinaus gingen drei Prozent des Gewinns als Rake-Gebühr an den Veranstalter.

Frederike hatte durch die Zähne gepfiffen. Da kam auf so einer Reise ein ganz schönes Sümmchen zusammen. Diese Spiele konnte man definitiv nicht mehr als private Pokerrunde bezeichnen. Hier machte jemand Geld. Doch Eleonore hatte ihr versichert, dass solche Gebühren durchaus üblich waren, man bei großen Turnieren sogar deutlich mehr bezahlte.

In dem Telegram-Forum waren rund achthundert Teilnehmer und Teilnehmerinnen gelistet. Die Teilnehmerzahl variierte immer leicht. Es kamen Neue dazu, andere sprangen ab. Eleonore hatte schon mehrfach bei solchen Pokerrunden mitgemacht und die Superorganisation vor Ort gelobt. Für Cornelia war es eine Premiere. Sie war erst kürzlich zur Runde gestoßen. Anscheinend hatten Jessica und Claudio es verstanden, ein Turnier zu organisieren, bei dem sich alle Beteiligten wohlfühlten. Man war sich in den kleinen Snackpausen nähergekommen, hatte von seinen Poker-Erfahrungen erzählt, und viele hatten auch Privates von sich preisgegeben. Frederike hatte den Eindruck gewonnen, dass das alles sorgsam inszeniert war.

Wusste Leonie von diesem Glücksspiel-Forum? Das war die Frage. Vielleicht war sie bei ihren Ermittlungen ja auch schon darauf gestoßen. Frederike griff zum Handy. Das musste doch herauszubekommen sein. Willi hatte immer noch keine Nachricht geschickt und das Schiff noch nicht abgelegt. Frederike wusste, dass Todesfallermittlungen ihre Zeit dauerten. Hoffentlich kam niemand auf die Idee, die Reise abzubrechen und alle Passagiere nach Hause zu schicken. Sie war gerade einen Riesenschritt weitergekommen. Wehe, das machte ihr jemand kaputt!

Frederike hatte Glück und Leonie Zeit für ein kurzes Gespräch.

»Leonie, ich bin hier auf etwas Interessantes gestoßen.«

»Sag mir doch zuerst, wie die Sache mit dem Enkel in Neuseeland ausgegangen ist«, bat Leonie.

Frederike lachte kurz auf. Diese Aufregung hatte sie schon fast wieder vergessen. »Entschuldige, dass ich dir nicht Bescheid gesagt habe. Aber hier ist so viel los! Alles gut, der verschollene Enkel ist wieder aufgetaucht, das Geld zurückerstattet, und Frank Junge lässt gerade die Daten einer SIM-Karte auswerten in der Hoffnung, Näheres über die Täter zu erfahren.«

»Das von Frank weiß ich. Er hat mich angerufen, und wir sind an der Sache dran. Ich sage dir Bescheid, wenn wir erste Ergebnisse haben. Aber das kann dauern. Hauptsache ist aber doch, dass Kai-Uwes Großmutter oder wie der abgängige Enkel heißt, wieder glücklich ist.«

»Ja, der geht es gut. Frank hat im Moment auch noch anderes zu tun. Wir haben hier einen Todesfall an Bord.«

»Wie bitte?«, fragte Leonie mit Schärfe in der Stimme nach. »Wenn die Kripo dort ist, wird es sich wohl nicht um einen Herzinfarkt handeln. Ich hoffe doch sehr, dass du und Willi euch nicht in Gefahr begebt.«

Frederike beschwichtigte sie. »Jetzt mach dir keine Sorgen. Wie man hier munkelt, war es ein Unfall auf der Treppe. Da ist anscheinend jemand gestolpert und über die Brüstung gestürzt. Es sind zwar nur zwei Etagen bis unten, aber wenn man ungünstig auf einer Treppenkante aufkommt, war es das. Ich denke, die Untersuchungen am Tatort sind nur die übliche Routine.«

»Falls du den Eindruck hast, dass es dabei nicht mit rechten Dingen zugegangen ist, brecht bitte die Reise ab.« Leonie war hörbar besorgt.

Frederike schnaubte. »Das glaubst du doch wohl selbst nicht. Freu dich lieber, dass du Leute an Bord hast, die bei den Ermittlungen helfen können. Also wirklich!«

Leonie lachte kurz auf. »Was rede ich eigentlich? Diese Reaktion hätte ich mir denken können.«

»Richtig! Aber jetzt zu etwas anderem: Wie ich inzwischen erfahren habe, finden hier an Bord inoffiziell des Nachts professionelle Pokerrunden statt. Da geht richtig Geld über den Tisch.«

»Illegales Glücksspiel? Ich bin sicher, dass die Reederei es erwähnt hätte, wenn das ein Teil des offiziellen Unterhaltungsprogramms wäre. Nein, davon habe ich bisher noch nichts gehört.«

»Die Akquisition der Spieler erfolgt über ein Telegram-Forum. Es wird beziehungsweise wurde durch zwei Angestellte organisiert. Die Runden fanden nachts in einem weitgehend ungenutzten Raum statt.« Frederike erzählte Leonie, was sie dazu von Eleonore und Cornelia erfahren hatte. »Ich weiß nicht, ob das irgendwie mit deinem Auftrag zusammenhängt, bin aber ziemlich sicher, dass die Betrüger aus dieser Runde heraus den Enkeltrick an Eleonore vorbereitet haben. Cornelia hat bestätigt, dass Eleonore von ihrem Sohn und ihrem Enkel Kai-Uwe erzählt hat. Zeitlich würde das hinkommen.«

»Na, dann müssten die aber ein Rechercheteam direkt dahinter haben«, gab Leonie zu bedenken. »Der Trick wurde ja sehr schnell durchgezogen.«

»Na, da kann man doch sicher bereits einiges recherchieren, während die Leute pokern. Gerade, wenn die zu zweit sind. Und in der nächsten Pause beschafft man sich dann durch geschickte Gesprächsführung die noch fehlenden Informationen.«

Leonie ließ sich überzeugen. »Okay, das wäre möglich. Aber warum hast du eben gesagt, dass die Runden von zwei Angestellten organisiert wurden?«

Frederike zögerte mit der Antwort. »Na ja, der eine ist tot. Der Unfall im Treppenhaus.« Sie konnte sich schon denken, wie Leonie auf diese Antwort reagieren würde. Und diese enttäuschte sie nicht.

Leonie kreischte fast, sodass Frederike das Telefon auf Abstand hielt. »Dein Hauptverdächtiger ist tot? Und das sagst du erst jetzt? Ich mache mich sofort auf den Weg!« Sie wollte schon das Gespräch beenden, doch Frederike hielt sie auf.

»Jetzt mach nicht so ein Drama. Die Kripo – genau genommen Frank – ermittelt in dem Fall. Da muss sich das BKA nicht einmischen. Uns wäre hier mehr daran gelegen, dass du dir dieses Telegram-Forum mal ansiehst. Möglicherweise gibt es eine Passung zu den Datensätzen, die du verfolgst. Damit kämen wir der Lösung deines Problems schon einen Riesenschritt näher.«

Leonie gab widerstrebend nach. »Gut, das kann ich machen. Gib mir auf jeden Fall noch die Namen der beiden Angestellten, die du in Verdacht hast.«

»Da kann ich gerade nur mit den Vornamen dienen. Claudio, der Barkeeper, ist der Tote, und seine Komplizin ist Jessica, unsere Gastgeberin oder wie man das nennt. Reicht dir das?«

Leonie notierte sich die Namen. »Okay, ich schau mir die Liste an und kontaktiere auch mal die Reederei für weitere Informationen zu den beiden. Man hat mir jemanden von der IT zur Seite gestellt, der mich bei allen Fragen unterstützen soll. Was sagt Willi übrigens zu dem Todesfall? Hält er den auch für einen Unfall?«

Frederike seufzte. »Ich habe ihn noch nicht gesprochen heute Morgen. Ich denke, er ist mit Frank unterwegs.«

»Gut, dann halte mich auf dem Laufenden. Und bitte keine Alleingänge! Ich würde es mir nie verzeihen, wenn die Sache für euch gefährlich würde.«

Frederike versprach das hoch und heilig, kreuzte dabei aber vorsichtshalber Zeige- und Mittelfinger. Sie musste dringend mit Willi sprechen. Möglicherweise war er derjenige, der Claudio als Letzter lebend gesehen hatte. Und das machte ihn, sollte sich die Unfallthese als nicht haltbar erweisen, direktemang zum Hauptverdächtigen.

ZELL AN DER MOSEL – IMMER NOCH

Nachdem Frederike das Telefonat mit Leonie beendet hatte, machte sie sich umgehend auf die Suche nach Willi. Es ging jetzt bereits auf Mittag zu. Langsam versammelten sich die ersten Gäste in den beiden Bordrestaurants. Man hatte ihnen untersagt, das Schiff zu verlassen. Der Kapitän wurde wohl noch von der Hoffnung getragen, bald ablegen zu können. Frederike konnte von Deck aus verfolgen, wie der Tote von Bord gebracht wurde. Jetzt würden die Forensiker sich alles genau ansehen, eine Fotodokumentation erstellen und die Spuren an der Brüstung und auf dem Teppich sichern. Frederike war überzeugt davon, dass man auch noch die Kaffeepause in Zell verbringen würde. Vielleicht fand sich ja eine Gelegenheit, mit Frank zu sprechen. Sie ging in Richtung des Treppenhauses. Hier waren zwei Personen von der Spurensicherung in Schutzanzügen im Einsatz, doch von ihrem Schwiegersohn in spe war nichts zu sehen.

»Können Sie mir sagen, ob Kriminalkommissar Junge noch an Bord ist?«

»Ich glaube, der wollte zum Kapitän. Er ist vor einer halben Stunde weg.«

Frederike bedankte sich artig für die Infos und suchte das Weite. Sie schwankte kurz: erst Frank suchen oder lieber Willi? Sie entschied sich für Letzteres und steuerte Willis Kabine an. Da das zentrale Treppenhaus gesperrt war, musste sie einen Umweg nehmen, bis sie endlich vor Willis Kabine stand.

Dort angekommen, reagierte niemand auf ihr Klopfen, und doch hatte sie den Eindruck, dass sich jemand im Zimmer bewegte. Sie intensivierte ihre Bemühungen. »Willi, ich bin's.«

Es dauerte eine kleine Weile, dann öffnete sich die Tür. Ihr Freund stand mit grauem Gesicht vor ihr.

»Ach herrje, es tut mir so leid.« Frederike umarmte Willi herzlich. Der ließ das nur kurz zu, schob sie dann aber von sich in die Kabine hinein und schloss erst einmal die Tür.

»So wie du aussiehst, hast du es schon gehört. Claudio ist tot.«

Willi nickte. »Der arme Junge.«

»Warst du gestern noch lange an der Bar?«, fragte Frederike vorsichtig.

Willi zog die Augenbrauen hoch. »Auch wenn du über meine Neigung nun unglückseligerweise Bescheid weißt, gibt dir das nicht das Recht, mich darüber auszufragen.«

»Das hat doch mit deinen ›Neigungen‹ …«, Frederike setzte das Wort in Gänsefüßchen, »nun überhaupt nichts zu tun. Es gab einen Todesfall, und ich nehme sehr stark an, dass du der Letzte bist, der ihn gesehen hat.«

Willi fluchte leise vor sich hin. Dann nickte er widerstrebend. »Ich habe gestern noch mit ihm an der Bar gesessen, bin dann aber ins Bett gegangen. Er wollte noch saubermachen und dann bei mir vorbeischauen, ist aber nicht gekommen.«

»Dann war er möglicherweise auf dem Weg zu dir. Oder er hatte noch etwas anderes vor.« Frederike überlegte, ob er sich wohl zur nächtlichen Pokerrunde aufgemacht hatte. Sie musste wirklich herausbekommen, wo diese stattfand. »Ich bin gespannt, was die Spurensicherung findet.«

»Ist die Spurensicherung immer noch an Bord? Ich ging davon aus, dass es sich um einen Unfall handelt.« Willi raufte sich die Haare.

»Hast du nicht mit Frank gesprochen? Ich hatte vermutet, dass ihr euch schon über den Fall unterhalten habt.« Frederike hatte sich nun einfach in eines der kleinen Sesselchen gesetzt und lud Willi ein, es ihr gleichzutun. Er ließ sich neben ihr in den Sessel sinken.

»Mir ist richtig übel. Ich muss dringend etwas essen. Nein, ich habe nicht mit Frank gesprochen. Ich habe mich in meiner Kabine eingesperrt, weil ich niemanden sehen und hören wollte. Und ja, ich habe dein Klopfen heute Morgen gehört, aber mir war nicht nach Small Talk.«

Frederike betrachtete ihn traurig. »Du hast den Jungen echt gemocht, oder?«

Willi blickte auf. »Gemocht ist ein großes Wort. Er war sympathisch, ein fröhlicher Mensch.«

»Ich mochte ihn!«, befand Frederike. »Und es ist schade um ihn. Aber meinst du nicht, dass du Frank erzählen solltest, dass ihr den Abend miteinander verbracht habt?«

Willi schüttelte den Kopf. »Wozu? Es war ein Unfall.« Er blickte Frederike düster an. »Es gibt keinerlei Notwendigkeit, mit Frank zu sprechen.«

»Ich verstehe dich ja, du willst dein Geheimnis bewahren. Aber Claudio hing anscheinend in dem Betrugsfall drin. Er hat gemeinsam mit seiner Freundin die Pokerrunde organisiert und steckt wahrscheinlich auch hinter dem Enkeltrick-Betrugsversuch bei Eleonore.«

»Wie meinst du das?«

»So, wie ich es sage.« Frederike erzählte Willi von ihren Gesprächen mit Eleonore, Cornelia und Leonie und schloss: »Du siehst, der Tod von Claudio könnte durchaus mit unseren Ermittlungen zusammenhängen.«

Doch Willi schüttelte den Kopf. »Warten wir doch erst einmal ab. Ich bin sicher, das war nur ein Unfall, wie sie immer mal wieder vorkommen.« Er war von ihrer Mordtheorie nicht überzeugt.

Oder er will sich nicht überzeugen lassen, dachte Frederike traurig. Sie musste darüber nachdenken, wie sie weiter vorgehen würde.

»Nun gut, lass uns später noch mal darüber reden. Jetzt lasse ich dich erst einmal allein.«

»Aber bitte keine Alleingänge!« Willis Stimme enthielt eine leise Drohung. Frederike biss sich auf die Lippen. Ihr war durchaus aufgefallen, dass er auf die Erwähnung von Claudios Freundin nicht reagiert hatte. Hatte er es gewusst? War es ihm tatsächlich egal? Konnte sie ihm noch trauen? In dem Moment vibrierte ihr Handy. Sie holte es aus ihrer Jackentasche. Angelas Nummer war im Display angezeigt. Nanu?

»Hallo, Angela, hast du Sehnsucht nach uns?«

Die Stimme ihrer Nichte klang gestresst. »Du musst dringend herkommen.«

Frederike spürte, wie sich ein enger Ring um ihre Brust legte und ihre Atmung sich beschleunigte. »Ist was mit Hannelore?«

»Nein, dem geht es gut. Er ist ein wenig verschreckt, hat aber keinen Kratzer abbekommen. Bei dir wurde eingebrochen.«

»Wie, eingebrochen ...« Frederike wiederholte das Wort, ohne sich seiner Bedeutung bewusst zu werden. Ihr Gehirn hatte kurzfristig abgeschaltet. Willi, der sie beobachtet hatte, nahm ihr das Handy aus der Hand.

»Was ist los?«

»Ach, Willi, gut, dass du da bist. Man hat in Frederikes Haus eingebrochen. Als ich heute Morgen kam, war die Hintertür offen und Hannelore verschwunden. Das Haus sieht furchtbar aus. Alle Schränke durchwühlt, die Schubladen herausgerissen. Max hat schon die Polizei angerufen, aber ich glaube ...«

Frederike entriss Willi wieder das Telefon. »Noch mal von vorne. Was ist passiert?«

»Bei dir wurde eingebrochen. Jemand hat alles durchwühlt. Keine Ahnung, ob was fehlt. Deshalb mach dich auf den Weg. Die Polizei wird mit dir sprechen wollen.«

Frederike fuhr sich durch die Haare. So ein Mist! Gerade jetzt konnte sie das überhaupt nicht gebrauchen. »Wie soll ich denn jetzt hier wegkommen? Mein Mini steht in Koblenz. Wie soll ich mir denn hier ein Taxi organisieren?«

»Mach dir keine Sorgen, ich habe schon jemanden losgeschickt, der dich abholen wird. Ihr seid doch jetzt in Bernkastel-Kues, richtig?«

»Nein, hier ist auch was passiert. Wir liegen noch in Zell an der Mosel.«

»Mist, dann muss ich gucken, dass ich deinen Fahrer noch erreiche.« Angela beendete das Gespräch.

Frederike ließ ihr Mobiltelefon sinken und guckte Willi mit großen Augen an. »Ich werde gleich abgeholt.« Sie fühlte, wie ihr die Tränen in die Augen traten. Ihr schönes Haus. Was mochten die Einbrecher dort angestellt haben? Was würde sie finden, wenn sie zurückkehrte?

Willi stand auf und nahm sie in die Arme. »Jetzt mach dich erst mal nicht verrückt. Nimm dir die Zeit und fahre nach Hause. Hier versäumst du im Moment nicht allzu viel. Ich werde Frank anrufen, wie der Stand der Dinge ist, und dir Bescheid geben.«

Frederike nickte leicht schniefend. Der Unfall im Treppenhaus war in ihren Gedanken nach hinten gerutscht, und ihre Ermittlungen erschienen ihr plötzlich klein und unwichtig. Wäre sie zu Hause geblieben, wäre das nicht passiert. Hoffentlich ging es Hannelore wirklich gut. Er hatte sich gerade wieder gut eingelebt. Nach seiner Entführung im letzten Jahr war er lange misstrauisch und ängstlich gewesen, hatte sich nur selten nach draußen getraut. Doch seit Beginn des Frühlings war er wieder ganz der Alte. Wehe, diese Typen hatten ihn erneut traumatisiert!

Willi murmelte ihr etwas zu, doch ihre Gedanken waren gerade ganz weit weg. Nach ein paar Augenblicken hatte sie sich wieder gefangen und befreite sich aus Willis Umarmung. »Ich muss los. Ich werde jetzt in der Kabine meine Sachen holen und mich für einen Tag abmelden. In einer knappen Stunde müsste mein Fahrer hier sein.«

»Für einen Tag? Willst du nicht lieber dortbleiben und dich um alles kümmern?«

Frederike zog die Schultern hoch. »Ich werde mir jetzt erst einmal ansehen, was mich zu Hause erwartet, und ein paar Dinge in die Wege leiten – Handwerker, Putzkolonne et cetera, mit der Polizei reden. Aber dann komme ich wieder. Erstens, weil ich es Leonie versprochen habe, zweitens, weil ich glaube, dass wir nah dran sind an dieser Betrügerbande, und drittens, weil ich irgendwie sowieso wieder an mein Auto kommen muss. Außerdem macht mir die Reise auf dem Schiff tatsächlich Freude.«

»Gut, ich kann dich verstehen. Aber wenn du zu Hause merkst, dass du dich lieber um dein Haus und deinen Kater kümmern willst, ist das okay, ja? Schau für dich, was dir wichtig ist.«

Frederike blickte Willi ernst an und nickte. »Verlass dich drauf!«

Sie musste ihm ja nicht unter die Nase reiben, dass sie vor allen Dingen seinetwegen wieder zum Schiff zurückkommen wollte. Sie glaubte nicht an den Unfall, und sollte sich ihre Vermutung bestätigen, bekäme Willi ein Riesenproblem!

Doch sie war es, die zunächst ein Riesenproblem bekam, denn als sie eine halbe Stunde später der für die Gästebetreuung zuständigen Jessica Bescheid sagen wollte, dass sie das Schiff verlassen müsste, ließ diese sie gar nicht zu Wort kommen. »Tut mir leid, niemand verlässt das Schiff. Anweisung vom Kapitän.«

»Aber ich muss nach Hause. Lassen Sie mich mit dem Kapitän sprechen!« So schnell ließ sich Frederike nicht abspeisen.

»Der ist beschäftigt. Ich sage ihm, dass Sie von Bord wollen, und gebe Ihnen dann Bescheid.« Jessica wollte sich schon abwenden, doch Frederike hielt sie am Ärmel fest.

»Nein, das geht nicht. Ich werde gleich abgeholt.«

Jessica blickte Frederike mit zusammengekniffenen Augen an. Sie wirkte gestresst. Leise sagte sie: »Sie lassen jetzt sofort meinen Ärmel los!«

Frederike funkelte zurück und hielt den Ärmel weiter fest. »Sonst passiert was?« Mit hochgezogener Augenbraue betonte sie das »was«. Sollte die Tussi sich doch mit ihr anlegen, die würde schon sehen, was sie davon hatte. Da schoss ein Gedanke durch ihren Kopf. Sofort ließ sie Jessicas Ärmel los.

»Ach herrje, ich bin ja so taktlos. Sie waren doch mit Claudio befreundet. Das tut mir so leid. Mein herzliches Beileid.«

Jessicas Gesicht entspannte sich leicht, und sie schloss müde die Augen. »Danke. Wegen des Todesfalls darf niemand von Bord.«

»Ach, jetzt verstehe ich. Die Kripo steckt dahinter. Gut.« Frederike drehte sich um und ging zurück in Richtung ihrer Kabine. Was sollte sie sich weiter mit dieser Frau auseinandersetzen! So richtig traurig über den Tod ihres Freundes hatte die irgendwie nicht gewirkt. Da war Willis Erschütterung wesentlich eindringlicher gewesen.

Sobald sie außer Jessicas Sichtweite war, schnappte sie sich jemanden vom Schiffspersonal. »Wo finde ich den Kapitän?«

Der junge Kabinensteward sprach kaum Deutsch, doch das Wort »Kapitän« reichte aus, dass er ihr eine

Richtung weisen konnte. »The captain is in the bridge, at the front of the sun deck.«

Okay. Bisher hatte sie sich noch keine großartigen Gedanken gemacht, wo das Schiff gesteuert wurde, aber das müsste ja zu finden sein. Sie eilte die Treppen hinauf. Gerade als sie die Brücke erreichte, öffnete sich die Tür und Frank Junge kam heraus.

»Ah, gut, dass du da bist«, keuchte Frederike atemlos. »Ich muss nach Hause.«

Frank Junge sah sie kurz an und nickte. Anscheinend war er bereits auf dem Laufenden. Er wandte sich dann an den Kapitän.

»Frau Suttner kann das Schiff verlassen. Bei ihr wurde eingebrochen, und die Polizei braucht ihre Aussage.«

Kapitän Büdenbender nickte. »In Ordnung. Ich weise an, dass man sie von Bord gehen lässt.« Er wandte sich an Frederike. »Aber bitte tun Sie mir den Gefallen und machen Sie das möglichst unauffällig. Ich möchte vermeiden, dass Ihr Beispiel Schule macht.«

Frank Junge nickte. »Ich begleite Frau Suttner vom Schiff.« Er blickte auf die Uhr. »Sobald die Kollegen von Bord sind, können Sie ablegen.«

Das nahm Kapitän Büdenbender mit Erleichterung zur Kenntnis.

»Haben Sie schon eine Ahnung, wo wir morgen um diese Zeit sein werden? Ich würde ungern die Mosel rauf- und runterfahren auf der Suche nach der *Wilma*«, erkundigte sich Frederike.

Der Kapitän schüttelte den Kopf. »Rufen Sie lieber kurz an. Ich werde jetzt noch einmal Rücksprache mit unserer Leitstelle halten und den geänderten Fahrplan abstimmen.« Er diktierte ihr eine Telefonnummer.

Auf dem Weg nach unten hatte Frederike endlich die Gelegenheit, Frank nach Claudios Unfall zu befragen.

»Ihr seid schnell durch mit den Ermittlungen, wenn das Schiff schon wieder ablegen darf. Wie sieht es aus?«

Frank winkte ab. »Tatsächlich Routine. Wir konnten kaum relevante Spuren sichern. Alles in allem sieht es nach einem unglücklichen Unfall aus. Er hat sich beim Sturz wahrscheinlich das Genick gebrochen.«

Frederike wiegte den Kopf hin und her. »Lass den Rechtsmediziner noch mal genau draufschauen«, bat sie Frank.

Er schaute sie misstrauisch an. »Was weißt du, was ich nicht weiß?«

»Wenn ich es richtig sehe, war er in die schmutzigen Geschäfte verwickelt, die wir hier für das BKA untersuchen. Zusammen mit dieser Jessica.«

Frank brauste auf. »Wieso erfahre ich das jetzt erst?«

Frederike rollte mit den Augen. »Weil wir noch keine Gelegenheit zum Reden hatten. Außerdem: Wer von uns beiden leitet denn die Ermittlungen? Also wirklich.« Sie ließ ihn einfach stehen.

Frank eilte hinter ihr her. »Jetzt sag schon, was du weißt.«

Frederike zauderte. Sollte sie ihm von der Beziehung zwischen Willi und Claudio erzählen? Sie entschied sich dagegen. Dafür war später noch Zeit.

»Schau, was du über Claudio und Jessica findest. Du hast doch sicher die Personallisten mit allen Namen und

Daten. Und lass den Rechtsmediziner den Leichnam genauer unter die Lupe nehmen.«

»Echt jetzt? Du musst mir nicht sagen, wie ich die Ermittlungen zu führen habe.« Frank fühlte sich sichtlich auf den Schlips getreten.

Frederike blickte sich zu ihm um. Sie stand inzwischen am Landungssteg. »Sorry, ich bin nicht ich selbst. Anscheinend mache ich mir mehr Sorgen um mein Zuhause, als mir bewusst ist.«

Frank nickte. »Okay, Entschuldigung angenommen. Jetzt fahre erst mal und schau dir alles an. Angela hat mir schon Bescheid gegeben.« Sein Blick fiel auf etwas hinter ihrem Rücken, und sein Gesicht verzog sich zu einem breiten Grinsen. »Gute Fahrt!«

Sie drehte sich ebenfalls um und erblasste. Am Pier stand ihr Nachbar Max mit seinem antiken Motorradgespann und hielt fröhlich einen Helm in die Höhe.

Zweifelnd blickte Frederike auf den Beiwagen herab. Wie zum Teufel sollte sie sich da reinzwängen? Und warum hatte sie bloß einen Jeansrock angezogen?

Max grinste sie an. »Besser schlecht gefahren als gut gelaufen! Du kannst dich aber auch hinter mich setzen.«

Dafür war der Rock noch weniger geeignet. Sollte sie umdrehen und sich etwas anderes anziehen? Doch just in dem Moment, als sie diesen Entschluss gefasst hatte, erklang das Lied *My heart will go on* vom Deck, und man hatte bereits die Leinen gelöst. Frank fuhr mit einem fröhlichen Hupen seines Dienstwagens davon.

Nun also, sie war allein auf weiter Flur mit einem selbstzufriedenen Max.

»Nun komm schon. Früher ist man mit solchen Gespannen in Urlaub gefahren. Ich war in Italien mit dem Gefährt. Da werden dich die sechzig Kilometer schon nicht umbringen. Wenn du erst mal drinsitzt, ist es schön muckelig.«

Frederike schnaubte. »Du willst mir doch nicht erzählen, dass du jemals selbst im Beiwagen gefahren bist. Nein, du hast es schön bequem auf deinem Bock!«

»Sollen wir tauschen?«

Doch Frederike winkte resigniert ab, zog sich den Rock bis zu den Oberschenkeln hoch und kletterte mühsam in den Beiwagen. Es dauerte eine Weile, bis sie sich eingerichtet hatte. »Kannst du mir sagen, warum du nicht mit dem Auto gekommen bist?«

»In der Werkstatt.«

»Und was ist mit Angela?«

»Die ist mit der Polizei in deinem Haus zugange. Jetzt hör auf zu quengeln, sonst kannst du laufen.« So langsam verlor Max die Geduld.

Frederike rollte mit den Augen. »Menschenskind, ich bin vierundsiebzig. Das gibt mir das Recht zu quengeln, wenn ich gezwungen werde, mich wie ein Igel zusammenzurollen.«

Max grinste und startete den Motor.

Die Fahrt dauerte lange. Sehr lange. Frederike hatte den Eindruck, jedes einzelne Schlagloch auf der Strecke direkt an ihrem Hintern zu spüren. Die Federung war wohl nicht auf dem neuesten Stand. Sie versuchte, sich zu entspannen und die ungewohnte Perspektive zu genießen. Entgegenkommende Motorradfahrer winkten ihnen freundlich zu, als sich das Gefährt mühsam den Berg heraufquälte. Es zog wie Hechtsuppe, und die Motorradbrille drückte unter den Augen. Sie schloss ergeben die Augenlider und dachte darüber nach, was sie zu Hause erwarten würde. Bisher war der Gedanke an den Einbruch noch nicht wirklich in ihr Bewusstsein eingesickert. Doch jetzt, als sie da in dem ungemütlichen Beiwagen saß und über die Straßen holperte, überfiel sie der Gedanke mit aller Wucht. Jemand hatte ihr Haus betreten und sich dort umgetan. Bilder von Vandalismus, herausgerissenen Schubladen und zerstörten Möbeln, eingetretenen Türen und durchwühlten Sachen schossen durch ihren Kopf. Sie spürte, dass ihr Tränen in die Augen stiegen. Tief durchatmen! Nicht in Panik verfallen. Sich erst einmal ein Lagebild machen und dann weiterschauen. Ihre Professionalität half ihr, die Fassung wiederzugewinnen. Der Verzweiflung folgte die Wut, die sie mit Energie erfüllte. Sie würde sich nicht unterkriegen lassen. Ich werde die Einbrecher fassen, schwor sie sich, und zurückholen, was mir gehört.

Sie blickte auf, um sich zu orientieren. Die Fahrt von Zell an der Mosel nach Leudersdorf würde rund eine Stunde dauern. Frederike hatte früher öfter auf einem Motorrad gesessen, aber die Fahrt in einem Beiwagen war schon ein besonderes Erlebnis. Max fuhr die B421 entlang, und sie passierten Bad Bertrich. Frederike kannte das Städtchen, weil sie schon häufiger die hiesige Glaubersalztherme besucht hatte. Sollte sie die Fahrt heil überstehen und wieder Ruhe in ihr Leben eingekehrt sein, könnte sie das mit Angela mal wiederholen.

Bad Bertrich lag wunderbar in einem Tal und bot Ruhe und Entspannung. Und die konnte sie gerade ganz besonders gebrauchen, denn im Tunnel wurde es laut, das Motorengeräusch dröhnte in ihren Ohren, und sie war froh, als sie wieder im Freien waren. Sie sollte die Fahrt genießen, solange sie hier noch in der freien Wildbahn unterwegs waren. Gleich würde Max auf die Autobahn fahren, und dann würde sie sich noch tiefer in den Beiwagen verkriechen, um nicht den ganzen Fahrtwind abzubekommen.

Es dauerte dann doch fast anderthalb Stunden, bis sie endlich in Leudersdorf angekommen waren. Die Fahrt mit einem Gespann erforderte fahrerisches Geschick, gerade auf den kurvigen Straßen der Eifel. Da hatte Max es lieber langsam angehen lassen.

Als der Motor endlich abgestellt war, kam Frederike die plötzliche Ruhe geradezu ohrenbetäubend vor. Sie nahm Helm und Brille ab und rieb sich durch das Gesicht. Max war inzwischen abgestiegen und nahm ihr die Utensilien ab.

»Hübsch! Du siehst aus wie ein Pandabär!« Er grinste über die Linien in Frederikes Gesicht, die die Brille gezeichnet hatte.

Frederike zog eine Grimasse. »Hilf mir lieber mal hier raus.« Durch die lange Fahrt waren ihre Beine unbeweglich, und sie hatte den Eindruck, sich nie mehr strecken zu können. Mühsam versuchte sie, sich aus dem Beiwagen zu stemmen.

Da kam auch schon Angela aus dem Haus gelaufen. »Gott sei Dank, da bist du ja.«

Sie betrachtete Frederike bei ihren Bemühungen, sich aus dem Gefährt zu befreien. »Liebe Güte! Du bist ja ganz steif. Komm, ich helfe dir.«

Mit geübtem Griff zog die gelernte Krankenpflegerin ihre bejahrte Tante aus dem Wagen. »Schau mal, wer da kommt.«

Hannelore hatte das Geschehen von Weitem verfolgt und kam nun langsam herangetigert. Sofort vergaß Frederike ihre Steifheit, bückte sich und rief ihn zu sich. »Hannelore, mein Süßer, komm her zu mir.«

Sie war zu Hause.

ZWISCHENSPIEL ZU HAUSE

»Ist es schlimm?« Von außen sah Frederikes Haus wie immer aus, nur die beiden Fahrzeuge, die vor dem Haus parkten, irritierten das Bild.

Angela zögerte kurz, dann nickte sie. »Ich will dir nichts vormachen, du siehst es ja sowieso gleich selbst. Es ist das absolute Chaos.«

Frederike atmete tief ein und wappnete sich, bevor sie die Haustür aufschloss. »Zumindest hat die Haustür nichts abbekommen.«

»Anscheinend sind sie durch die Hintertür reingegangen.«

Frederike nickte. Das machte Sinn. Man brauchte bloß über das Gartentörchen zu steigen, das darüber hinaus nie verschlossen war, und hatte sich schon den neugierigen Blicken der Nachbarn entzogen.

Ihr erster Gang führte ins Wohnzimmer. Ihr Atem stockte, als sie die Unordnung sah. Herumliegende Kabel, Fernseher und Stereoanlage fehlten. Der Schrank war geöffnet und die Schubladen auf den Boden entleert. Jemand hatte alle Bücher aus den Regalen gewischt. Wie in Trance bückte sich Frederike, um ein Buch aufzuheben, aber Angela hinderte sie daran. »Lass alles so, wie es ist. Die Spurensicherung will hier noch mal rein, und dein Versicherungsvertreter will auch noch vorbeikommen. Wenn dir schon was auffällt, was geklaut wurde, mache ich ihm eine Liste.« Sie holte ihr Handy aus der Tasche und öffnete die Diktier-App.

Frederike nahm ihr das Gerät ab und diktierte selbst. »Fernseher, Stereoanlage, Siebdruck handsigniert von Gerhard Richter, eine Tänzerin aus Porzellan, Meißen, 19. Jahrhundert …« Sie stutzte kurz, schaute sich den Bücherstapel an. »… eine Hundertwasser-Bibel.« Ihr Blick glitt zum Schrank. »Dreihundertfünfzig Euro in bar.«

Sie gab Angela das Handy zurück. »Lass uns mal ins Schlafzimmer gehen. Mal sehen, ob der Schmuck noch da ist.« Gemeinsam stiegen sie die Treppe hoch ins Obergeschoss, wo sich Frederikes Schlafzimmer und das Arbeitszimmer befanden.

Zuerst öffnete Frederike die Tür zum Arbeitszimmer. »Der Mac ist weg. Der Drucker war ihnen anscheinend zu alt.« Traurig blickte sie auf die Trümmerteile auf dem Boden. »Gut, dass ich das Tablet mitgenommen habe, so komme ich wenigstens noch an meine Daten. Ich habe alles in einer Cloud gesichert.«

»In welcher Cloud?«, wollte Angela interessiert wissen.

»Das weiß ich doch nicht. Irgendwo da oben.« Frederike wedelte mit den Armen in der Luft herum.

Angela konnte sich ein Lächeln kaum verkneifen.

Ihre Tante schaute sie erbost an. »Mein IT-Berater, der mir das hier alles eingerichtet hat, kann dir mehr erzählen. Mich interessiert das nicht wirklich.«

»Ist schon recht. Fehlt sonst noch was?«

Frederike zuckte mit den Schultern. »Kann ich im Moment nicht sagen. Spontan fällt mir nichts auf.«

»Okay, dann ab ins Schlafzimmer. Aber erschrick nicht.«

Doch trotz der warnenden Worte und ihrer geballten Tatort-Erfahrung traf es die pensionierte Kommissarin wie ein Blitz, als sie vorsichtig die Tür öffnete. Die Schubladen waren aus den Kommoden gerissen, und ihre Unterwäsche lag im ganzen Raum verstreut. Die Kleiderbügel hatte man herausgenommen und alles einfach auf den Boden plumpsen lassen. Anschließend waren die Einbrecher mit ihren dreckigen Schuhen über die Kleidung gestiegen. Man konnte Fußabdrücke erkennen. Erst jetzt wurde Frederike die ganze Dimension des Einbruchs klar. Fremde Menschen waren in ihr Privatleben eingedrungen, hatten sich an ihrer Unterwäsche vergriffen, ihre intimsten Geheimnisse entweiht. Tränen schossen ihr in die Augen, und ein Schluchzer stieg in ihrer Kehle empor. Angela nahm sie in den Arm und tröstete sie, soweit sie konnte.

»Pass auf, du musst dir das nicht antun. Ich habe mit Grete gesprochen. Sie will mir helfen, hier ein wenig Ordnung zu machen, sobald der Tatort freigegeben ist.«

Grete war Frederikes Sangesschwester und beste Freundin. In den letzten Jahren hatten sie einiges gemeinsam erlebt, und Grete war eine der wenigen Personen im Ort, die Frederikes Vergangenheit als Kriminalkommissarin kannten.

Frederike nickte tränenüberströmt. Ja, Grete war in Ordnung.

»Ich nehme an, der Schmuck ist weg.«

Wieder nickte Frederike, und erneut stieg ein Schluchzer in ihr auf. Prompt bekam sie einen Schluckauf.

Angela packte sie und zog sie aus dem Raum. »So geht das nicht.« Sie packte Frederike auf einen Sessel, der in der Diele stand. Hier konnte man den Bildern der verwüsteten Räume erst einmal entkommen.

»Bleib hier sitzen. Ich schaue mal, ob ich uns einen Kaffee organisieren kann.«

Angela ging die Treppe hinunter und betrat die Küche. Frederike bekam von unten Stimmengewirr mit. Anscheinend war hier gerade die Polizei aktiv. Dann hörte sie wieder Schritte, die sich der Treppe näherten.

»Tee. Mehr kann ich dir nicht anbieten.« In Angelas Händen entdeckte Frederike den Wasserkocher, zwei leere Tassen und ein paar Teebeutel.

»Am liebsten was mit Baldrian«, knurrte Frederike. »Wurde die Kaffeemaschine auch gestohlen?«

»Nein, aber es gibt keinen Kaffee.«

»Haben sie etwa das Kaffeepulver mitgenommen?«, wunderte sich Frederike, doch Angela winkte bloß ab. »Frag nicht.«

Sie ging ins Badezimmer, um Wasser zu holen, und beide schwiegen so lange, bis das Wasser heiß war und die Teebeutel ausreichend gezogen hatten. Kamillentee. Nicht unbedingt Frederikes erste Wahl. Kamille, das roch nach Krankheit und Entzündungen, doch Angela hatte gemeint, es würde sie beruhigen. Und so tranken sie nun in kleinen Schlucken den heißen Tee.

Angela blickte sie an. »Pass auf, wir haben zwei Möglichkeiten. Du kannst bei uns übernachten, und wir beseitigen gemeinsam das Chaos. Leonie hat bestimmt Verständnis, wenn du den Einsatz abbrichst …«

»Ich nehme die andere Möglichkeit«, unterbrach Frederike sie. »Ehrlich gesagt fühle ich mich im Moment etwas überfordert von der ganzen Situation. Wir haben gerade einen Todesfall auf dem Schiff, unser Hauptverdächtiger soll einen ›Unfall‹ gehabt haben.« Sie zeichnete beim Wort »Unfall« Gänsefüßchen in die Luft. »Die Reise geht noch drei Tage, wir sind nah dran, und ich will Willi nicht allein lassen.«

Angela schnaubte. »Willi ist nun wirklich alt genug, um auf sich selbst aufzupassen. Meine zweite Möglichkeit war, dass wir dir unten dein Gästezimmer fertig machen. Das hat nämlich nicht allzu viel abbekommen.«

Frederike verspürte plötzlich ein großes Unbehagen bei dem Gedanken, hier im Haus zu übernachten. Das, was lange Jahre ihre Zuflucht gewesen war, ihr Zuhause, ihr Rückzugsort, war plötzlich fremdes Terrain. Sie hatte den Eindruck, sie müsste ihr Haus erst einmal ausräuchern, wieder freimachen von den düsteren Einflüssen. Ob sie hier überhaupt je wieder glücklich werden könnte? Im Moment wusste sie es nicht zu sagen. Sie schaute Angela bittend an.

»Es tut mir leid, ich kann das nicht. Meinetwegen könntest du jetzt die ganze Bude abfackeln, und es würde mir nichts ausmachen. Es fühlt sich für mich alles so schmutzig an.«

»Na, dann solltest du besser nicht in die Küche gucken«, erwiderte Angela trocken. »Aber gut, ich verstehe dich. Also, mein Angebot steht, dass ich hier gemeinsam mit Grete und wahrscheinlich noch ein oder zwei Frauen aus dem Dorf alles wieder auf Vordermann bringe. Hannelore kann sich so lange ins Gästezimmer oder in den Garten zurückziehen. Und wenn du in drei Tagen wieder zurückkommst, ist das Gröbste erledigt.«

Frederike nickte beklommen. Irgendwie machte ihr das jetzt auch ein schlechtes Gewissen.

»Ich werde mit dem Schreiner reden. Du bekommst vernünftige Schlösser und Riegel an die Tür, damit du dich hier wieder sicher fühlst. Und mach dir keinen Kopf: Ich wasche persönlich deine ganze Wäsche und bringe die anderen Klamotten in die Reinigung. Jede Spur von fremden Menschen werden wir hier gnadenlos tilgen.«

Erneut schossen Frederike Tränen in die Augen, und sie fiel Angela um den Hals. »Ach, wenn ich dich nicht hätte.«

Angela schob sie von sich und hielt ihr ein Taschentuch hin. »Hier, trockne deine Tränen. Unten ist jemand, der auf jeden Fall noch mit dir reden will. Wenn ich es mir richtig gemerkt habe, Kriminalhauptmeister Wallraff.«

Frederike schniefte noch ein letztes Mal, putzte sich trompetend die Nase und lächelte Angela an. »Okay, ich bin so weit.«

Gemeinsam gingen die Frauen die Treppe herunter.

Angela betrat zuerst die Küche. »Herr Wallraff, meine Tante sagt, sie wäre jetzt so weit. Vielleicht gehen Sie lieber mit ihr ins Gästezimmer.«

Frederike warf an ihr vorbei einen Blick in die Küche. Gut, dass Angela sie vorgewarnt hatte. Es sah furchtbar aus. Anscheinend hatten die Einbrecher die Vermutung gehabt, sie hätte irgendetwas in ihren Lebensmitteln versteckt. Die Schütten hatte man auf dem Boden ausgeleert, angebrochene Mehlpackungen, Salz, Haferflocken, Kaffeepulver – kein Wunder, dass Angela ihr keinen Kaffee hatte machen können.

»Was für eine Schweinerei!«

Ein noch recht junger Mann, leicht übergewichtig, erhob sich ungelenk. Liebe Güte, wie hätte der sich wohl aus einem Beiwagen befreit, wunderte sich Frederike und war gleichzeitig ein wenig stolz auf ihre eigene gute körperliche Verfassung.

»Guten Tag, Kriminalhauptmeister Wallraff, ich hätte da mal ein paar Fragen«, stellte sich der junge Mann persönlich vor und reichte ihr die mehlbestäubte Hand. Als er Frederikes Blick sah, zog er die Hand hastig zurück und wischte sie sich am Jackett ab, das inzwischen auch schon deutliche Lebensmittelspuren aufwies.

»Ist die Spurensicherung schon durch?«, fragte Frederike erstaunt und mit einer leichten Schärfe in der Stimme.

»Die sind auf dem Weg. Ich schaue mich hier schon mal ein wenig um.« Herr Wallraff reckte das Kinn, war aber immer noch fünf Zentimeter kleiner als Frederike. Sie grinste ihn an. »Neugierig, was?«

Er wollte aufbrausen, überlegte es sich dann aber anders und erwiderte ihr Grinsen. »Wie ich hörte, teilen wir diese Eigenschaften. Lassen Sie uns nach nebenan gehen. Woher, zum Teufel, wussten die Einbrecher, dass das Haus leer steht?«

Erst nachdem die beiden sich im Gästezimmer auf der zusammengeklappten Bettcouch niedergelassen hatten, dachte Frederike über die Frage nach. Es war ihr ein wenig unangenehm, so dicht neben dem jungen Polizisten zu sitzen, aber eine weitere Sitzgelegenheit gab es nicht im Zimmer, und sie wollte keine Umstände machen. Also rutschte sie so weit wie möglich in Richtung Armlehne und drehte sich zu ihrem Gesprächspartner um.

»Wer wusste von meiner Reise? Eine interessante Frage.« Sie dachte nach. »Meine Nachbarn, meine Nichte und ihr Lebensgefährte, mein Mitfahrer. Ich habe mich im Kirchenchor für die Probe abgemeldet. Das sind schon einige. Und ich weiß natürlich nicht, wer wem was erzählt hat.«

»Sie haben nicht zufällig auf Facebook oder so Fotos Ihrer Reise gepostet?«

Frederike schüttelte energisch den Kopf. »Auf keinen Fall. Ich bin doch nicht naiv. Man weiß doch, dass das wie eine Einladung an Einbrecher ist.« Ein Gedanke schoss in ihren Kopf.

Herr Wallraff seufzte auf. »Wenn doch alle so klug wären wie Sie. Sie glauben gar nicht, was Menschen alles posten. Das ist doch heutzutage gang und gäbe. Man ist ja schon ein wenig aus der Zeit gefallen, wenn man nicht die sozialen Medien bespielt.«

Frederike war sich nicht ganz sicher, ob sie sich wegen des Lobs geschmeichelt fühlen sollte oder doch eher aus der Zeit gefallen.

»Na ja, auf jeden Fall können wir das in meinem Fall ausschließen. Gibt es denn aktuell in der Umgebung mehrere Einbrüche? Es könnte ja eine Bande hier unterwegs sein. Vielleicht zur Drogenfinanzierung?«

Doch Wallraff schüttelte den Kopf. »Nein, Beschaffungskriminalität können wir hier ausschließen. Die kommen rein, greifen sich Fernseher und andere Dinge, die man schnell verticken kann, und sind wieder weg. Schnell rein und schnell raus. Bei Ihnen hat man sich richtig Zeit genommen.«

Frederike nickte. »Das leuchtet ein. Eine Diebesbande?«

»Nein, das Vorgehen ist dafür auch eher untypisch. Das fängt schon beim Einbruch selbst an. Sie haben Türen mit alten, heute nicht mehr gebräuchlichen Schlössern. Wer hat denn dazu das Werkzeug dabei? Oder gehören Sie etwa zu den Typen, die immer einen Schlüssel unter der Fußmatte haben?«

Frederike verneinte. Ihr Ersatzschlüssel lag bei Max im Gartenhaus. Vielleicht sollte sie aber doch gleich mal nachsehen gehen, ob er immer noch am Platz war.

»Moment, ich bin gleich wieder da.«

Einen Moment später war sie wieder zurück, hielt in der einen Hand ihren Ersatzschlüssel und in der anderen Hand einen Stuhl. So auf Abstand war ihr gemütlicher.

»Hier, das ist mein Ersatzschlüssel. Er liegt üblicherweise beim Nachbarn. Falls Sie ihn auf Spuren untersuchen wollen …« Sie legte den Schlüssel, den sie nur am Bart berührt hatte, vorsichtig auf den Tisch.

»Gut. Den schauen wir uns an. Es wäre also möglich, dass die Einbrecher einen Schlüssel benutzt haben? Wir haben Einbruchspuren an den Türen vermisst.«

Frederike seufzte auf. Sie konnte sich schon lebhaft die Diskussionen mit ihrer Hausratversicherung vorstellen. »Aber man sagte mir, dass die Einbrecher durch die Hintertür gekommen seien. Woher wissen Sie das, wenn es keine Einbruchspuren gibt?«

»Das sieht man an den Fußabdrücken. Die haben sich nicht die Füße abgeputzt.«

»Okay, dann bin ich raus. Der Schlüssel hier ist für die Vordertür.«

»Ich nehme ihn trotzdem vorsichtshalber mal mit. Vielleicht ist ja einer vorne rein und hat dann von innen die Hintertür geöffnet. Was uns wundert, ist, wie akribisch man die Wohnung durchsucht hat. Selbst die Sachen aus dem Eisfach wurden entfernt. Sind Sie bekannt dafür, Wertsachen im Haus zu haben?«

Frederike schüttelte den Kopf. »Nein, woher auch? Ich habe nichts Dolles an Wertsachen. Zumindest nicht mehr als andere Haushalte.«

»Keine Goldmünzen im Gefrierfach oder in der Mehltüte? Keine Bargeldreserven unter der Matratze?«

Frederike lachte auf. »Sie sind aber gut. Ich war früher Beamtin. Woher soll das denn kommen? Nein, nein. Ich habe ein paar nette Kleinigkeiten, noch aus meiner Düsseldorfer Zeit, an denen mein Herz hängt und die nun anscheinend verschwunden sind, aber das war es auch schon.«

»Merkwürdig. Normalerweise machen sich Einbrecher nicht so viel Mühe. Sie müssen eine größere Beute vermutet haben, und sie wussten, dass ihnen ausreichend Zeit zur Verfügung stand, um sich in Ruhe umzusehen und Ihr Haus auf links zu drehen.«

Frederike dachte nach. Irgendetwas von den Dingen, die Wallraff eben gesagt hatte, hatte etwas bei ihr zum

Klingen gebracht. Was war es nur gewesen? Ach ja, die Sache mit dem Eisfach. Hatte sie da nicht erst kürzlich drüber gesprochen? Richtig, auf dem Schiff war das Gespräch auf Wertsachen gekommen. Ja, es war beim Mittagessen gewesen. Cornelia hatte ihre Tasche bewundert und Harrys Uhr. Man hatte darüber gesprochen, dass man solche schönen Dinge auch nutzen und gebrauchen und sie nicht im Safe verrotten lassen sollte. Sich daran erfreuen, das war der allgemeine Tenor gewesen. Dann hatte sich das Gespräch verlagert auf die Aufbewahrung von Wertsachen. Manche bewahrten Wertsachen im Bankschließfach auf, andere wiesen das weit von sich. Tja, und dann hatte man tatsächlich über Verstecke im Haus gesprochen. Natürlich nur rein hypothetisch.

Frederike blickte Wallraff nachdenklich an. »Wie Sie wissen, bin ich zurzeit auf einer Flusskreuzfahrt. Meinen Sie, dass jemand vom Schiff hinter dem Einbruch stecken könnte?«

Wallraff sah sie überrascht an. »Wie kommen Sie darauf?«

»Nun ja, wir haben uns vorgestern auch über die Aufbewahrung von Wertsachen unterhalten. Da kamen auch Verstecke wie Eisfach, Lebensmittelschachteln, Buchtresore und Kissen zur Sprache. Vielleicht hat das jemanden auf dumme Gedanken gebracht.«

Doch Wallraff winkte ab. »Das kommt mir sehr unwahrscheinlich vor. Hier waren Profis am Werk. Nein, nein, Sie brauchen Ihre Mitreisenden nicht zu verdächtigen.« Er lachte auf. »Was für ein Gedanke.«

Frederike sah ihn ein wenig pikiert an – so lächerlich war das nun wirklich nicht. Sie verschränkte die Arme vor der Brust. »Ganz so abwegig kommt mir das nicht vor. Man wusste, dass ich an Bord bin, dass ich keine Angehörigen habe, und hatte eine Vermutung, wo ich meine Wertsachen aufbewahre.«

Wallraff blickte sie geduldig an. »Das sind dann schon sehr viele Zufälle, meinen Sie nicht? Da müsste ja jemand mit Ihnen am Tisch gesessen haben, der zufällig sein Geld mit Einbrüchen verdient und eine Bande im Hintergrund hat, die kurzfristig für ihn den Job erledigt. Sehr unwahrscheinlich!«

Frederike war anderer Meinung, hielt aber ihren Mund. Sie würde ihren Verdacht zunächst einmal mit Leonie Jansen besprechen. Denn im Gegensatz zu Kriminalhauptmeister Wallraff wusste Frederike, dass es eben kein Zufall war, sondern eine ganz gezielte Aktion, um Mitreisende um ihr Erspartes zu bringen, mit welchen Methoden auch immer. Gott, war sie sauer, dass sie selbst Opfer einer solchen Aktion geworden war!

Wallraff hatte noch einige Fragen an sie bezüglich fehlender Wertgegenstände und des zeitlichen Rahmens ihrer Abwesenheit, doch Frederike hörte nur noch mit halbem Ohr zu und war in Gedanken bereits wieder auf dem Schiff. Jessica und Konsorten würde sie die Hölle heiß machen!

Inzwischen war die Spurensicherung eingetroffen. Die beiden Mitarbeiter waren zutiefst frustriert darüber, dass so viele Menschen den Tatort bereits kontaminiert hatten, wobei vor allem Hauptkommissar Wallraff in die Schusslinie geriet. Um der schlechten Stimmung zu entgehen, zogen sich Angela und Frederike ins Gästezimmer im Erdgeschoss zurück. So waren sie aus dem Weg, konnten gleichzeitig aber weiterhin für Nachfragen zur Verfügung stehen.

In einer halben Stunde sollte der Versicherungsvertreter kommen, der sich selbst ein Bild machen wollte, und Frederike erarbeitete mit Angela eine Liste der Wertgegenstände und der zerstörten Möbel. Frederike war froh, dass sie die Rechnungen immer brav abgeheftet hatte. Der Aktenordner war zwar auch zerfleddert worden, aber im großen Ganzen noch brauchbar. Nur um die Schmuckstücke, die sie von ihrer Mutter geerbt hatte, tat es Frederike leid. Nicht weil sie sie gerne selbst getragen hatte, nein, sie hätte sie gerne an Angela weitergegeben.

Als der Versicherungsvertreter endlich wieder weg war und alle offenen Fragen anscheinend beantwortet waren, hielt es Frederike hier nicht länger.

»Ich glaube, ich bestelle mir ein Taxi zur Mosel. Auf keinen Fall steige ich wieder in den Beiwagen.«

Angela kicherte. »Ich weiß gar nicht, was du gegen das Gefährt hast. Immerhin seid ihr annähernd gleich alt. Das müsste doch passen.«

»Vorsicht!« Frederike drohte mit dem Finger. »Ich musste mir heute schon genügend dumme Bemerkungen über mein fortgeschrittenes Alter anhören. Und der Tag war auch ansonsten rundherum scheiße, wenn ich das mal so freimütig sagen darf.«

Angela nickte und nahm ihre Tante in den Arm. »Du hast recht. Ich sollte wirklich keine blöden Witze machen in dieser Situation. Pass auf, ich mache es wieder gut, indem ich dich nach Zell fahre.«

Frederike nahm das dankbar auf. »Passt das denn? Musst du nicht zum Dienst?«

Angela nickte. »Ja, aber das ist ja fast auf halbem Weg. Ich muss also sowieso in die Richtung. Dann sollten wir uns aber langsam aufmachen, sonst komme ich zu spät. Los, verabschiede dich von deinem Kater. Essen habe ich ihm schon hingestellt. Ich schaue morgen wieder nach Hannelore.«

Frederike gab ihr ein Luftküsschen. »Ich telefoniere mal eben, wo die *Wilma* jetzt liegt. Wahrscheinlich müssen wir nach Bernkastel-Kues.«

Angela zog eine Grimasse. »Dann müssen wir uns wirklich sputen. Auf geht's!«

BERNKASTEL-KUES, KURZ VOR DER ABFAHRT

Es war schon ziemlich spät, als sie ankamen, aber sie schafften es, rechtzeitig am Schiff zu sein. Frederike hatte mit dem Kapitän telefoniert und von ihm erfahren, dass man gegen zweiundzwanzig Uhr ablegen würde, um nach Trier weiterzufahren. Durch den Unfall hatte man den Zeitplan ein wenig angepasst, um den Gästen doch noch die Gelegenheit zu geben, Bernkastel-Kues zu besuchen. Willi war nicht zu erreichen gewesen. Frederike landete nur auf der Sprachbox. Hatte er nicht gesagt, er wolle sich melden, sobald er mit Frank gesprochen hatte? Nun gut, sie würde ihn sicher bald treffen.

Angela blickte sich neugierig um. Sie war beeindruckt von der Größe des Schiffs und gespannt, wie es im Inneren aussah. Also war sie noch kurz mit an Bord gekommen, um sich ein wenig umzusehen und einen Blick in Frederikes Kabine zu werfen.

»Mensch, es ist wirklich schön hier, sehr komfortabel. Ich kann verstehen, dass dich das gerade mehr reizt als dein verwüstetes Haus. Wie geräumig die Kabinen sind. Ich hatte vermutet, dass ihr alle in Klappkojen schlaft, aber das ist ja wie im Hotel.«

Frederike nickte zufrieden. »Ja, nicht wahr? Es macht schon Spaß. Man sitzt gemütlich auf dem Sonnendeck und lässt die Landschaft an sich vorbeiziehen. Das nennt man Sitzwandern, hat mir Willi erzählt. Bequemer geht's nicht.«

Angela seufzte. »Beneidenswert.«

Frederike sah sie von der Seite an. »Bleib doch einfach an Bord. Meine Kabine hat zwei Betten.«

Angela blickte sie liebevoll an. »Das würde ich gerne. Aber es hilft nichts: Ich muss los. Der Dienst ruft.« Sie nahm ihre Tante noch einmal in den Arm, dann ging sie Richtung Ausgang.

Frederike atmete tief durch. Es dauerte eine Weile, bis sie sich wieder an die aktuelle Situation gewöhnt und die Gedanken an den Einbruch in die hinterste Ecke ihres Gedächtnisses geschoben hatte. Sie war in Leonies Auftrag hier, und den würde sie erfüllen. Davon würden sie auch ein paar Einbrecher nicht abhalten können, schwor sie sich. Doch jetzt würde sie erst einmal Willi suchen. Mal sehen, was er zwischenzeitlich in Erfahrung gebracht hatte.

Sie streifte durch Restaurant und Bar, warf einen Blick in die Wellnesseinrichtung und klopfte an Willis Zimmertür. Doch von ihrem Freund war weit und breit nichts zu entdecken. Jetzt gab es nur noch eine Möglichkeit.

Sie ging zum Gästeempfang, an dem Jessica gerade ihren Dienst tat. Diese war damit beschäftigt, die Landgangskarten der Mitreisenden einzusammeln, die nach und nach wieder an Bord zurückkehrten. Als ein wenig

Ruhe eingekehrt war, wandte sich Frederike an ihre offizielle Gastgeberin.

»Ich vermisse Wilhelm Walther. Ist er vielleicht von Bord gegangen?«

Jessica blickte in ihre Liste. »Ja, er ist noch an Land, müsste aber jeden Moment wieder zurückkommen.« Sie schaute auf die Uhr. »Er sollte sich jetzt wirklich beeilen. Wir wollen in einer Viertelstunde ablegen.«

»Was passiert eigentlich, wenn man nicht pünktlich vom Landgang zurückkehrt?«

Jessica lachte auf. »Dann muss er uns wohl hinterherschwimmen.«

Frederike fand das gar nicht komisch. Wo, zum Teufel, blieb Willi? Sie musterte die Gestalten, die sich am Pier befanden.

Da klopfte ihr Cornelia auf die Schulter. »Da bist du ja wieder. Ich habe dich gesucht. Wolltest du dir nicht auch Bernkastel anschauen? Oder hast du dich allein mit Willi auf den Weg gemacht?«

Frederike schüttelte den Kopf. »Nein, ich musste etwas Privates erledigen. Eine dringende Angelegenheit, die sich nicht aufschieben ließ.« Sie hatte für sich beschlossen, den Einbruch in ihrem Haus erst einmal für sich zu behalten. Vielleicht verplapperte sich ja jemand. »Aber wo du Willi erwähnst ... er ist an Land gegangen. Hat er die Führung nicht mitgemacht?«

Cornelia schüttelte den Kopf. »Nein, ich habe ihn den ganzen Tag nicht gesehen. Bei der Führung war er definitiv nicht dabei.«

Es wurde unruhig auf dem Landungssteg. Anscheinend machte man sich zum Ablegen bereit. Jessica trat wieder an den Counter und aktivierte den Lautsprecher. »Dr. Wilhelm Walther und Harald Wohlgemuth, bitte kommen Sie zum Gästecounter. Wilhelm Walther und Harald Wohlgemuth, bitte zum Gästecounter.«

Frederike fragte sich gerade, wer wohl Harald Wohlgemuth war und ob Willi gemeinsam mit ihm unterwegs war, als Harry zum Schalter trat und sich entschuldigte, seine Landgangskarte nicht wieder abgeliefert zu haben. Jessica bedachte ihn mit einem bösen Blick. Doch von Willi gab es auch weiterhin keine Spur. Wo mochte er sein?

Frederike stand an der Reling, als das Schiff zu den Klängen von *My heart will go on* ablegte. Langsam ging ihr das Lied auf den Zeiger. Cornelia war inzwischen mit Harry für einen späten Imbiss ins Restaurant gezogen. Sie hatte Frederike gefragt, ob sie sich anschließen wollte, doch diese hatte abgelehnt.

Erneut wählte sie Willis Nummer, nur um wieder auf der Sprachbox zu landen und ihm wieder die gleiche Nachricht aufzusprechen, die sie ihm heute auch schon per WhatsApp gesendet hatte: »Willi, melde dich.«

Nun gut, es war ein harter Tag gewesen, dachte sich Frederike. Das Schiff war unterwegs und Willi mit großer Wahrscheinlichkeit in Bernkastel-Kues gestrandet. Er war alt genug, um sich ein Taxi nach Trier zu organisieren. Sie konnte im Moment nichts für ihn tun. Ihr Nacken war verspannt, und sie fühlte sich erschöpft. Wenn das jetzt nicht der passende Moment für einen Whisky ist, dann weiß ich es nicht, dachte sie bei sich und machte sich auf den Weg in die Bar.

Hier hatte Mascha den Dienst übernommen. Sie war weniger aufgeschlossen als Claudio, weniger souverän im Umgang mit den Getränken und Cocktails, aber sie tat ihr Bestes, um die Gäste bei Laune zu halten. Frederike bestellte bei ihr einen Laphroaig und zog sich dann an einen ruhigen Ecktisch zurück. Ihr war im Moment nicht nach Reden zumute, und außerdem graute ihr davor, in dem engen Rock einen Barhocker erklimmen zu müssen. Der Beiwagen heute hatte ihr gereicht.

Sie hielt die Augen geschlossen und genoss den Whisky. Ihre Gedanken wanderten zurück zu ihrem letzten Gespräch mit Willi. Hatte er nicht etwas erwähnt, als sie ging? Sie war durch die Nachricht vom Einbruch abgelenkt gewesen. Er hatte irgendetwas gesagt, aber sie hatte nicht wirklich zugehört und zermarterte sich nun ihr Hirn, aber es wollte ihr nicht einfallen. Sie war in diesem Moment von Gefühlen übermannt gewesen, die Wut über den Einbruch, die Sorge um Hannelore, das Entsetzen über Claudios Tod, ihre Zweifel, was die Todesursache anging, ihren Ärger über Willis Weigerung, überhaupt über ihre Bedenken nachzudenken, und nicht zuletzt ihre Befürchtungen, dass Willi irgendwie in diesen Tod verwickelt sein könnte. Er konnte alles Mögliche gesagt haben. War es vorstellbar, dass ein Mensch wie Willi sich an einem solchen Tag einfach einen gemütlichen Nachmittag an Land machte? Schließlich bezahlte ihn das BKA für den Auftrag. Frederike konnte nicht verhindern, dass sie sich erneut über diese Ungleichbehandlung ärgerte. Immerhin, dafür hatte sie die Balkonkabine bekommen! Was könnten Willis nächste Schritte gewesen sein?

In dem Moment unterbrach eine warme Stimme ihren Gedankenfluss. »Ist der Platz noch frei?«

Frederike riss sich zusammen und blickte auf. An ihrem Tisch stand ein älterer Herr. »Natürlich.« Sie deutete mit ihrer Hand auf die drei freien Stühle an ihrem Tisch. »Bedienen Sie sich.«

Die Bar war inzwischen gut gefüllt und voller Stimmengewirr.

»Ich sah, dass Sie Whisky trinken. Deshalb habe ich mich zu Ihnen gesetzt.«

Frederike lächelte verschmitzt. »Haben Sie etwas gegen Swimming Pool und Pina Colada?« Sie deutete auf eine Gruppe älterer Frauen, die es sich an drei Tischen gemütlich gemacht hatten.

Er verzog das Gesicht. »Eine Verschwendung guten Alkohols. Und wenn ich Obst will, esse ich Obst und trinke es nicht. Ich bin übrigens Wolfgang.«

»Hallo, Wolfgang.« Sie hob ihr Glas und prostete ihm zu. »Ich bin Frederike.«

Eigentlich kam ihr die Begegnung gar nicht zupass. Sie hätte lieber in Ruhe darüber nachgedacht, wie ihre nächsten Schritte aussehen könnten. Doch Wolfgang hatte anscheinend Plauderbedarf und war froh, eine verwandte Seele entdeckt zu haben. Er wusste einiges über Whiskys, deren Herstellung und war tatsächlich sogar einmal auf Islay gewesen und hatte die Brennerei Laphroaig besucht. Nach dem vierten Whisky hatte sich Frederike ein wenig entspannt. Und doch ließen die Gedanken an Willi sie nicht los. Sie stand auf, entschuldigte sich bei ihrem Gesprächspartner und wankte mit leichter Schlagseite erneut zum Gästecounter.

Sie hatte Glück. Jessica war noch dort und sortierte einige Unterlagen. Wahrscheinlich wartet sie schon auf die nächste Pokerrunde, die sie organisiert hat, dachte Frederike. Wer mochte wohl Claudios Part übernehmen? Doch zunächst mal war sie einfach froh, dass Jessica ihr noch Rede und Antwort stehen konnte.

»Können Sie mir sagen, wann Willi Walther das Schiff verlassen hat und ob er sich inzwischen mit Ihnen in Verbindung gesetzt hat?«

»Letzteres definitiv nicht.« Jessica schaute in ihre Liste. »Er ist, direkt nachdem wir angelegt haben, von Bord gegangen.«

»Und? War er allein?«, drängte Frederike und hielt sich am Tresen fest. Warum musste das Schiff nur so schwanken?

Jessica bedachte sie mit einem scharfen Blick und blickte dann wieder in die Liste.

»Wahrscheinlich. Ich vermerke hier die Landgänger mit den Zeiten, und er war der Einzige, der um diese Zeit das Schiff verließ.«

»Sind Sie sicher?« Frederike bemühte sich um Contenance, doch fühlte sie sich langsam tatsächlich etwas seekrank.

Jessica schaute sie genervt an. »Nein, das bin ich nicht. Und ich bin auch nicht verpflichtet, Ihnen Auskunft zu geben. Sie sollten wirklich ins Bett.«

Frederike nickte schwer. Das war ein weiser Ratschlag.

In ihrer Kabine angekommen, griff sie erneut zum Telefon. Immer noch keine Nachricht von Willi. Ob Frank etwas von ihm gehört hatte? Ungeachtet der späten Stunde wählte Frederike seine Nummer. Es dauerte eine Weile, bis er sich verschlafen meldete. »Hallo?«

»Hallo, Frank, bist du es?« Frederikes Zunge lag schwer in ihrem Mund, und es fiel ihr gar nicht so leicht, die Worte zu bilden.

»Frederike? Weißt du, wie spät es ist?«

Sie schüttelte den Kopf. Dann fiel ihr ein, dass er das möglicherweise nicht sehen konnte. Okay, streichen wir das »möglicherweise«, dachte Frederike und riss sich zusammen. »Entschuldige, nein, ich habe nicht auf die Uhr geschaut. Aber jetzt bist du ja wach.«

Frank stöhnte ins Telefon. »Wie auch immer, warum rufst du an?«

»Ich versuche schon den ganzen Nachmittag, Willi zu erreichen, aber es geht direkt die Sprachbox dran. Hast du etwas von ihm gehört?«

»Hat das nicht bis morgen Zeit?«

»Ich bin mir nicht sicher. Er hat, direkt nachdem sie in Bernkastel-Kues angelegt haben, das Schiff verlassen und ist bisher nicht mehr aufgetaucht.«

»Ach, er kommt bestimmt wieder. Vielleicht ist er ja in einer Weinstube versackt. Das hört sich bei dir übrigens auch so an.«

»Also wirklich!« Frederike bemühte sich um Würde. »Ich bin absolut fit. Wie auch immer: Wir sind jetzt auf der Fahrt nach Trier, und Willi hat das Schiff verpasst. Und er geht immer noch nicht ans Telefon.«

»Ihr seid schon wieder unterwegs, und er ist nicht an Bord?« Jetzt wurde Frank hellhörig. »Das wundert mich nun doch. Pass auf, ich check mal, ob er eine Nachricht hinterlassen hat oder sein Name irgendwo aufgetaucht ist.«

Frederike wusste, was er meinte. Er würde die Krankenhäuser und Unfallmeldungen überprüfen.

»Sollte ich was hören, sage ich dir Bescheid. Aber jetzt gehe erst mal ins Bett. Bis ich die Infos habe, wird es dauern. Sollte Willi sich in der Zwischenzeit melden oder wieder auftauchen, sag mir bitte sofort Bescheid.«

Frederike versprach es, dann ließ sie sich aufs Bett zurücksinken. Was hatte Willi vor? Kurz vorm Einschlafen fiel ihr auf, dass sie Frank gar nicht nach den Ergebnissen von Claudios Obduktion gefragt hatte. Doch bevor sie wieder zum Telefon greifen konnte, war sie eingeschlafen.

ANKUNFT IN TRIER

Am nächsten Morgen erwachte sie angezogen auf ihrem Bett liegend. Sie hatte einen schlechten Geschmack im Mund und ein leichtes Ziehen an den Schläfen. Herrje, so böse war sie lange nicht mehr abgestürzt. Aber der gestrige Tag war einfach zu viel für sie gewesen. Wieder kamen die Bilder ihres verwüsteten Hauses in ihr hoch, doch sie schob sie beiseite und griff zum Handy. Jetzt war erst mal wichtiger, was mit Willi los war. Von Frank gab es noch keine Nachricht. Sie wollte ihn schon anrufen, als sie merkte, dass es noch keine sechs Uhr war. Die Sonne stand kurz über dem Horizont und schien direkt in ihr Fenster. Sie schloss die Augen wieder und blieb liegen. Gedanklich ließ sie das letzte Treffen mit Willi noch einmal vor ihrem geistigen Auge ablaufen. Was hatte er noch gesagt, als er sich von ihr verabschiedet hatte? Irgendwo in ihrem Unterbewusstsein lauerte die Antwort.

Als sie aus dem Dämmerschlaf erwachte, lag es auf einmal vor ihr. Er hatte gemurmelt, dass er sich Claudios Kabine ansehen wollte. Schlagartig wurde sie hellwach. Vielleicht hatte er dort etwas gefunden. Etwas, was ihn zu sofortigen Maßnahmen veranlasst hatte. Aber warum war er nicht erreichbar? Und warum hatte er Frank nicht informiert? Sie stand auf, ging ins Badezimmer und spritzte sich kaltes Wasser ins Gesicht. Warum, fragte sie sich mit einem erbosten Blick in ihr Gesicht, hatte sie sich gestern so gehen lassen? Sie strafte sich selbst, indem sie sich eine kalte Dusche gönnte. Gott, war das furchtbar! Doch danach fühlte sie sich wieder klar im Kopf, und die letzten Reste ihres kleinen Rauschs waren Geschichte. Möglicherweise hatte Willi ja Leonie informiert.

Inzwischen war es schon halb neun. Rasch griff Frederike zum Telefon und wählte die Nummer der BKA-Beamtin.

Diese hatte anscheinend das Telefon in direkter Reichweite liegen, denn schon nach dem ersten Klingeln meldete sich die junge Frau. »Jansen!«

»Hallo, Leonie, ich bin's, Frederike.«

»Guten Morgen, du bist ja schon früh unterwegs. Gibt es etwas Neues?«

Kurz erzählte Frederike ihr von dem gestrigen Tag und schloss mit: »... und jetzt ist Willi verschwunden und meldet sich nicht. Hat er sich bei dir gemeldet?«

Leonies Stimme klang scharf. »Nein. Hat er nicht. Wenn ich dich richtig verstehe, gab es einen Unfall an Bord, den du persönlich für ein Tötungsdelikt hältst, bei dir wurde eingebrochen, und du vermutest eine Verbindung zum Schiff, und jetzt ist Willi Walther spurlos verschwunden und hat sein Handy ausgeschaltet? Ich fasse es nicht, dass du mich nicht schon viel früher informiert hast. Wo seid ihr jetzt?«

»Wir haben inzwischen in Trier angelegt und bleiben dort den ganzen Tag.«

»Okay, ich mache mich direkt auf den Weg.« Leonie beendete ohne ein weiteres Wort das Gespräch.

Frederike blickte verblüfft auf den Hörer. Damit hatte sie jetzt nicht gerechnet. Und ob Willi noch mit Leonie telefoniert hatte, hatte sie auch nicht in Erfahrung bringen können. Anscheinend nicht, sonst hätte Leonie wohl nicht so reagiert.

Nun gut, dann würde sie jetzt zum Frühstück gehen und im Restaurant auf Leonie warten. Aber vorher wollte sie doch noch mal kurz mit Frank sprechen. Im Restaurant mit all den Menschen um sie herum war nicht der richtige Ort für Privatgespräche.

Er nahm das Gespräch sofort an. »Frederike, gut, dass du anrufst. Ich habe neue interessante Informationen.«

»Von Willi?«

»Nein. Die gute Nachricht ist, dass er keinen Unfall hat, in nichts verwickelt war und auch in keinem Krankenhaus liegt. ich werde mal sehen, ob wir sein Handy orten können. Aber wenn es ausgeschaltet ist oder der Akku leer, haben wir keine Chance.«

»Welche Informationen gibt es denn sonst?«

»Der Rechtsmediziner Dr. Johnson hat mich heute Morgen direkt angerufen und mir gesagt, dass es tatsächlich an Claudio Salvinis Leiche Hinweise auf ein Tötungsdelikt gibt. Das Genick zeigt eine abrupte Bruchlinie, die leicht asymmetrisch angeordnet ist. Ein ziemlich typisches Muster für einen Nackenhebel. Natürlich will sich Johnson nicht festlegen, aber auch die anderen Verletzungen am Körper passen nicht ganz zu einem Sturz. Normalerweise versucht man ja, sich mit den Händen aufzustützen oder sich noch irgendwo festzuhalten, wenn man das Gleichgewicht verliert. Das trifft hier wohl nicht zu. Johnson weist allerdings darauf hin, dass Salvini möglicherweise bewusstlos geworden ist – vielleicht eine Kreislaufschwäche oder ein epileptischer Anfall oder was auch immer – und dadurch die Treppe hinunterfiel und sich beim Sturz den Kopf verdreht haben könnte. Aber das ist für meinen Geschmack ziemlich viel Konjunktiv. Es spricht doch einiges dafür, dass man den Unfall inszeniert hat. Ich habe schon mit dem Kapitän gesprochen. Wir schicken vorsichtshalber noch mal die Spurensicherung raus.«

Frederike feixte. Treffer! Doch dann fiel ihr ein, dass diese Nachricht Willi wohl ordentlich in die Bredouille bringen würde, und das gute Gefühl verschwand gleich wieder. Sie bedankte sich bei Frank für die Infos.

»Ich gehe jetzt frühstücken. Gleich will Leonie Jansen vorbeikommen. Sie macht sich anscheinend Sorgen, dass wir in ein Wespennest gestochen haben.«

»Gut, dass du das sagst. Ich mache mir nämlich auch Sorgen. Ich informiere Leonie Jansen jetzt direkt über unsere Todesfallermittlungen und koordiniere das weitere Vorgehen mit ihr.«

Die beiden verabschiedeten sich, und Frederike machte sich auf. Ein fieser kleiner Gedanke begann sich in ihrem Geist festzusetzen. War Willi abgehauen, weil er Claudio getötet hatte? Die beiden hatten ein Verhältnis, doch Claudio tanzte anscheinend auf mehreren Hochzeiten. Eifersucht wäre ein starkes Motiv. Wenn sie die Angelegenheit ganz professionell anging, würde sie Claudios Liebhaber sicher auf der Liste der Verdächtigen nach ganz oben setzen. Andererseits:

Sie konnte es nicht glauben. Sie weigerte sich, es zu glauben. Sie kannte Willi schon seit Jahren. Das war einfach nicht seine Art. Und doch konnte sie den Verdacht nicht einfach ignorieren. Auch wenn sie Willi gut kannte, wusste sie wenig über sein Gefühls- und Liebesleben. Und er war der Letzte, der Claudio lebend gesehen hatte. Was war zwischen den beiden Männern vorgefallen?

Sie saß im Restaurant und hatte einen Kaffee vor sich stehen. Eigentlich hatte sie frühstücken wollen, doch der Duft nach frischen Waffeln und Eiern mit Speck ließ eine leichte Übelkeit in ihr aufsteigen. So griff sie lieber nach Kaffee und einem Glas Wasser. Erst mal den Flüssigkeitshaushalt wieder auffüllen.

Gerade als sie sich über die regionale Tageszeitung hermachen wollte, wurde sie angesprochen. Wolfgang! Der nette Mann aus der Bar. Frederike musste neidvoll eingestehen, dass dieser wesentlich frischer und nüchterner wirkte als sie.

Schien er auch zu sein, denn er konnte sich noch gut an den gestrigen Abend erinnern. »Du hast mir doch gestern von deinem Freund erzählt, der nicht an Bord zurückgekehrt ist, nicht wahr? Dieser Willi.«

Frederike nickte und schämte sich gleichzeitig. Sie war doch fest entschlossen gewesen, kein Wort über die ganze Angelegenheit zu verlieren und auf keinen Fall durchblicken zu lassen, dass sie mit Willi befreundet war und sich Sorgen um ihn machte. Anscheinend hatte sie sich gestern Abend anders entschieden. »Ja, richtig.«

»Ich habe drüber nachgedacht. Du hast doch erzählt, dass er beinamputiert ist und mit einer Gehhilfe unterwegs, nicht wahr?«

Frederike bestätigte das.

»Kannst du mir vielleicht mal ein Foto von ihm zeigen?«

Frederike hatte einige Schnappschüsse vom Sonnendeck, die ihr Cornelia per WhatsApp geschickt hatte. Sie selbst war kein Selfietyp. Da sah man immer so unvorteilhaft aus.

»Hier, das ist er.« Sie zeigte Wolfgang ein Foto, wo Willi direkt neben ihr saß.

»Ja, das passt. Du hast erzählt, er wäre nachmittags von Bord gegangen, aber ich bin ziemlich sicher, dass ich mich am Nachmittag noch mit ihm unterhalten habe. Und zwar hier auf dem Schiff.«

Frederike war wie elektrisiert. »Wann? Wo?«

»Auf dem Unterdeck. Ich kam aus dem Fitnessraum und wollte die Treppe raufgehen, doch er hockte dort, sodass ich nicht an ihm vorbeikonnte, und hatte Mühe, sich aufzurichten. Ich half ihm dann auf. So kamen wir auf sein Bein zu sprechen.«

»Und wann war das ungefähr?«

»Irgendwann zwischen fünfzehn Uhr dreißig und sechzehn Uhr. Denn ich war kurz danach wieder an Deck, und es gab Kaffee und Kuchen.«

Frederike nickte verstehend. Die Essenszeiten waren hier sauber getaktet. »Hat er sonst noch was gesagt?«

»Nein, er war ziemlich schweigsam. Ich bin dann die Treppe hoch und habe nicht mehr auf ihn geachtet.«

»Ist dir vielleicht sonst noch etwas aufgefallen?«

Wolfgang überlegte kurz. »Nun ja, er hat sich die Stelle angeschaut, wo dieser Barkeeper gestürzt ist. Es sah aus, als würde er etwas suchen.«

»Danke, das hilft mir sehr weiter.« Frederike stand auf. Wolfgang schaute sie überrascht an. Anscheinend hatte er vorgehabt, gemeinsam mit ihr zu frühstücken.

Doch Frederike hatte andere Pläne. Wie, zum Teufel, konnte es sein, dass Wolfgang mit Willi zu einem Zeitpunkt gesprochen hatte, wo er nach Aussagen Jessicas doch längst das Schiff verlassen hatte? War er früher an Bord zurückgekehrt, ohne dass Jessica das bemerkt hatte? Oder hatte Jessica gelogen? Dieser Frage würde sie jetzt nachgehen.

TRIER

Mit raschen Schritten bewegte sich Frederike in Richtung Treppenhaus. Hier hatte sich Willi umgeschaut, und hier war er das letzte Mal gesehen worden. Was mochte ihn hierhergezogen haben? Sie beeilte sich, denn sie befürchtete, dass die Kripo den Tatort kurzfristig wieder sperren lassen würde, nachdem es nun Hinweise auf ein Tötungsdelikt gab. Falls das nicht sogar schon geschehen war!

Doch sie hatte Glück. Das Treppenhaus war benutzbar und wurde gerade stark frequentiert. Der Ansturm zur nächsten Mahlzeit war in vollem Gang. Frederike glaubte nicht, dass hier noch viele Spuren zu sichern waren. Die Leute von der SpuSi würden fluchen.

Was könnte Willi entdeckt haben? Frederike wusste, wie er tickte. Auch wenn er ihren Gedanken, bei Claudios Tod könne es sich nicht um einen Unfall handeln, erst einmal weit von sich gewiesen hatte, würde er der Sache nachgehen. Und dann hätte er sich in die Nacht zurückversetzt, die Rolle des Opfers eingenommen, wäre dann in die Rolle eines mutmaßlichen Täters geschlüpft. Er hatte sich bestimmt geärgert, als Wolfgang ihm dazwischenkam.

Wie weit mochte er mit seinen Imaginationen gekommen sein? Er wusste nichts von dem Hinweis auf den Nackenhebel. Da hatte ihm Frederike etwas voraus. Wer mochte Claudio so zugerichtet haben? Hatte sich jemand angeschlichen und ihn von hinten gepackt, als er gerade die Treppe hinunterwollte? Oder hatte man ihn getötet und dann die Treppe hinabgeworfen? Das wäre hochriskant gewesen. Die Rezeption war ganz in der Nähe und meist besetzt. Doch auch des Nachts? Frederike wusste es nicht. Jemand, den er kannte, hätte sich unproblematisch von hinten nähern können. Frederike schaute sich um, prüfte die Möglichkeiten. Doch auf den ersten Blick konnte sie nichts entdecken.

Sie ging die Treppe hinunter. Hier unten war Claudios Leiche gefunden worden, und hier hatte Wolfgang Willi auf die Beine geholfen. Gab es hier eine Spur? Warum hatte sich Willi gebückt? Was war ihm aufgefallen?

Frederike begab sich in die Hocke und ließ den Blick schweifen. Dort hinten waren der Wellnessbereich und der Fitnessraum. Dahinter gab es noch einen Bereich mit einer weiteren Tür. Unter der Tür schimmerte Licht. Was mochte sich dort befinden? Vielleicht ein weiterer Raum für Kosmetikanwendungen oder ein Frisörsalon? Die Tür war verschlossen, und auf ihr Klopfen reagierte niemand. Sollte sie das Risiko eingehen? Hatte Willi hier etwas gesehen oder gehört, das seine Aufmerksamkeit geweckt hatte? Zumindest war er Wolfgang nicht in den Speisesaal gefolgt. Frederike zögerte und klopfte erneut. Dann legte sie das Ohr an die Tür und lauschte. Nichts zu hören. Entschlossen holte sie ihr Pick-Set, das sie immer dabeihatte, aus der Handtasche. Man wusste ja nie, wann mal jemand seinen Schlüssel vergaß. Es dauerte nicht lange, und die Tür stand offen. Doch kein Frisörsalon, dachte sie. Der Raum war groß und gemütlich eingerichtet. Das Deckenlicht brannte. Eine kleine Barlounge mit einem Tresen an der Ecke und einigen Bistrotischen. Die dazugehörigen Stühle standen hinter einem Paravent. Anscheinend wurde das kleine Restaurant auf dieser Fahrt nicht genutzt. Frederike entdeckte in einer Ecke des Raums, wo man die Wandvertäfelung entfernt hatte, Spuren eines Wasserschadens. In der Mitte des Bistros stand ein großer runder Tisch, drum herum sechs Stühle. Nett, dachte Frederike bei sich, hier fanden sicher die Pokerrunden statt. Zumindest dieses Geheimnis war erst einmal gelüftet. War Claudio möglicherweise von hier gekommen und gar nicht gestürzt? Oder war er auf dem Weg hierhin gewesen? Sie musste Frank noch mal fragen, welche Verletzungen Claudio aufgewiesen hatte. Am besten ließ sie sich den Bericht geben.

Sie verließ den Raum und verschloss die Tür wieder sorgfältig. Das Licht hatte sie brennen lassen. Sie würde Frank später einen Tipp geben, dass man sich hier auch mal ein wenig genauer umsah. Auch wenn illegales Glücksspiel nicht in den Tätigkeitsbereich der Mordkommission fiel – Geld war immer ein erstklassiges Motiv! Doch jetzt war sie erst einmal froh, herausbekommen zu haben, wo die Runden stattfanden. Das würde ihr hoffentlich die Gelegenheit geben, die Pokerrunde im Auge zu behalten.

Kurz darauf schlich Frederike durch den Personaltrakt auf der Suche nach Claudios Kabine. Eigentlich war die

Durchgangstür verschlossen, doch sie konnte einen Moment abpassen, in dem jemand den Unterdeckbereich verließ. Sie hatte im Gang gestanden und so getan, als wollte sie ihre Kabinentür öffnen, und hatte dann mit raschem Griff die Zwischentür im Korridor, die Personal- und Gästetrakt voneinander trennte, am Zufallen gehindert. Glücklicherweise war der Mitarbeiter anscheinend in Eile und hatte kein Auge dafür, was sich hinter seinem Rücken abspielte.

Nun war sie also im Gang, wo sich Claudios Kabine befinden musste. Doch welche Tür war die Richtige? Die Kabinen waren nummeriert. Mist! Frederike hatte auf Namensschilder gehofft. Warum musste das denn hier im Personaltrakt so unpersönlich sein? Doch es half nichts, sie musste sich eingestehen, dass sie nicht weiterkam, wenn sie nicht Claudios Zimmernummer in Erfahrung brachte.

Sie horchte nervös auf die Geräusche, rechnete jeden Moment damit, entdeckt zu werden. Was sollte sie bloß sagen? Sollte sie im Falle einer Entdeckung so tun, als hätte sie in einem leichten Anfall von Demenz die Orientierung verloren und sich verlaufen? Sie kicherte leise vor sich hin und dachte an die Todesfälle im Hillesheimer Altersheim zurück, wo sie als »dementes Friedchen« undercover ermittelt hatte. Diese Rolle sollte sie ja wohl noch draufhaben.

Zufrieden mit dieser Lösung, überdachte sie die Möglichkeiten, die ihr diese Rolle bot. Da konnte man auch getrost mal ein paar Türklinken drücken und schauen, ob die Räume verschlossen waren. Energisch ging sie zur nächsten Tür und versuchte, sie zu öffnen. Doch ohne Erfolg. Auch diese Türen waren wie die Gästekabinen elektronisch gesichert und nur mit Schlüsselkarten zu öffnen. Schade. Da würde ihr das Pick-Set nichts nützen. Anscheinend war sie technisch tatsächlich ein wenig aus der Zeit gefallen. Sie seufzte. Sollte sie nun jede einzelne Tür probieren? Aber selbst wenn sich eine Tür öffnen ließe, wäre sie immer noch nicht schlauer als vorher. Nein, sie musste die Zimmernummer von Claudio in Erfahrung bringen. Hatte Willi nicht erzählt, dass Claudio sich mit jemandem die Kabine teilen musste? Wie auch immer, hier kam sie erst einmal nicht weiter. Ob Willi sich auch hier umgeschaut hatte? Sicher war ihm die Zimmernummer von Claudio bekannt.

Hier verschwendete sie nur ihre Zeit. Frustriert verließ Frederike den Personaltrakt. Zu blöd, dass immer noch alle vom Personal verdächtig waren, auch wenn sich Frederike ziemlich sicher war, dass vor allem Jessica und Claudio Dreck am Stecken hatten. Wirklich ausschließen konnte man niemanden, auch nicht den Kapitän. Also war es keine gute Idee, nach einer zentralen Schlüsselkarte zu fragen oder sich nach Claudios Kabinennummer zu erkundigen.

Sie ging in Richtung Treppenhaus, um aufs Oberdeck zu gelangen, doch jetzt war das Treppenhaus gesperrt. Ein Schild informierte die Reisegäste, dass man auf die anderen Treppenhäuser ausweichen oder den Lift nehmen musste. Okay, da hatte man die Anweisungen der Kripo endlich umgesetzt. Frank würde fluchen, dass das so lange gedauert hatte. Hier würde man nun das Unterste zuoberst kehren. Frederike entschied sich für den Aufzug.

Ihr Handy vibrierte in ihrer Jackentasche. Eine SMS! Leonie schrieb, dass sie kurzfristig zu einer Besprechung gerufen worden war und doch erst gegen Mittag wegkonnte. Frederike wählte ihre Rufnummer. Leonie war direkt am Apparat.

»So ein Mist, Frederike. Ich wollte gerade los, da hat mich der Chef ins Büro zitiert und mir einen Job aufgedrückt. Ich habe versucht, dich zu erreichen, aber es ging keiner ran. Ich habe mir schon Sorgen gemacht, dass du jetzt auch plötzlich verschwunden bist.«

Frederike beruhigte sie. Anscheinend gab es auf dem Unterdeck ein Funkloch.

»Mir geht es gut. Aber von Willi gibt es immer noch keine Spur. Ohne deine Unterstützung komme ich nicht weiter. Kannst du über deinen Kontakt in der Reederei herausbekommen, welche Kabine dieser Claudio bewohnt hat? Ich habe da eben herumgeschnüffelt, weiß aber nicht, wo ich suchen soll. Und könnte mir derjenige vielleicht eine Zugangskarte zukommen lassen? Hier sind alle Türen elektronisch gesichert.«

Leonie versprach, sich zu kümmern und sich so schnell wie möglich bei ihr zu melden.

Frederike kehrte zurück in ihre Kabine, um ihren Mitreisenden aus dem Weg zu gehen. So langsam kamen die Reisenden zurück zum Schiff, um das Mittagessen im Bordrestaurant zu genießen, doch Frederike wollte so schnell wie möglich mit der Suche nach Willi anfangen. Da konnte sie keine Gäste im Schlepptau gebrauchen.

Kurz darauf klingelte das Telefon, und Leonie war wieder am Apparat, direkt in einer Konferenzschaltung mit dem IT-Verantwortlichen der Reederei, einem Manfred Schmitz. Frederike war zunächst nicht ganz klar, warum Leonie eine gemeinsame Telefonkonferenz geschaltet hatte, doch Herr Schmitz übernahm direkt das Wort. »Also, wenn ich das hier richtig sehe, benötigen Sie die Kabinennummer von Claudio Salvini. Das wäre die 322.«

Frederike notierte die Nummer. »Wohnt er mit jemandem zusammen?«

Herr Schmitz schaute kurz nach. »Ja, anscheinend teilt er die Kabine mit Karl Helmer, einem der Maschinisten.«

»Gut zu wissen. Könnten Sie mir eine Schlüsselkarte per Kurier zukommen lassen? Ich möchte hier im Moment niemanden von der Besatzung ins Vertrauen ziehen.«

Leonie unterbrach den Dialog. »Sorry, aber ich klinke mich hier gerade mal aus, lasse die Leitung aber offen, damit Sie sich weiter miteinander abstimmen können. Bin gleich wieder dabei.«

»Okay, Herr Schmitz, wie ist das mit der Schlüsselkarte?«

Herr Schmitz lachte am anderen Ende der Leitung. »Ich glaube, da kann ich Ihnen etwas Besseres anbieten. Gehen Sie einfach zu der Kabine, und ich öffne Ihnen die Tür.«

Frederike staunte. »Das können Sie? Einfach so von außen?«

»Ja, das ist eine Notfallfunktion. Normalerweise machen wir das natürlich nicht, aber ich hörte, dass Sie einen Kollegen vermissen und Herr Salvini einen Unfall erlitten hat. Wie auch immer. Sind Sie jetzt vor der Kabine 322?«

Frederike sprang auf. »Nein, aber ich flitze direkt dorthin. Bleiben Sie in der Leitung.« Sie flehte, dass die Leitung stabil blieb. Wieso hatte Leonie sie vorhin nicht erreicht? Auf ihrem Weg zum Personaldeck kam sie an Willis Kabine vorbei.

»Ach, Herr Schmitz, wären Sie so freundlich, mir eben mal die Kabinentür meines Kollegen Wilhelm Walther zu öffnen? Kabine 334. Nicht, dass er in der Kabine zusammengebrochen ist und niemand hat es bemerkt.«

Mit einem Klicken entriegelte sich die Tür wie durch Zauberhand. »Einfach magisch«, flüsterte Frederike vor sich hin. Sie öffnete die Tür und blickte in die Kabine. Leer. Das Bett wirkte unberührt. Sie betrat den Raum, warf einen Blick ins Badezimmer, auch leer, und in den Wandschrank. Willis Kleidung hing ordentlich auf Bügeln an der Kleiderstange. Sie seufzte innerlich erleichtert auf. Abgehauen war er also nicht. Doch dann dachte sie an die Alternativen, und ihr wurde ein wenig übel.

»Okay, ich bin hier fertig. Sie können wieder verschließen.« Das grüne Licht wechselte auf Rot.

Frederike eilte in Richtung des Personaltrakts. Hoffentlich war dort gerade niemand auf dem Flur unterwegs.

»Könnten Sie die Tür zum Personaltrakt öffnen? Die Zwischentür ist verschlossen.«

Wieder ein Klicken. Frederike öffnete die Tür. »Gut, dass gerade niemand hier ist«, flüsterte sie ins Telefon.

»Keine Sorge. Ich überwache die Kameras und warne Sie vor. Aber jetzt, während der Schicht, sollten alle entweder im Borddienst sein oder in ihren Kojen schlafen.«

Kameras! Frederike reckte den Hals. Auf den Gedanken war sie gar nicht gekommen, dass es hier eine Kameraüberwachung gab. Wo mochten die Kameras versteckt sein?

»Sagen Sie mal, wenn es hier eine Kameraüberwachung gibt, haben Sie doch sicherlich Aufnahmen aus dem Treppenhaus, die den Unfall von Claudio Salvini zeigen?«, fragte sie hoffnungsvoll.

Doch Manfred Schmitz verneinte. »Nein, leider nicht. Die Kameras zeichnen nicht auf. Da müsste zufällig jemand die Kamera aktiviert und den Monitor beobachtet haben. Die Anlage dient vor allem zur Überwachung und Sicherung in Seenotfällen.«

Schade, es wäre aber auch zu einfach gewesen.

»So, jetzt stehe ich vor der Kabine 322. Was ist mit unserem Maschinisten?«

»Der sollte jetzt eigentlich im Dienst sein.«

»Hoffen wir das Beste.«

Das Türschloss klickte. Frederike zögerte kurz. Was mochte sie hinter der Tür erwarten?

IMMER NOCH TRIER

Vorsichtig betrat sie die Kabine. Der Raum war abgedunkelt und beide Kojen heruntergeklappt. Schlief hier jemand? Frederike vermeinte Atemzüge zu vernehmen.

»Hat es geklappt?«, drang die Stimme von Manfred Schmitz aus ihrem Handy. Rasch drückte sie das Gespräch weg. In der Koje rechts von der Tür regte sich etwas. Frederike wollte schon den Rückzug antreten, als ihr Willis Gehhilfe auffiel, die an der Wand lehnte. Jetzt waren die Geräusche aus dem Bett deutlich zu vernehmen. Ein Stöhnen. Entschlossen schaltete Frederike die Taschenlampe ihres Handys ein, eilte zum Bett und zog die Decke zurück. Sie blickte in das geknebelte Gesicht von Willi, der sich im Schlaf hin und her warf und dabei immer wieder aufstöhnte. Die Haare an seiner rechten Schläfe waren dunkler als das Resthaar. War das Blut?

»Willi«, flüsterte sie und tätschelte vorsichtig seine Wangen, doch Willi ließ sich nicht wecken. »Willi!« Ihre Stimme klang drängender. Doch immer noch keine Reaktion. Sie brauchte einen Notarzt. Rasch wählte sie erneut Leonies Nummer, doch die ging nicht ran. Es half nichts. Frederike tippte die 112.

In dem Moment hörte sie Schritte auf dem Flur, die vor der Kabine langsamer wurden. Sofort beendete sie das Gespräch. Wollte etwa jemand hier rein? Fieberhaft sah sie sich um, doch Versteckmöglichkeiten waren rar gesät. Mist, die Tür war noch entriegelt. Die Zeit wurde knapp. Sie ließ sich schnell zu Boden gleiten und rollte sich unter die Koje. Definitiv kein tolles Versteck, aber besser als nichts. Und in der Dunkelheit hoffentlich ausreichend, betete sie zum Himmel.

Die Tür öffnete sich, ein Lichtschein fiel herein, dann betrat jemand die Kabine und schaltete das Deckenlicht ein. Frederike konnte dunkelblaue Segelschuhe erkennen und eine knöchellange Hose. Wer mochte das sein? Dieser Maschinist?

Die Gestalt näherte sich Willis Bett und hielt kurz inne. Dann hörte Frederike ein Tätscheln, Haut traf auf Haut, und eine Stimme flüsterte: »Schlaf schön. Ich kümmere mich später um dich.« Dann wandte sich die Person ab, löschte das Licht und verließ das Zimmer.

Frederike atmete tief aus. Sie hatte gar nicht gemerkt, dass sie die ganze Zeit die Luft angehalten hatte. Wer mochte das gerade gewesen sein? Zumindest jemand, der aktiven Einfluss auf Willis Verschwinden genommen hatte. Die Flüsterstimme half ihr nicht weiter – das könnte jeder gewesen sein. Obwohl sie unter dem Bett nicht allzu viel gesehen hatte, würde sie eher auf eine Frau als auf einen Mann tippen. Die Knöchel waren ziemlich schmal gewesen. Sie musste auf jeden Fall den Maschinisten Karl Helmer genauer unter die Lupe nehmen. Vielleicht verfügte er ja über eine filigrane Knochenstruktur. Und sich mal das Schuhwerk von Jessica ansehen.

Doch zuerst würde sie sich um Willi kümmern. Erneut wählte sie Leonies Nummer, von der sie sich im Moment am schnellsten Hilfe versprach, und hatte Glück. Sie war sofort am Telefon.

»Was ist los? Ich habe hier noch Manfred Schmitz in der Leitung, und er ist total durch den Wind.«

Da mischte sich auch noch die Stimme des IT-Leiters ins Gespräch. »Gott sei Dank. Ich hatte mir solche Sorgen gemacht, als da plötzlich jemand im Gang auftauchte und die Kabine ansteuerte.«

»Es ist alles gut gegangen«, beruhigte Frederike ihn. »Man hat mich nicht entdeckt.«

»Ich habe noch schnell die Tür verriegelt und gehofft, Ihnen damit etwas mehr Zeit zu verschaffen.«

»Und das war gut so. Leonie, kannst du die Kavallerie in Gang setzen? Willi liegt hier in der Kabine. Er ist bewusstlos und nicht ansprechbar.«

»Ich rufe sofort den Notarzt und informiere auch die Kollegen der Kripo.«

»Wenn wir Glück haben, sind inzwischen welche auf dem Schiff, nachdem sich nun das Tötungsdelikt bestätigt hat. Ich würde am liebsten Willi ohne großes Aufsehen aus der Kabine und von Bord holen, um unsere Zielpersonen ein wenig aufzumischen. Mal sehen, wie die reagieren, wenn er plötzlich verschwunden ist. Meinst du, das lässt sich machen?«

»Ich probiere es. Bleib in der Leitung. Ich versuche das gerade über ein anderes Telefon zu regeln.«

»Nun zu Ihnen, Herr Schmitz. Sie hatten die Kamera im Blick. Können Sie mir sagen, wer die Kabine betreten hat?«

»Leider nein. Es war auf jeden Fall jemand vom Personal, denn er trug Uniform. Aber er hatte eine Kappe auf und den Kopf gesenkt.«

»Sie sprechen von einem Er. Sind Sie sicher, dass es sich um ein männliches Exemplar gehandelt hat?«

Manfred Schmitz zögerte kurz. »Nein, sicher bin ich mir nicht, aber es wirkte auf mich, als bewegte sich die Person wie ein Mann.«

Frederike seufzte innerlich auf. Mit dieser Zeugenaussage konnte man nicht viel anfangen. Die hätte vor keinem Gericht Bestand.

»Aber ich kann Ihnen eine Aufzeichnung zukommen lassen.«

Das klang schon besser. Vom Bett erklang ein lautes Stöhnen.

»Schicken Sie die Aufnahme an Frau Jansen. Ich muss mich jetzt mal um meinen Kollegen kümmern. Seien Sie so lieb und haben Sie ein Auge auf die Kamera.«

Frederike legte ihr Handy auf das andere Bett, ließ die Leitung aber offen.

»Willi! Kannst du mich hören?« Ach, Kacke! Bei der Beleuchtung war wirklich nichts zu erkennen. Hastig betätigte sie den Lichtschalter, und das Deckenlicht beleuchtete einen ziemlich unaufgeräumten Raum. In der einen Koje lag Willi, die andere Koje war mit Klamotten bedeckt.

Frederike trat zu Willi. Jetzt waren seine Augen geöffnet, doch Frederike konnte nicht sagen, ob er sie wirklich wahrnahm. Vorsichtig löste sie den Knebel und warf die Bettdecke auf das gegenüberliegende Bett. Willi war mit Kabelbindern an Händen und Füßen beziehungsweise der Prothese gefesselt. Frederike fluchte leise. Das musste höllisch wehtun. Die Kabelbinder schnitten tief ins Fleisch, und die Prothese war so fest angezogen, dass der Stumpf völlig verdreht wirkte. Sie eilte ins Badezimmer auf der Suche nach einer Nagelschere oder Nagelfeile.

Hier stand nur eine Zahnbürste im Glas. Merkwürdig. Hatte man Claudios Sachen schon weggeräumt? Das war ja schnell gegangen.

In einem offen stehenden Kulturbeutel fand sie einen Nagelknipser. Der würde es tun. Ansonsten war der Kulturbeutel eher spärlich bestückt. Das war definitiv das Badezimmer eines Mannes. Intuitiv war sie davon überzeugt, dass es sich bei dem Besucher eben um eine Frau gehandelt hatte. Aber wieso hatte die Person eine Zugangskarte, wenn sie nicht in der Kabine wohnte? Hatte Frederike sich getäuscht? Wer hatte noch Zugang zu den Kabinen? Oder speziell zu dieser?

Sie eilte mit dem Nagelknipser zur Koje zurück und befreite Willi von seinen Fesseln. Er atmete jetzt leichter. Anscheinend hatte der Knebel seine Atmung behindert. Um die Durchblutung wieder in Gang zu bringen, massierte Frederike vorsichtig seine Gelenke.

Vom Nebenbett erklang Leonies Stimme aus Frederikes Handy. »Kannst du mich hören?«

Frederike griff das Gerät und meldete sich. »Ich bin da. Wie geht es jetzt weiter?«

»Die Herren von der Spurensicherung kümmern sich. Wir werden Willi erst einmal in seine Kabine schaffen und ärztlich versorgen lassen. Ein Arzt kommt an Bord und schaut ihn sich an. Danach sehen wir weiter.«

Das hörte sich nach einem Plan an.

»Ich habe schon mit Frank Junge gesprochen. Wir suchen nach einem Weg, Willi Walther unauffällig von Bord zu schaffen. Wenn ich dich richtig verstanden habe, ist ja dein Plan, durch das Verschwinden von Willi die Verantwortlichen aufzuscheuchen, sodass sie einen Fehler machen. Uns ist nicht wohl bei dem Gedanken, dass du dich so exponierst. Ihr solltet nur nach ein paar Leuten Ausschau halten, die für kleine Betrügereien Daten sammeln. Jetzt haben wir es mit Mord und Entführung zu tun. Deshalb wird es wahrscheinlich so laufen, dass Frank an Bord kommt, aber Willi von Bord geht. Frank wird in einer leer stehenden Kabine untergebracht. Es sei denn, du willst ihn bei dir in der Kabine haben.«

Frederike lachte kurz auf. »Nein, lieber nicht. Nichts gegen Frank, aber ich schätze meine Ruhe.«

»Na ja, ruhig wird es wohl nicht werden. Frank ist aber auf jeden Fall dein Backup. Er wird dir den Rücken decken und die Festnahmen durchführen, sobald wir wissen, mit wem wir es zu tun haben. Du wirst weiter als Lockvogel fungieren.«

Frederike atmete tief durch. Damit konnte sie leben. »Kannst du dir die Aufnahme vom Flur anschauen und eventuell durch eine Gesichtserkennungssoftware jagen? Schmitz wird sie dir zukommen lassen. Das dürfte unsere beste Spur zum Entführer sein. Und ich bin ziemlich sicher, dass der Entführer auch hinter dem Mord an Claudio steckt.«

Leonie checkte kurz ihren Posteingang. »Fein, die Datei ist schon da. Ich gebe sie gleich weiter zur Auswertung. Schmitz teilt jetzt übrigens seinen Bildschirm mit mir, sodass ich das Kamerabild sehen kann.« Sie schwieg kurz. »Was ich nicht verstehe, ist, warum die Sache so eskaliert ist. Wenn ich mit meinen Vermutungen recht habe, läuft diese Datensammlung bereits seit einiger Zeit, und zwar absolut störungsfrei. Wieso plötzlich dieser Mord, und was zum Teufel hat Willi mit der Sache zu tun, dass man ihn aus dem Verkehr zieht? Ich befürchte, wir übersehen hier etwas.«

Frederike zog die Stirn kraus. Ja, da mochte etwas dran sein. Hatte Willi bei seinen Dates mit Claudio etwas beobachtet, was er nicht hätte sehen dürfen? Doch dann kam ihr ein anderer Gedanke. »Gibt es eigentlich irgendwelche Neuigkeiten über die SIM-Karten-Auswertung unseres Enkeltrickbetrügers?«

»Gute Frage, da werde ich mich direkt mal erkundigen. Da kommen jetzt die Kollegen, die Willi abholen, also erschrick nicht.«

Doch trotz der Warnung blieb Frederike fast das Herz stehen, als es nahezu zeitgleich an der Tür klopfte. Sie fluchte leise. »Das nächste Mal warnst du mich bitte etwas früher vor. Ich stehe kurz vor einem Herzinfarkt.«

Leonie lachte kurz auf. »Du bist unverwüstlich. Und jetzt kümmert euch gut um Willi. Wir brauchen ihn noch. Davon abgesehen bin ich doch zu neugierig auf seine Aussage. Ohne Grund werden die ihn nicht aus dem Verkehr gezogen haben. Möglicherweise ist das unser Durchbruch.«

Frederike öffnete die Kabinentür.

Zwei Männer mittleren Alters betraten die Kabine.

»Guten Tag, Sie sind sicher Frau Suttner. Nagel mein Name, das ist der Kollege Kalthoff. Und das dürfte wohl unser Patient sein.« Er schob sich an Frederike vorbei zu Willis Bett. »Oh, die Wunde sieht übel aus. Kalthoff, hast du den Verbandskasten eingesteckt?«

Frederike trat von einem Fuß auf den anderen. Das dauerte ihr hier viel zu lange. »Wollen wir ihn nicht lieber in seine eigene Kabine bringen? Ich habe Sorge, dass wir hier überrascht werden können.«

»Die Luft ist rein«, plärrte die Stimme von Leonie aus Frederikes Handy.

Nagel blickte überrascht auf.

»Kameraüberwachung!«, erläuterte Frederike.

»Ah, Big Brother is watching you«, nickte Nagel. »Ist ja wie im Fernsehen.«

Kalthoff hielt immer noch den Verbandskasten in der Hand und sah seinen Kollegen fragend an.

»Der spricht nicht viel.« Nagel deutete auf Kalthoff.

»Du dafür umso mehr«, murrte dieser. »Lass uns hier verschwinden.« Er blickte Frederike an. »Wohin soll er denn?«

»Kabine 334, direkt den Flur runter auf der linken Seite.«

Die beiden Herren hievten den stöhnenden Willi hoch. »Können wir?«

Frederike nahm ihr Telefon hoch. »Leonie, wie sieht es aus?«

»Einen kleinen Moment noch. Da ist jemand im Gästetrakt. – Jetzt!«

»Warten Sie, ich gehe vor.« Frederike stieg über die zweite Koje und öffnete vorsichtig die Tür. Für so viele Menschen war der Raum definitiv zu klein.

»Okay, niemand da. Los geht's.«

Mühsam schoben sich die beiden Polizisten, den bewusstlosen Willi zwischen sich, aus der Kabine.

Während des Transports stöhnte Willi auf, als die Beinprothese über den Boden schleifte. Frederike stoppte den Transport. »So geht das nicht. Können Sie ihn heben?«

Umständlich packten die beiden Männer um.

»Beeilen Sie sich, da kommen Leute die Treppe hinunter«, drang es aus dem Handy an Frederikes Ohr.

»Mist! Los, schnell.«

Der Trupp hetzte den Gang entlang und passierte die Zwischentür. Die Tür zu Willis Kabine entriegelte sich, und die Herren versuchten angestrengt, Willi gemeinsam über die Schwelle zu tragen. Frederike schob hektisch von hinten. Die Stimmen näherten sich bereits, und gleich würde jemand um die Ecke biegen.

Frederike erhaschte noch einen kurzen Blick auf ein sich streitendes Ehepaar, dann fiel die Tür zu.

»So, da sind wir.«

Nagel blickte sich um. »Hier ist es ja deutlich netter als drüben. Los, wir legen ihn aufs Bett.«

Nach einigen Minuten lag Willi zugedeckt auf seinem Bett. Er wirkte immer noch weggetreten. Frederike hatte vorsichtig die Prothese entfernt, damit sich das Bein von der Fesselung erholen konnte. Sie wusste, welche Schmerzen Willi auch so schon hatte, wenn der Stumpf sich manchmal durch Überlastung entzündete, und hoffte, dass ihm das jetzt erspart blieb.

Nagel hatte unterstützt von Kalthoff die Kopfwunde notdürftig verarztet.

Er schaute zu Frederike. »Der Mann sollte dringend ins Krankenhaus. Seine Kopfverletzung macht mir Sorgen.«

Sie nickte. Wie sollte es bloß gelingen, Willi unauffällig vom Schiff zu schaffen? »Wissen Sie, ob ein Arzt unterwegs ist?«

Kalthoff mischte sich ein. »Der Kollege von der Kripo kommt mit einem Arzt an Bord. Wir schicken sie direkt hierher. Aber wir müssen jetzt los.«

Nagel stand auf. »Ja, wir haben noch einiges zu tun, müssen uns den Tatort noch mal vornehmen. Wir haben zwar einiges an Spuren gesichert, aber vielleicht finden wir doch noch Hinweise auf die Beteiligung einer weiteren Person. Allerdings ist das reine Glückssache bei der Menge an Reisenden, die das Treppenhaus benutzt haben.« Er schnaufte resigniert und deutete auf Willi. »Bleiben Sie bei ihm. Sollte sich sein Zustand verschlechtern, würde ich Ihnen aber doch raten, den Rettungsdienst anzurufen.«

Frederike blieb allein mit Willi zurück. Sie setzte sich in einen der beiden Sessel und schaute ihm beim … Schlafen oder was auch immer … zu. Wie sollte sie nun weiter vorgehen? Leonie und Herr Schmitz würden ein Auge auf Claudios Kabine haben. Ach ja, Herr Schmitz … Sie griff nach ihrem Handy.

»Hallo, Herr Schmitz, sind Sie auch da?«

»Ja, natürlich. Im Moment ist niemand im Gang.« Anscheinend ging er voll in seiner Rolle als Schmierensteher auf.

»Bitte haben Sie ein Auge auf Kabine 322. Ich möchte wissen, wer die Kabine betritt und welche Reaktionen man beobachten kann, wenn der Betreffende merkt, dass die Kabine leer ist. Können Sie die Kamera ausnahmsweise aufzeichnen lassen?«

»Ja, das habe ich jetzt schon eingestellt. Aber im Treppenhaus wird das nicht gehen. Viel zu viel Gästeverkehr. Das lassen unsere Datenschutzrichtlinien nicht zu. Dazu bräuchte ich die Einwilligung der Gäste.«

»Machen Sie sich jetzt mal keine Gedanken über den Datenschutz. Wir haben Wichtigeres zu tun.«

»Sie haben gut reden. Ich bin hier im Unternehmen auch der offizielle Datenschutzbeauftragte. Die Sache kann mich meinen Job kosten.«

»Sie tun etwas Gutes, Herr Schmitz. Ich bin sicher, dass die Kollegen vom BKA gegebenenfalls ein Wort mit Ihrer Führungskraft wechseln werden. Nicht wahr, Leonie?«

»Ihr Wort in Gottes Ohr«, seufzte Schmitz. »Soll ich weiter beobachten?«

»Ja, tun Sie das. Aber ich beende jetzt unser Gespräch. Der Akku meines Telefons gibt jeden Moment seinen Geist auf.«

»Viel Glück!«, tönte es von zwei Stimmen.

Glück, ja, das konnte sie brauchen. Und Willi noch viel mehr. Sie ging zu seinem Bett, setzte sich auf die Kante und betrachtete ihren alten Freund. »Was hast du bloß erlebt? Ich hoffe sehr, dass es dir bald besser geht.«

Da klopfte es an die Kabinentür. Sie erstarrte. Poch, poch, poch – Pause – poch, poch, poch. Das vereinbarte Klopfzeichen. Frederike sprang auf und riss die Tür auf. »Gut, dass ihr da seid!«

Frank Junge schob sich an ihr vorbei und eilte zum Bett seines Pflegevaters. Eine Frau mittleren Alters betrat die Kabine und begrüßte Frederike herzlich.

»Frau Doktor Burkhard? Was machen Sie denn hier?« Frederike freute sich, die Ärztin wiederzusehen.

»Was wohl? Ich habe heute Notdienst. Und das ist wohl auch gut so.« Sie eilte zu Willis Bett. Frau Doktor Burkhard hatte früher im St. Ägidius gearbeitet und kannte Willi Walther aus dieser Zeit, war aber nach einem kurzen Intermezzo in Daun vor einem Jahr nach Trier gezogen.

Sie schob die Augenlider hoch und überprüfte die Pupillenreflexe. »Das sieht so weit gut aus. Aber er scheint völlig dehydriert zu sein.« Sie griff in ihre Arzttasche und holte einen Infusionsbeutel heraus. »Er bekommt jetzt erst mal intravenös Flüssigkeit zugeführt. Mal sehen, wie er darauf reagiert. Mir macht seine Bewusstlosigkeit Sorgen.«

»Meinen Sie, das ist wegen der Dehydration? Ich hatte vermutet, das käme von der Kopfwunde.«

»Ich kann es noch nicht genau sagen. Auf jeden Fall reagieren die Pupillen normal und seitengleich. Daher gehe ich nicht von einer Hirnschädigung aus. Möglicherweise eine leichte Gehirnerschütterung. Ich denke, sobald die Infusion durch ist, wissen wir mehr.«

Die Ärztin legte mit geschickten Händen einen Zugang, während Frederike als lebendiger Infusionsständer fungierte. Frank hielt Willis Hand fest in seinen Händen und beobachtete, ob sich sein Zustand veränderte.

Frederike blickte zweifelnd auf den Beutel in ihrer Hand. So langsam wie das hier durchtropfte, zweifelte sie daran, ob sie so lange den Arm hochhalten konnte. Frau Doktor Burkhard erkannte ihr Dilemma. »Warten Sie, ich hole einen Kleiderbügel. Daraus basteln wir einen provisorischen Infusionshalter, den wir an der Deckenlampe befestigen. Herr Junge, packen Sie mal eben mit an?«

Mit vereinten Kräften wurde eine Lösung gebastelt, die es Frederike ermöglichte, ihren Arm wieder sinken zu lassen. Sie rieb sich die Schulter. »Jesses, man soll gar nicht meinen, wie anstrengend das ist. Wie lange läuft das jetzt?«

»Die Kochsalzlösung ist in circa einer halben Stunde durch. Danach gibt es eventuell einen zweiten Beutel. Dann wissen wir mehr.«

Frank stand auf. »Ich muss jetzt mal zu den Kollegen rüber. Wir werden uns überlegen, wie wir Willi vom Schiff schaffen. Wie lange liegen wir eigentlich noch hier im Hafen?«

Frederike schaute auf die Uhr. Was, so spät war es schon? In der Aufregung hatte sie die Zeit völlig aus den Augen verloren. »Offiziell legen wir um achtzehn Uhr ab, also in einer knappen Stunde. Überlegt euch schnell was!«

Frank nickte und machte sich auf den Weg. Frederike ließ sich in einen Sessel sinken, während die Ärztin weitere Untersuchungen an Willi vornahm, Herztöne und Atmung überprüfte.

»Und Sie sind sicher, dass er höchstens eine leichte Gehirnerschütterung hat? Ich meine, wegen der Wunde an der Schläfe.«

Frau Doktor Burkhard nickte. Sie tupfte die Wunde mit einem alkoholgetränkten Wattebausch sauber. »Sehen Sie, die Wunde ist eher oberflächlicher Natur. Das ist mehr ein Kratzer. Wunden im Gesicht bluten immer sehr stark, deshalb sieht das auf den ersten Blick meist gefährlicher aus, als es ist. Falls er sich nicht noch irgendwo anders eine Verletzung zugezogen hat, würde ich das eher verneinen. Aber sehen Sie seine rissigen Lippen? Und hier, die Hautfalten glätten sich nicht, wenn man die Haut zusammenzieht. Nein, ich tippe tatsächlich darauf, dass man ihm nichts zu trinken gegeben hat.« Sie schüttelte den Kopf. »Er hat Glück, dass Sie ihn gefunden haben.«

Frederike wunderte sich. »Aber er ist doch erst seit gestern verschwunden. Wie kann man denn so schnell dermaßen austrocknen?«

»Na ja, Herr Walther leidet an Diabetes. Das dürfte den Prozess beschleunigt haben, zumal er ja wahrscheinlich auch keine Medikamente bekommen hat in der Zeit. Außerdem reagieren nicht alle Menschen gleich.«

»Und wie geht es jetzt weiter?«

Die Ärztin zog ihre Tasche heran. »Ich werde jetzt den Blutzucker messen. Das hätte ich direkt machen sollen.« Sie pikste mit einer Lanzette in Willis Finger und entnahm vorsichtig einen Tropfen Blut, den sie auf den Teststreifen des Glucometers aufbrachte.

Als das Messgerät den Wert anzeigte, runzelte sie besorgt die Stirn. »Wow! Viel zu hoch. Der Wert ist nicht messbar und liegt über fünfhundert. Er braucht dringend Insulin. Gut, dass ich welches dabeihabe. Ich hoffe, die Dosis reicht aus.« Sie setzte Willi eine Spritze. »Das und die Flüssigkeit sollten helfen, dass er sich schnell wieder erholt. Ich hoffe, dass wir bereits nach dem ersten Beutel eine deutliche Besserung sehen. Aber er sollte auf jeden Fall ins Krankenhaus, damit man ihn ordentlich durchcheckt.«

Frederike warf einen Blick auf Willis Wecker. Das würde verdammt knapp werden, wenn sie Willi in der nächsten Stunde von Bord bringen wollten, ohne Aufsehen zu erregen. Ihr Kopf war leer. Hoffentlich hatte Frank eine zündende Idee.

TRIER, KURZ VOR DER ABFAHRT

Doch so weit sollte es gar nicht kommen. Frederike beobachtete die wachsende Besorgnis von Frau Doktor Burkhard. Inzwischen hatte diese alles an Flüssigkeit und Insulin verabreicht, was ihr Notfallkoffer hergab, doch Willi zeigte kaum eine Reaktion.

»So geht das nicht. Wir können nicht länger warten.« Die Ärztin wählte eine Nummer. »Wir brauchen einen Rettungswagen. Sofort.« Sie gab ihren Standort und die vorläufige Diagnose durch: hyperosmolares Koma.

Frederike stand auf und trat zu Willis Bett. »Was ist los?«

»Ihm geht es sehr schlecht. Der Zustand ist lebensbedrohlich. Wissen Sie, ob er in letzter Zeit an einer Entzündung litt?«

Frederike zuckte mit den Schultern. »Möglich. Er klagte über Schmerzen in seinem Beinstumpf.«

Sofort zog die Ärztin die Bettdecke zurück und untersuchte Willis Bein. Die Stelle, wo der Stumpf auf die Prothese aufsetzte, war deutlich gerötet und nässte. Frederike verzog schmerzlich das Gesicht. Da musste jeder Schritt höllisch wehtun. Sie bedauerte ihren alten Freund.

»Mist! Das hätte ich früher merken sollen. Die Entzündung hat den Prozess beschleunigt. Ich kann hier nichts mehr für ihn tun. Er muss dringend ins Krankenhaus.«

Frederike nickte und informierte Frank über die Komplikation. »Willi geht es sehr schlecht. Frau Doktor Burkhard hat den Rettungswagen bestellt.«

»Ich komme runter.«

Eine Stunde später war Willi unter den besorgten Blicken der Mitreisenden von Bord getragen worden. Frank begleitete ihn ins Krankenhaus. Inzwischen hatte die *Wilma* wieder abgelegt und war auf dem Weg nach Cochem.

Frederike ging zum Oberdeck und mischte sich unter die Mitreisenden. Sie brauchte dringend etwas zu essen und zu trinken. Und außerdem sehnte sie sich gerade nach ein wenig Ablenkung und Normalität. Die letzten Stunden waren anstrengend gewesen, die Angst um Willis Zustand, vorher die ganze Sucherei nach ihm und nicht zuletzt der Einbruch in ihr Haus. Irgendwie wuchs ihr gerade alles über den Kopf. Sie war nun allein auf dem Schiff, ohne die Unterstützung von Willi oder Frank. Ohne Rückendeckung! Aber Frank hatte sich solche Sorgen um seinen Pflegevater gemacht, dass er ihn nicht allein lassen wollte, was Frederike gut verstand. Irgendetwas lief hier gerade völlig aus dem Ruder. Sie konnte nicht verhindern, dass sich ein übles Gefühl in ihrer Magengrube breitmachte. Wahrscheinlich wäre es sinnvoller, ein wenig Zeit alleine in ihrer Kabine zu verbringen, um ihre Gedanken und Gefühle zu sortieren. Das ist nur Hunger, versuchte sie ihre Sorgen zu verdrängen, als sie sich am Büfett anstellte. Iss erst mal was, und die Welt sieht wieder ganz anders aus. Von Weitem winkte ihr Eleonore zu, die auf einen Stuhl neben sich deutete.

Frederike beeilte sich, zum Tisch zu kommen, und ließ sich erleichtert nieder. Cornelia, die ihr gegenübersaß, nickte ihr zu, verzichtete aber aufgrund ihres vollen Mundes auf Begrüßungsworte. Auf einmal fühlte sich Frederike nicht mehr so allein.

Eleonore schaute sie streng an. »Kann das sein, dass du dir Trier hast entgehen lassen? Die Führung war toll, die Porta Nigra ist ein Traum.«

Frederike nickte ergeben. »Ja, das bedauere ich auch. Aber ich habe mir irgendwie den Magen verdorben. Nach dem Frühstück habe ich mich wieder hingelegt.«

»Geht es dir denn jetzt besser? Du siehst ein wenig blass um die Nase aus«, mischte sich Cornelia, die inzwischen zu Ende gekaut hatte, ins Gespräch ein. »Es war echt interessant, mal auf den Spuren der Römer zu wandeln. Aber sag mal, haben die nicht eben Willi Walther vom Schiff getragen? Was ist denn los mit ihm?«

Frederike nahm sich ein Stück Brot. »Keine Ahnung. Vielleicht hat er sich auch den Magen verdorben.«

Eleonore schob ihren noch halb vollen Teller von sich. Anscheinend war ihr der Appetit vergangen. »Meinst du, dass mit dem Essen was nicht in Ordnung ist?«

Frederike zuckte mit den Schultern, doch es war zu spät: Kaum hatten die Worte ihren Mund verlassen, war ihr klar, dass das Gerücht, Willi wäre wegen einer Lebensmittelvergiftung von Bord geholt worden, in Windeseile die Runde machen würde.

»Hoffentlich ist es nichts Ansteckendes. Man hört doch immer von Kreuzfahrtschiffen, wo alle in Quarantäne müssen. Cholera oder so!«

»Vielleicht solltest du mal deine Stimme mäßigen«, bat Frederike. »Du machst hier noch alle ganz wuschig.«

Cornelia ließ sich von Eleonores Vermutungen nicht entmutigen und griff weiterhin beherzt zu. »Ich kann mich nicht erinnern, Willi heute bei den Mahlzeiten gesehen zu haben. Also muss er gestern was Schlechtes gegessen haben. Und da hier ja anscheinend außer Frederike niemand Probleme hat, war es wohl nichts Ansteckendes. Und unsere Freundin hier«, sie deutete auf Frederike, »hat es ja anscheinend auch bereits gut überstanden. Wer weiß, an welchen Vorerkrankungen dieser Willi leidet.«

»Ich glaube, er hat Diabetes«, sagte Frederike.

»Siehst du!«, Cornelia wedelte mit einem Hühnerbein durch die Gegend. »Alles halb so schlimm. Der ist bestimmt bald wieder fit.«

»Deine Nerven möchte ich haben«, murmelte Eleonore. »Der arme Kerl!«

»Ach was. Er tut mir ja auch leid. Aber das ist nun wirklich kein Grund, sich die Reise vermiesen zu lassen. Zumal diese gegrillten Hähnchenkeulen ein Gedicht sind. Ich hole mir noch Nachschub!« Sie stand auf und ging in Richtung des inzwischen ziemlich verwaisten Büfetts.

Frederike sah mit leichter Belustigung, dass Cornelias Beispiel direkt Schule machte und sich der ein oder andere nun doch wieder traute, zum Büfett zu streben und herzhaft zuzugreifen.

»Machst du dir Sorgen um Willi? Ihr hattet euch angefreundet.« Eleonore legte ihre Hand auf Frederikes Hand.

Frederike nickte. »Ja, ein wenig schon. Er ist so ein netter Mensch. Ich hoffe, er ist bald wieder fit.«

»Gut, dass man ihn gefunden hat.«

Frederike schaute sie überrascht an. »Wieso gefunden? Soweit ich weiß, hat er selbst noch den Notarzt informiert, bevor er bewusstlos wurde.« Eine Lüge, auf die sie sich geeinigt hatten, um den Entführer oder die Entführerin in Sicherheit zu wiegen.

»Aber es hieß doch, er wäre gar nicht an Bord. Hast du ihn nicht gesucht? Wolfgang hat so was erzählt.«

Frederike fluchte leise in sich hinein. Sie hatte kein Aufsehen erwecken wollen und doch genau das getan. »Ja, stimmt. Aber wie ich hörte, war er die ganze Zeit in seiner Kabine und hat anscheinend nur vergessen, die Landgangskarte zurückzugeben. Deshalb dachten alle, er wäre gar nicht an Bord, und niemand hat in seiner Kabine nachgesehen.«

»Ach so.« Die Erklärung befriedigte Eleonore anscheinend. Inzwischen kehrte Cornelia zum Tisch zurück und balancierte einen weiteren vollen Teller sowie ein Cocktailglas in ihren Händen.

Frederikes Blick fiel auf ihre silbernen Sandalen. »Schicke Schuhe!«

»Ja, nicht wahr? Angelehnt an römische Sandalen. Habe ich mir heute gegönnt. Sag mal, willst du eigentlich gar nichts essen?«

Frederike hatte ihren gut gefüllten Teller bisher nicht angerührt. »Doch, will ich.«

Sie schob sich eine Gabel in den Mund. Cornelias Schuhe hatten sie an blaue Segelschuhe und schmale Knöchel erinnert. Sie musste sich dringend Jessicas Schuhwerk anschauen. Und natürlich einen Blick auf Karl Helmers filigrane Knochen werfen. Mit frischer Energie biss sie zu.

Nachdem alle gesättigt waren, machten sich Eleonore und Cornelia auf, die Bar zu entern. »Kommst du nicht mit?«

Frederike schüttelte den Kopf. »Ich komme gleich nach, will aber gerade noch etwas erledigen. Ihr seid ja sicher noch eine Weile da.«

Eleonore schaute sie zweifelnd an. »Weißt du, wir haben heute noch etwas vor.«

Cornelia verdrehte leicht die Augen und zwinkerte Frederike zu. »Gleich geht es wieder los.«

Frederike hob die Augenbrauen. Anscheinend gab es auch heute Nacht wieder eine Pokerrunde. Sollte Jessica tatsächlich mit dem Feuer spielen? Andererseits – das gab Frederike die perfekte Möglichkeit, sich in Jessicas Kabine umzuschauen. Auch wenn Herr Schmitz dafür einige Überstunden machen musste. Es war ja für einen guten Zweck!

WEITERFAHRT RICHTUNG COCHEM

Wo mochte die Frau bloß hingekommen sein? Frederike hatte jetzt zweimal das ganze Schiff durchstreift, doch von Jessica war weit und breit nichts zu sehen. Auch der Gästecounter war verwaist. Schließlich fasste sie sich ein Herz und fragte den nächsten vorbeieilenden Steward nach ihrer Gastgeberin. Er blickte auf seine Armbanduhr.

»Oh, Jessica ist sicher zur Tagesbesprechung beim Kapitän. Die ist immer um diese Uhrzeit, sollte aber jeden Moment vorbei sein. Kann ich etwas für Sie tun?«

Frederike lächelte ihn freundlich an. Gott, waren die hier alle zuvorkommend. »Nein, herzlichen Dank.«

Er nickte ihr zu und eilte wieder weiter. Sie blickte ihm nach. Ihr Blick glitt zu seinen Füßen. Blaue Segelstoffschuhe. Aha!

Als sie so dastand, entspannt an den Gästecounter gelehnt, und über das Schuhwerk nachsann, wurde sie von Jessica angesprochen. Die hatte sich geräuschlos von hinten genähert und war hinter den Counter getreten.

»Guten Abend. Wollen Sie nicht unser Unterhaltungsprogramm genießen?«

Für den heutigen Abend war eine Lesung angesagt. Ulrike Paschek, die bekannte Krimiautorin aus Aschaffenburg, las aus ihrem historischen Kriminalroman *Medusenliebe*.

»Ach nein, nach Kriminalromanen kann ich nicht einschlafen.« Die Nacht hielt auch noch so genug Kriminelles für Frederike bereit.

»Was kann ich denn für Sie tun?«

Mir deine Füße zeigen, dachte Frederike grimmig, doch Jessica stand hinter ihrem Tresen, der den Blick auf ihr Schuhwerk verbaute. Also ging die pensionierte Kommissarin direkt in die Offensive.

»Ich habe mich gewundert, dass Herr Walther vom Rettungsdienst abgeholt worden ist. Sie hatten mir doch gesagt, er wäre gar nicht an Bord.«

Jessicas Lächeln erlosch. »Nun, auf meiner Liste stand er als Landgänger. Ich nehme an, dass er kurz darauf wieder an Bord gekommen ist, ohne seine Landgangskarte bei mir abzugeben.«

»Aber Sie sind sicher, dass er von Bord gegangen ist, nicht wahr?«

Jessica zögerte. Man konnte förmlich zusehen, wie die Gedanken hinter ihrer Stirn rasten. »Nun, ich kann mich natürlich nicht an jedes einzelne Gesicht erinnern, wenn hier plötzlich hundert Reisende stehen, die alle möglichst schnell an Land gehen wollen. Aber er stand ja auf der Liste, also ist er auch gegangen! So, und jetzt entschuldigen Sie mich bitte, ich muss den Leseabend eröffnen.« Sie wandte sich ab und verließ den Gästecounter. Frederike eilte hinter ihr her und kramte unterwegs ein verpacktes Lutschbonbon aus ihrer Jackentasche.

»Moment, Sie haben da etwas verloren.« Rasch ging sie in die Hocke, um Jessicas Schuhe und Knöchel mit einem scharfen Blick zu inspizieren, erhob sich dann mit dem Bonbon in der Hand und hielt es Jessica freundlich unter die Nase. Diese schnaubte nur. »Das ist nicht von mir. Das können Sie gerne behalten.« Dann rauschte sie davon.

Frederike packte das Bonbon aus und schob es sich in den Mund, während sie Jessica hinterherstarrte. Blaue Segeltuchschuhe und nackte Knöchel. Es könnte passen. Aber sicher war sie sich nicht. Zumal dieses Schuhmodell anscheinend Teil der Schiffsuniform war. Aber sie hatte ja noch eine andere Möglichkeit, Jessica auf den Zahn zu fühlen. Heute Nacht, wenn die Pokerrunde lief, wäre freie Bahn.

Sie holte ihr Handy aus der Rocktasche und wählte die Handynummer von Manfred Schmitz, die er ihr inzwischen per SMS zugesendet hatte. Es war doch immer schön, wenn man engagierte Mitarbeiter um sich herum hatte.

Vier Stunden später wählte sie erneut seine Nummer. Er hatte anscheinend schon auf ihren Anruf gewartet, denn bereits nach dem ersten Klingeln nahm er das Gespräch an.

»So, es geht los. Sind Sie so weit?«

Schmitz bejahte. »Ich sitze am Computer und habe alles im Blick.«

»Werden die Gemeinschaftsräume eigentlich auch mit Kameras überwacht? Restaurant, Bar oder der Wellnessbereich?«

»Eigentlich ist nur die Kamera im Fitnessraum während der Trainingszeiten aktiviert. Früher gab es noch einen Personal Trainer, doch der ist diversen Einsparungen zum Opfer gefallen. Deshalb jetzt die Kamera. Wir wollen sichergehen, dass bei einem medizinischen Unfall schnell Hilfe erfolgt. Aber es gibt keine Aufzeichnungen. Man hat halt ein Auge drauf. Das ist ja im Restaurant oder in der Bar nicht notwendig, da ist ständig Personal vor Ort.«

»Ach so. Und die Kameras in den Fluren werden nicht überwacht?«

»Nein, das sagte ich doch schon. Die werden nur im Notfall aktiviert, wenn beispielsweise das Schiff geräumt werden muss. Dazu bedarf es normalerweise eines Alarms.«

Frederike wunderte sich ein wenig. »Wie haben Sie es denn gestern … ach, natürlich!«, sie schlug sich gegen die Stirn, »Sie haben Zugriff auf das komplette System, können zentral alles steuern und den Alarm umgehen. Mann, Mann, Mann, was da heutzutage alles möglich ist.«

Er lachte auf. »Ja, das ist schon fantastisch. Aber machen Sie sich keine Sorgen. Für den Job hier brauchte ich ein polizeiliches Führungszeugnis.«

»Das ist eine große Verantwortung, die Sie tragen. Wenn Sie mit jemandem auf dem Schiff gemeinsame Sache machen würden, könnten Sie in Ruhe alle Kabinen ausräumen lassen. Werden die Kabinen eigentlich auch überwacht?«

»Natürlich nicht!« Die Stimme des IT-Verantwortlichen klang auf einmal scharf. »Für was halten Sie uns?

Und ich kann Ihnen versichern, ich mache den Job jetzt schon seit elf Jahren, so etwas würde ich keinesfalls dulden.«

Frederike spürte, dass er nahe daran war, das Gespräch zu beenden, und bemühte sich um Schadensbegrenzung.

»Entschuldigen Sie, da ging es mit mir durch. In meinem Job habe ich gelernt, kriminelle Fantasie zu entwickeln und potenzielle Schwachstellen zu entdecken. Ich wollte Ihnen keinesfalls zu nahe treten. Im Gegenteil, ich bin froh, dass Sie uns bei unseren Bemühungen unterstützen. Das BKA weiß das zu schätzen.«

Hoffe ich wenigstens, dachte sie bei sich, denn das BKA hatte keine Ahnung davon, was sie gerade vorhatte.

»Wie auch immer«, übernahm Manfred Schmitz die Initiative. »Ich konnte über die Flurkameras verfolgen, dass sich kurz vor Mitternacht mehrere Menschen auf dem Unterdeck in Richtung Wellnesseinrichtung bewegten. Da scheint also etwas zu passieren.«

»Dann wollen wir mal das Beste hoffen. Frau Langhans haben Sie nicht zufällig entdeckt?«

»Nein, damit kann ich nicht dienen. Wie sieht es aus? Wollen Sie loslegen und es riskieren?«

Frederike atmete tief durch. »Ja. Ich mache mich auf den Weg.«

Die Gänge waren verwaist, die meisten lagen in den Betten, ließen sich von den Wellen in den Schlaf schaukeln und träumten selig. Möglicherweise gab es noch einige Nachzügler an der Bar, aber die hatte eigentlich offiziell nur bis dreiundzwanzig Uhr geöffnet. Die Wahrscheinlichkeit, um diese Zeit noch jemandem zu begegnen, war nicht besonders hoch.

»Denken Sie daran, dass nachts die Gemeinschaftsräumlichkeiten gesäubert werden«, unterbrach Schmitz ihren Gedankengang und riss sie damit unsanft aus ihrer gefühlten Sicherheit.

»Ach herrje, daran hatte ich gar nicht gedacht. Halten Sie das für ein Risiko?« Frederike flüsterte und hielt sich ihr Handy dicht ans Ohr.

»Die Schicht hat bereits um zweiundzwanzig Uhr begonnen. Im Personaltrakt sollte also eigentlich Ruhe sein, aber seien Sie achtsam in den Gängen.«

Leise eilte Frederike die Treppen hinunter ins Unterdeck. Sie peilte um die Ecken. Alles ruhig! Nur aus einem Zimmer drang noch das Geräusch eines laufenden Fernsehers.

Als sie sich der Zwischentür näherte, sprang das Schloss von Rot auf Grün. Jetzt war sie im Personaltrakt angekommen. Die Zimmernummer von Jessica lautete 325.

»Was ist mit Karl Helmer? Ist er jetzt in seinem Zimmer?«

»Ach, das habe ich ganz vergessen, Ihnen zu sagen. Er ist gar nicht an Bord.«

»Wieso das denn?«

»Er hatte sich kurz vor der Abfahrt krankgemeldet. Norovirus. Wir riskieren natürlich keine Ansteckung der Passagiere.«

Super, dachte Frederike, dann kann ich mir diese Knöchel schon mal sparen, und sagte laut: »Ach so, dann war Claudio tatsächlich allein in der Kabine?«

»Anscheinend ja. Aber Sie können sich ja denken, wie das ist. Alles junge Leute. Die machen doch sowieso, was sie wollen.«

Frederike grinste. Sie konnte es sich lebhaft vorstellen. »Okay, dann schauen wir uns zuerst Kabine 322 an.«

Sie steuerte die entsprechende Kabinentür an. Das Schloss entriegelte sich, und Frederike betrat Claudios Kabine, in der sie Willi gefunden hatte. Sie trat ein und betätigte den Lichtschalter. Leer. Völlig leer. Wo vorhin noch zwei heruntergeklappte Kojen gewesen waren, auf der einen Seite vollbepackt mit Wäsche, auf der anderen Seite der bewusstlose Willi, sah man jetzt zwei säuberlich gemachte, hochgeklappte Betten. Das Zimmer war augenscheinlich geputzt worden. Frederike warf einen Blick ins Badezimmer. Auch leer geräumt und sauber.

»Hier ist uns anscheinend jemand zuvorgekommen. Merkwürdig! Ich muss mit den Kollegen darüber sprechen.« Sollte Frank versäumt haben, die Kabine als Tatort versiegeln zu lassen? Das wäre ungewöhnlich für ihn. Aber er war natürlich durch Willis schlechten Zustand hochgradig beunruhigt gewesen und hatte Hals über Kopf das Schiff verlassen. Auf jeden Fall bräuchte es schon ein Wunder, um hier noch Spuren zu finden, die auf den Entführer hinwiesen.

»Ich bin hier fertig. Wie sieht es im Flur aus? Kann ich raus?«

»Ja, alles … halt! Da rührt sich was.«

Frederike erstarrte, die Hand auf der Türklinke.

»Alles gut. Es war nur ein Passagier mit Schlagseite. Er ist jetzt in seinem Zimmer verschwunden.«

Vorsichtig öffnete Frederike die Tür und spähte in den Flur.

»Kabine 325 ist schräg gegenüber«, drang es aus dem Telefonhörer. Von der gegenüberliegenden Seite erklang ein leises Klicken, und das Schloss blinkte grün. »Was suchen Sie denn eigentlich?«

»Das weiß ich, wenn ich es sehe.« Sie betrat das Zimmer.

Hier sah es ähnlich aus wie bei Claudio, allerdings wohnte Jessica Langhans in einer Einzelkabine. Auch gab es keine Wäscheberge. Die Wechseluniformen hingen säuberlich auf einem Kleiderbügel an der Kleiderstange, Jeans und Pullover lagen zusammengefaltet im Regal.

»Wieso hat sie eine Einzelkabine?«, wollte Frederike wissen.

»Die Gastgeber haben einen anderen Schichtplan als der Rest der Crew, weil sie als Ansprechpartner für die Gäste fungieren. Deshalb steht ihr eine Einzelkabine zu.«

Frederike musterte Jessicas Sachen. Sie hatte keine Ahnung, wonach sie Ausschau halten sollte. Eine Reisetasche erweckte ihre Aufmerksamkeit, doch sie war bis auf ein wenig Schmutzwäsche leer. Oder doch nicht. Da, in der Seitentasche ertastete sie ein kleines rechteckiges Päckchen. Ein Buch? Vielleicht sogar ein Tagebuch? Oder ein Notizbuch? Das wäre zu schön, um wahr zu sein. Doch ihre Hand zog nur ein Päckchen Spielkarten aus dem Seitenfach der Tasche. Warum waren die hier versteckt? Ob die gezinkt waren? Aber welchen Sinn hatten gezinkte Karten, wenn man selbst gar nicht mitspielte? Sie überprüfte die Karten, konnte aber nichts Verdächtiges entdecken. Allerdings hatte sie auch keine Ahnung, worauf sie überhaupt achten sollte. Auf jeden Fall war das ein Hinweis darauf, dass Jessica mit der Pokerrunde in Verbindung stand. Sie steckte die Karten zurück in die Seitentasche, wandte sich der Kleidung zu und tastete die Uniformen ab. Hier wurde sie fündig. In der Tasche einer der Uniformjacken fand sie mehrere Kabelbinder. Bingo! Dann waren es wahrscheinlich doch Jessicas Knöchel gewesen, die sie aus ihrer liegenden Perspektive unter Willis Bettstatt gesehen hatte. Auch die Kabelbinder beließ sie an ihrem Ort.

»Haben Sie etwas gefunden?«, wollte Herr Schmitz wissen. Anscheinend wurde ihm langsam langweilig.

»Ja!«, antwortete Frederike einsilbig. Sie war in Gedanken versunken.

»Was denn?«

»Es tut mir leid, aber mehr kann ich Ihnen im Moment noch nicht sagen. Ich bin mir noch nicht sicher, was das alles zu bedeuten hat.«

Manfred Schmitz murrte leise. Wenn er sich schon die Nacht um die Ohren schlug, wollte er wenigstens Ergebnisse sehen.

Frederike lachte leise auf. »Sie haben einen tollen Job gemacht, und es hat sich jetzt erst einmal gelohnt. Das muss Ihnen leider reichen. Lassen Sie uns für heute Feierabend machen.«

»Die Luft ist rein.«

Kurz darauf lag Frederike in ihrem Bett und dachte über ihre kleine Exkursion nach. Vieles sprach dafür, dass Jessica die treibende Kraft hinter den Vorgängen auf dem Schiff war. Sie hatte eine Einzelkabine. Als Gastgeberin verfügte sie wahrscheinlich über so etwas wie einen Generalschlüssel für die Kabinen. Sie wusste sicher auch, dass Claudio allein wohnte, weil sie ja anscheinend ein Paar waren. Und Komplizen! Denn laut Cornelias Aussage war Claudio in die Geschichte mit der Pokerrunde involviert gewesen. Mit ziemlicher Sicherheit stand Jessica hinter Willis Entführung, denn wozu hätte sie sonst die Kabelbinder gebraucht? Doch warum sollte sie Willi entführen? Eifersucht? Oder hatte er etwas gesehen oder erfahren, was er nicht hätte erfahren dürfen? Das würde aber doch auch bedeuten, dass Jessica hinter Claudios Unfall stand, oder? Denn nur wegen der Pokerrunde brauchte sie doch nicht einen solchen Aufwand zu betreiben. Obwohl – wenn das rauskäme, wäre sie sicherlich ihren Job und damit auch ihren kleinen Nebenverdienst los. Was hatte sie wohl mit Willi vorgehabt? Sie hatte sich quasi ein Alibi verschafft, indem sie Willis Landgang vorgetäuscht hatte. Möglicherweise war ihr Plan gewesen, ihn zu einem günstigen Zeitpunkt in die Mosel zu werfen. Wenn er dann irgendwann später angetrieben worden wäre, hätte man vermutet, dass er beim Landgang unglücklich ins Wasser gestürzt wäre oder so ähnlich. Wieder ein Unfall. Die Frau hatte ein Talent für Unfälle. Vielleicht sollte man sich mal die Unfallstatistik rund um Jessica Langhans genauer anschauen.

Kurz bevor Frederike endlich einschlief, schlich sich noch ein letzter Gedanke in ihr Bewusstsein. Jessica hatte mit Sicherheit beobachtet, dass man Willi Walther an

Land brachte, sodass sie davon ausgehen konnte aufzufliegen. Sie musste ihn also zum Schweigen bringen. Schlagartig war Frederike hellwach und wählte die Telefonnummer von Frank Junge.

Anscheinend konnte auch er nicht schlafen, denn er war direkt am Telefon. »Zu so später Stunde? Das wird hoffentlich nicht zur Gewohnheit.«

»Hallo, Frank, du mich auch! Willi könnte in Gefahr sein.«

Frank lachte kurz auf. Es hörte sich fröhlich an. »Mach dir keine Sorgen. Ich bin bei ihm. Er ist eben aufgewacht.«

Frederike fiel ein Stein vom Herzen. »Gott sei Dank. Geht es ihm gut?«

»Den Umständen entsprechend. Der Blutzuckerspiegel ist gut eingestellt, und er hat viel Flüssigkeit bekommen. Morgen früh komme ich dich abholen. Er will mit uns sprechen.«

»Das ist wunderbar. Aber bitte lass ihn nicht aus den Augen. Ich habe die Vermutung, dass Jessica Langhans ein gewisses Interesse daran hat, ihn tot zu sehen.«

»Langhans? Ist das nicht eure Host? Wie kommst du darauf?«

»Ich habe Kabelbinder in ihrer Uniformtasche gefunden.«

Frank stöhnte leise auf. »Ich will es gar nicht wissen. Deine Alleingänge brechen dir noch mal das Genick. Aber gut, ich werde hierbleiben und ein Auge auf Willi haben. Und morgen früh wird man dich abholen kommen.«

»Wir sind ab circa sieben Uhr in Cochem.«

»Herrje, das ist ja ein ziemliches Stück Fahrt. Richte dich mal auf neun Uhr ein. Und jetzt schlaf. Damit wenigstens einer von uns morgen früh seine fünf Sinne beisammen hat.«

Frederike schickte ihm ein Luftküsschen rüber: »Für Willi!«, und beendete das Gespräch.

COCHEM

»Na, willst du endlich mal den Landausflug genießen?« Frederike stand an der Reling und wartete darauf, abgeholt zu werden, als Cornelia sie von der Seite ansprach. Frederike zögerte mit ihrer Antwort. Was sollte sie Cornelia sagen? Sicherlich würde sie es mitbekommen, wenn jetzt jemand Frederike abholen kam. Und sollte sie Frank am Steuer des Fahrzeugs erkennen, würde die Gerüchteküche kochen. Sie entschied sich für einen kreativen Umgang mit der Wahrheit.

»Nein, auch heute kein Landgang. So langsam frage ich mich, warum ich diese Flusskreuzfahrt überhaupt gemacht habe. So nette Städtchen rechts und links, und ich bekomme nichts mit.«

»Ja, aber das ist doch deine Entscheidung, oder?«

»Nicht so ganz. Bei mir zu Hause wurde eingebrochen. Ich werde gleich abgeholt, um mir das Elend anzusehen.«

»Eingebrochen?« Cornelias Stimme klang scharf. »Wann ist das passiert?«

»Irgendwann in den letzten Tagen. Meine Nichte hat es entdeckt.«

Cornelia legte ihre Hand auf Frederikes Schulter. »Ach herrje, das tut mir leid. Hoffentlich ist es nicht so schlimm. Weißt du schon Näheres? Wer dahintersteckt? Und was gestohlen wurde?«

Frederike stutzte kurz. Das Mitleid konnte sie nachvollziehen, nicht aber die konkreten Nachfragen. Doch sie wusste ja, dass Cornelia neugierig war. Also konnte sie sie auch mit ein paar Informationen füttern und dafür sorgen, dass ihr Ausflug zu Willi keine weiteren Nachfragen oder Jessicas Misstrauen nach sich zog.

»Anscheinend hat man das ganze Haus durchwühlt, alle Schränke und Schubladen. Die haben sogar die Mehltüten ausgeleert.«

»Nein! Warum das denn?«

Frederike zuckte mit den Schultern. »Wenn ich das wüsste! Wahrscheinlich dachten sie, ich hätte irgendwelche Wertsachen versteckt. Keine Ahnung, wie die darauf kommen. Ich bin bloß eine arme Rentnerin.«

Cornelia zog die Augenbrauen hoch. »Na ja!« Sie deutete auf Frederikes Handtasche. »Eine Louis-Vuitton-Tasche für ein paar Tausend Euro vermittelt aber einen anderen Eindruck.«

Frederike warf erst einen Blick auf ihre Tasche, dann auf Cornelia. »Die Tasche kommt nur zu besonderen Anlässen aus dem Schrank. Ich habe die bestimmt schon drei Jahre nicht mehr getragen, doch für so eine Flusskreuzfahrt schien sie mir angemessen!« Sie zögerte und runzelte die Stirn. »Meinst du etwa, dass jemand auf dem Schiff die Tasche gesehen hat und deshalb bei mir eingebrochen ist?«

Die Frage war eigentlich ziemlich weit hergeholt, und doch hatte Frederike den Eindruck, damit etwas bei

Cornelia ausgelöst zu haben. Da ertönte ein lautes Hupen vom Kai, und Frank winkte aus dem Fenster.

Verdammt, fluchte Frederike innerlich. Sie hatte gerade den Eindruck gehabt, dass sich hinter Cornelias Fragen etwas verbarg, dem sie gerne nachgegangen wäre, aber jetzt war erst einmal Willi dran.

»Ich muss los. Bis heute Nachmittag.«

»Kommst du zurück?«, wunderte sich Cornelia. »Willst du dich nicht um dein Haus kümmern?«

»Will ich schon, aber da müssen heute noch Spuren gesichert werden, hat man mir am Telefon gesagt. Da kann ich die Nacht auch auf der *Wilma* verbringen. Viel Spaß in Cochem.«

Frederikes Blick fiel auf die stolze Reichsburg, die sich oberhalb von Cochem erhob. Es war wirklich zu schade, dass sie so wenig Zeit und Augen für die Schönheiten der Moselstädtchen hatte. Sie schwor sich, irgendwann die Tour zu wiederholen, dann aber ohne versteckten Auftrag.

»Jetzt steig endlich ein.« Frank wirkte ein wenig ungeduldig.

Frederike schaute ihn an. »Was ist los?«

»Ach, im Moment geht es drunter und drüber. Eigentlich soll ich gegen Mittag wieder in Wittlich sein. Jetzt, nachdem Salvinis Tod offiziell als Tötungsdelikt eingestuft wurde, macht der Chef mir die Hölle heiß, dass ich den Tatort nicht komplett gesperrt und das Schiff habe weiterfahren lassen. Er weiß nichts von den Ermittlungen des BKA, und ehrlich gesagt wäre ihm das auch egal. Mord hat Vorrang.«

»Und jetzt machst du dir Vorwürfe, dass du dich von Leonie Jansens Ermittlungen hast beeinflussen lassen, stimmt's?«

Frank sah sie von der Seite an. »Nein, ich mache mir Vorwürfe, dass ich mich von euch habe beeinflussen lassen.« Doch dann verzog sich sein Gesicht zu einem Grinsen. »Aber was soll's. Du kennst Engel.«

Kriminalhauptkommissar Michael Engel war Franks Vorgesetzter. Frederike hielt inzwischen große Stücke auf ihn. Das war nicht immer so gewesen.

Frank wechselte die Spur und beschleunigte den Wagen. »Der beruhigt sich auch wieder. Und ich habe den Eindruck, dass hinter der ganzen Sache tatsächlich etwas Größeres steckt, dem ihr auf der Spur seid. Daher sehe ich das Ganze mit Optimismus. Wenn wir den Sumpf trockenlegen, finden wir auch Salvinis Mörder.«

»Hast du schon mit Willi gesprochen?«

»Nein. Als ich heute Morgen nach ihm sah, war gerade Visite. Da habe ich mich ins Auto gesetzt und bin losgefahren.«

»Gut!« Frederike entspannte sich und genoss die Autofahrt. Sie war neugierig, was Willi zu berichten hatte.

Eine knappe Stunde später hielten sie vor dem Brüderkrankenhaus in Trier und bekamen tatsächlich einen Parkplatz in der Nähe. Vielleicht hat sich Frank einen beim Universum bestellt, dachte sich Frederike erheitert. Das machte man doch heute so, oder?

»Warum nicht ins Parkhaus?«

Frank steckte seinen Sonderparkausweis hinter die Windschutzscheibe. »Sparsamkeit und Bequemlichkeit!«

Willi saß aufrecht im Bett und war in ein Buch vertieft, als sie das Krankenzimmer betraten. Er war in einem Einzelzimmer untergebracht. Ein zweites Bett stand an der Wand, war aber leer.

Frank deutete auf das Bett. »Da habe ich die Nacht geschlafen, dank deiner kleinen Intervention.«

»Ja, und hast mir die Ohren vollgeschnarcht.« Willi hatte das Buch sinken lassen und blickte den beiden entgegen.

»Erst einmal guten Morgen!« Frederike eilte zum Bett und umarmte Willi. »Ich bin froh, dass es dir besser geht. Ich habe mir gestern große Sorgen gemacht.«

»Ich auch«, ergänzte Frank. »Und ich bin sicher, dass ich nicht schnarche.«

»Da habe ich von Angela aber anderes gehört.« Frederike zog einen Stuhl ans Bett und setzte sich.

»Angela redet mit dir über unser Privatleben?«, fragte Frank entrüstet.

Willi und Frederike blickten ihn erstaunt an. »Natürlich!«, erklang es unisono.

»Pfft! Das geht euch gar nichts an.«

Frederike betrachtete ihn fröhlich. Nachdem sie Willi nun froh und munter hier sitzen sah, war sie bester Laune. »Stimmt! Aber gönne mir doch ein paar Interna. Was habe ich denn sonst vom Leben? Und sei versichert – wir reden nicht über Sex oder so.«

»Da bin ich aber froh.«

»Wie auch immer«, unterbrach Willi das Geplänkel. »Frank, setz dich, wir müssen reden.«

Gehorsam holte sich auch Frank einen Stuhl. »Leg los!«

»Lasst uns die letzten beiden Tage mal durchgehen.

Nachdem Frederike wegen des Einbruchs abgeholt wurde, habe ich eine Weile über das nachgedacht, was du gesagt hast.« Willi blickte Frederike an. »Für dich war es relativ schnell klar, dass es möglicherweise kein Unfall war, bei dem Claudio sein Leben verloren hat. Genau genommen hatte ich selbst auch meine Zweifel. Claudio hatte sich an dem Abend einen üblen Hexenschuss zugezogen, als er sich nach einer Orange bückte. Er konnte sich kaum bewegen. Wir sprachen darüber, wie er am besten in seine Kabine käme, und er sagte, er würde wahrscheinlich den Lift benutzen. Zunächst dachte ich, er hätte es sich doch anders überlegt und aufgrund seiner Schmerzen irgendwie das Gleichgewicht verloren. Doch warum sollte er sich über die Treppe quälen, wenn der Lift direkt daneben liegt.«

»Du kanntest ihn«, konstatierte Frank.

»Ja.«

Mehr sagte Willi nicht, und Frank beließ es dabei. »Man hat ihm anscheinend das Genick gebrochen und ihn dann über die Brüstung geworfen.«

Willi nickte. »Ja, das kann ich mir eher vorstellen. Ich bin dann zu seiner Kabine, um mich auch dort ein wenig umzusehen. Die Kabine war nicht verriegelt. Wie ich schon erwartet hatte, gab es keinerlei Hinweise, dass er dort die Nacht verbracht hatte. Er musste auf dem Rückweg zur Kabine verunglückt sein.«

»Du kanntest ihn sogar gut.« Frank ließ nicht locker.

Willi funkelte ihn zornig an. »Willst du wissen, wie es weiterging? Dann unterbrich mich nicht!«

Sein Neffe zog den Kopf ein.

»Kurz und gut, ich war dabei, mich in der Kabine umzusehen, als ich plötzlich hörte, wie sich die Badezimmertür hinter mir öffnete. Ich wollte mich gerade umdrehen, da bekam ich auch schon einen Schlag an die Schläfe.«

»Dann war es kein Wunder, dass die Kabine nicht verriegelt war.«

»Tja, hinterher ist man immer klüger.«

»Wer hat dich niedergeschlagen?«, wollte Frederike gespannt wissen, doch Willi hob die Achseln. »Keine Ahnung. Ich habe nur einen Schatten gesehen, da hat es mich auch schon erwischt. Als ich wieder zu mir kam, lag ich gefesselt und geknebelt auf dem Bett. So lag ich dort mehrere Stunden, es wurde dunkel, aber niemand kam. Die Fesseln schmerzten heftig, und ich spürte nach einer Weile, dass mir schwindelig wurde. Danach weiß ich nichts mehr.«

»Ich habe dich gefunden.« Frederike übernahm nun das Wort. »Ich vermeinte mich zu erinnern, dass du irgendwas davon gemurmelt hattest, dir Claudios Kabine anschauen zu wollen, und bin dann deinen Spuren gefolgt. Zu dem Zeitpunkt hatte Frank mir bereits gesagt, dass man wahrscheinlich Claudio mit einem Nackenhebel das Genick gebrochen hatte, und ich machte mir große Sorgen, als du nicht aufzufinden warst und auch nicht auf meine Nachrichten und Anrufe reagiert hast. Allerdings hat es ein wenig gedauert, bis ich aktiv wurde, denn unsere Gastgeberin, Jessica Langhans, hatte mir versichert, dass du kurz nach dem Anlegen von Bord gegangen seist. Als das Schiff dann ohne dich weiterfuhr, habe ich gedacht, dass du an Land eine Spur verfolgst, und habe beschlossen, die Zeit an Bord zu nutzen. Es war also mehr oder weniger Zufall, dass ich dich gefunden habe.« Sie drückte seine Hand.

»Danke. Ich glaube, ich hätte es nicht mehr lange gemacht. Du sagst, diese Jessica hat behauptet, ich sei von Bord gegangen? Das lässt darauf schließen, dass sie zumindest in die Sache verwickelt ist.«

Frederike nickte. »Ja, das denke ich auch. Zumal sie Kabelbinder in ihrer Uniformtasche hatte. Wie ich hörte, war sie mit Claudio liiert. Wusstest du das?«

Willi nickte nur.

Frederike fuhr fort: »Sie und Claudio haben die Pokerrunden organisiert, das steht schon mal fest. Ob sie nun auch hinter dem Enkeltrick von Eleonore stecken oder hinter dem Einbruch bei mir, dafür haben wir noch keine belastbaren Anhaltspunkte.«

Frank mischte sich ein. »Du sprachst von Claudios Rückenproblemen. Wie haben die sich geäußert?«

»Er hatte starke Schmerzen im unteren Rücken und konnte sich kaum bewegen. Ich dachte schon, ich müsste einen Arzt organisieren, aber er sagte, dass passiere ihm öfter mal. Die Probleme habe er noch aus seiner Dachdeckerzeit.«

»Er hätte sich also nicht effektiv wehren können, sollte er angegriffen worden sein?«

Willi schüttelte den Kopf. »Ich denke nicht. Er bewegte sich wie ein alter Mann.«

Frederike meldete sich zu Wort. »Bei einem Nackenhebel braucht man nicht viel Kraft. Ich traue das dieser Jessica zu.«

Frank schaute sie zweifelnd an. »Warum gerade sie? Welches Motiv sollte sie haben?«

»Ich bin überzeugt davon, dass sie hinter Willis Entführung steckt. Erst lockt sie mich auf die falsche Fährte, indem sie mir erzählt, er sei von Bord gegangen. Dann, als er gefunden wird, reagiert sie ausgesprochen pampig. Und die Kabelbinder sprechen doch auch eine deutliche Sprache. Wozu sollte ein Host so was brauchen? Sie ist doch kein Elektriker.« Frederike wich Franks Frage nach dem Motiv aus, hatte sich aber bereits auf Jessica eingeschossen.

Doch Frank winkte ab. »Es gibt kaum etwas Praktischeres als Kabelbinder, wenn du etwas befestigen willst. Und auf einem Schiff muss man sicherlich immer mal etwas befestigen, damit nichts davonfliegt oder ins Wasser fällt. Vielleicht haben ja dort alle Kabelbinder in den Taschen.«

»Na ja, möglich wäre es«, musste Frederike widerstrebend einräumen.

Frank blickte auf seine Armbanduhr. »Es tut mir leid, ich muss jetzt wirklich los, sonst reißt mir Engel den Kopf ab. Frederike, ich bringe dich noch zum Schiff, wenn du willst. Ansonsten musst du mit dem Taxi oder der Bahn fahren.«

Frederike erhob sich sofort. »Es wäre mir lieb, wenn du mich fährst. Willi, pass auf dich auf.« Sie beugte sich über ihn und drückte ihm einen Kuss auf die Stirn. »Weißt du schon, wann du hier wieder rausdarfst?«

»Wenn ich Glück habe, heute Nachmittag. Aber ich soll mich noch schonen. Deshalb werde ich mich nach Hause bringen lassen und komme nicht zum Schiff zurück. Ich hoffe, das ist okay für dich.«

Frederike nickte. Sie war froh, dass es ihrem Freund besser ging, und erleichtert, dass er sich aus den weiteren Ermittlungen heraushalten wollte. Noch war die

Sache nicht geklärt und er durch seine Beziehung zu Claudio darin verwickelt.

Als Frank und Frederike das Krankenhaus verließen und den Parkplatz ansteuerten, überlegte Frederike, wie sie Frank über diese Verwicklung informieren sollte, ohne indiskret zu sein. Sie biss sich nervös auf die Lippen. Willi hatte sie da in eine ganz schöne Zwickmühle gebracht.

»Was hältst du von der ganzen Sache?«, fragte sie schließlich angelegentlich. Inzwischen saßen sie im Auto, und Frank steuerte den Audi über die A48 in Richtung Cochem.

»Ich bin mir noch nicht sicher. War Willi mit diesem Claudio befreundet?«

»Ja, ich glaube schon. Claudio war der Barkeeper, und Willi hat die Gelegenheit genutzt, ihn über das Personal und die Gegebenheiten auf dem Schiff auszuquetschen. Dabei scheinen sie sich angefreundet zu haben.«

»Na ja, aber ich denke, das war schon ein bisschen mehr als nur eine Barkeeper-Gast-Beziehung. Immerhin hat Claudio Willi seine Kabine gezeigt. Ich denke, die beiden hatten etwas miteinander.«

Frederike blickte ihn erstaunt von der Seite an. »Du weißt, dass er schwul ist?«

Frank erwiderte ihren Blick. »Natürlich weiß ich das. Wir sind verwandt, ich kenne ihn mein ganzes Leben lang. Ich weiß aber auch, dass er nicht darüber redet und nicht möchte, dass seine Umwelt es erfährt. Normalerweise akzeptiere ich das, aber wir haben es hier mit einem Mord und einer Entführung zu tun. Ich werde versuchen, seine Privatsphäre zu schützen, aber nicht um jeden Preis.«

Frederike atmete auf. »Ich bin froh, dass wir offen sprechen können.«

»Hast du es wirklich nicht gewusst? Ihr kennt euch doch inzwischen auch schon ein paar Jahre.«

»Nein, tatsächlich nicht. Ich habe mir allerdings nie Gedanken darüber gemacht. Es ist mir ehrlich gesagt auch egal. Ich will ja nichts von ihm außer seiner Freundschaft und seinem guten Rat.«

»Trotzdem! Du hast doch sonst so eine gute Beobachtungsgabe.«

»Nur im beruflichen Umfeld. Was ich dir sagen sollte: Willi war mit ziemlicher Sicherheit der Letzte, der Claudio gesehen hat. Sie haben sich an dem Abend getroffen. Willi sagte, Claudio hätte noch bei ihm vorbeikommen wollen, wäre aber nicht erschienen. Das kann natürlich an den Rückenschmerzen gelegen haben. Oder er ist auf dem Weg zu Willi seinem Mörder begegnet. Leider komme ich nicht umhin, mir über ihre Beziehung Gedanken zu machen. Claudio war auch mit Jessica liiert, zumindest hörte ich so etwas von Mitreisenden. Dementsprechend können wir Eifersucht als mögliches Motiv nicht ausschließen.«

»Tja, und Willi hätte den Nackenhebel sicherlich anwenden können. Wegen seiner Prothese macht er Krafttraining und war früher auch ein Ass in Selbstverteidigung.« Frank wirkte nachdenklich.

»Allerdings glaube ich irgendwie nicht, dass Willi zu Eifersucht neigt. Zumindest nicht in dem Sinne, dass er jemanden tötet und dann einen Unfall arrangiert.«

Frank wiegte seinen Kopf hin und her. »Du darfst nicht vergessen, dass Willi ein Fachmann für Forensik ist. Er weiß natürlich genau, wie solche Ermittlungen laufen. Du hast es selbst oft genug gesagt: Das Problem ist nicht, einen Mord aufzuklären. Das Problem ist, einen Mord zu erkennen.«

»Aber er hat sich definitiv nicht selbst gefesselt und ins Bett gelegt. Nein, ich glaube nicht an das Motiv Eifersucht. Nicht bei Willi. Mal abgesehen davon, dass die Beziehung dafür sicherlich nicht stabil genug war. Die kannten sich gerade mal achtundvierzig Stunden oder so. Warum sollte er das also tun? Da hätte ich definitiv eher die Freundin im Fokus. Das Motiv Eifersucht gilt auch für sie.«

»Ja, das geht mir auch so. Ich wollte damit nur deutlich machen, dass wir nichts ausschließen dürfen. Deshalb habe ich das Thema angesprochen. Wenn es nach mir geht, kann ich gut damit leben, Willis Geheimnis weiterhin zu bewahren. Sollten sich neue Anhaltspunkte ergeben, muss ich das gegebenenfalls überdenken.«

»Gut!« Frederike nickte zufrieden. »Dann machen wir das so. Wir konzentrieren uns auf Jessicas und Claudios Umfeld und lassen Willi zunächst außen vor. Ich wäre erleichtert, wenn wir seine Entscheidung respektieren könnten. Allerdings würde ich ihm wünschen, sein Leben offen leben zu können.«

Frank sah sie spöttisch an. »Was stellst du dir da vor? Nein, ich denke, wir müssen uns um Willi keine Sorgen machen. Er hat seinen Weg gefunden und fühlt sich sicher damit. Wir unterstützen ihn, wie immer er sich entscheidet. Mehr braucht es nicht.«

»Ich hoffe, du hast recht.«

Es war schon nach Mittag, als sie endlich den Schiffsanleger in Cochem erreichten. Viel zu spät für Franks Meeting mit Engel. Er hatte zwischenzeitlich Bescheid gegeben, und Engel hatte ihm aufgetragen, wenn er schon mal da sei, mit den Ermittlungen in Sachen Salvini fortzufahren.

Gemeinsam betraten sie das Schiff. Frank hatte sich vorgenommen, Jessica Langhans zu vernehmen. Als Salvinis Freundin war sie in jedem Fall eine wichtige Zeugin. Notfalls würde er sie mit aufs Revier nehmen.

Doch von Jessica war weit und breit nichts zu sehen. Am Gästecounter stand Mascha, die damit beschäftigt war, die Landgangskarten der Landgänger wieder einzusammeln. Das Schiff sollte bald ablegen.

Frank wandte sich Frederike zu. »Ich gehe zum Kapitän. Der sollte ja wissen, wo seine Mitarbeiter gerade rumschwirren.«

»Ich gehe ins Restaurant und esse jetzt erst mal was. Da findest du mich, solltest du noch Gesprächsbedarf haben. Oder Hunger.«

Die Wege der beiden trennten sich.

Obwohl sich die Essenszeit dem Ende näherte und das Speisebüfett schon recht leer geräumt aussah, war es voll im Bordrestaurant, denn die gerade zurückgekehrten Landgänger hatten Kaffeedurst und stürmten das Kuchenbüfett.

Frederike überlegte, ob sie mehr Lust auf Süßes oder Salziges hatte, und entschied sich für die Reste des Mittagessens. Es gab noch Tomatensuppe und Salate in ausreichenden Mengen. Als sie sich gerade eine Suppentasse füllte, sprach Eleonore sie an.

»Ach, Frederike, Cornelia hat mir erzählt, was dir passiert ist. Wie schrecklich. Warst du jetzt bei dir zu Hause? Erzähl doch mal.«

Die beiden setzten sich an einen Vierertisch. Frederike bemühte sich, gedanklich wieder umzuschalten auf den Einbruch in ihrem Haus. Der schien für sie im Moment weit weg zu sein, aber sie hatte Cornelia ja erzählt, man werde sie dort hinbringen. Also riss sie sich zusammen und schilderte Eleonore ihre ersten Eindrücke, als sie ihr Haus betreten hatte.

Eleonore saß ihr gegenüber und lauschte mit aufgerissenen Augen. »Du liebe Güte, wie furchtbar. Das muss doch schrecklich für dich sein, alles verwüstet! Ich wüsste nicht, ob ich da weiter wohnen wollte.«

»Ich weiß es ehrlich gesagt auch noch nicht. Ich liebe dieses Haus. Es ist mein Elternhaus, mein Zuhause. Und plötzlich wirkt alles zerstört.« Frederike konnte nicht vermeiden, dass ihr die Tränen kamen.

Eleonore tastete nach ihrer Hand. »Und sie haben sogar die Schränke ausgeräumt? Hoffentlich haben sie die Goldmünzen nicht gefunden.«

Frederike horchte auf. Welche Goldmünzen? »Wovon sprichst du?«

»Ach, da seid ihr ja.« Cornelia schob sich an Frederike vorbei und stellte ihr Tablett auf den Tisch. »Ich habe euch schon gesucht.« Sie setzte sich.

Frederike begrüßte sie kurz, wandte sich dann aber wieder Eleonore zu. »Welche Goldmünzen?« Ihre Stimme klang so misstrauisch, dass Eleonore sie unsicher ansah.

»Die Goldmünzen, die du versteckt hast. In der Mehltüte.« Sie blickte hilflos zu Cornelia. »Sag du doch mal was. Du weißt doch auch von Frederikes kleinem Goldschatz?«

Cornelia hatte ihren Blick auf den Teller gesenkt und schien nichts wahrzunehmen außer ihrem Stück Erdbeerkuchen mit Sahne.

Frederike nahm sie ins Visier. Sie konnte ein schlechtes Gewissen auf hundert Meter Entfernung riechen. »Was hat es mit diesem kleinen Goldschatz auf sich?«

Doch Cornelia dachte gar nicht daran, ihr zu antworten. Im Gegensatz zu Eleonore. »Wir haben uns doch kürzlich darüber unterhalten, wie man sich vor Einbrüchen schützen kann. Da hast du doch von deinen Verstecken berichtet.«

Frederike schüttelte den Kopf. »Sicher nicht. Wann soll das denn gewesen sein?«

»Vorgestern Abend, glaube ich. Cornelia, du warst doch auch dabei.« Eleonore sah zu ihrer Tischnachbarin.

Frederike dämmerte es langsam. »Stimmt, ich erinnere mich. Wir haben über mögliche Verstecke von Wertgegenständen gesprochen. Aber ich habe doch nichts von Goldmünzen gesagt.«

Eleonore dachte nach. »Nein, stimmt, Cornelia war das. Sie hat von deinen Verstecken erzählt. Bei der Pokerrunde. Irgendwie ist das Gespräch wieder auf Wohnungseinbrüche gekommen und wie man sich am besten davor schützen könnte.«

Cornelia nickte. »Dieser Claudio brachte das Thema auf. Anscheinend hat man vor Kurzem bei seinen Eltern eingebrochen, und er erzählte, dass man viel geklaut habe, nur nicht die wertvolle Ikone seiner Urgroßmutter, weil die Oma die anscheinend hinter ein paar Büchern versteckt hatte.«

Eleonore nickte bestätigend. »Genau. Und dann hat Harry erzählt, dass er früher mal einen Buchsafe hatte, inzwischen seine Wertsachen aber im Bankschließfach verwahrt. Und dann hat Cornelia gesagt, du habest erzählt, du würdest Goldmünzen in der Küche in einer gefüllten Mehltüte verstecken, weil du den Banken nicht traust.«

»Nein, da musst du dich irren.« Cornelia schüttelte den Kopf. »Woher soll ich wissen, wo Frederike ihre Wertsachen bunkert? Ich habe gesagt, eine Freundin von mir würde das so machen, habe aber keinen Namen genannt.«

»Doch, du hast ›Frederike‹ gesagt. Da bin ich mir ganz sicher.« Eleonore ließ sich nicht davon abbringen.

Cornelia stand auf, um sich noch ein Stück Kuchen zu holen. »Wollt ihr auch noch was?«

Eleonore verneinte, während Frederike in Gedanken versunken war.

»Ich bin ziemlich sicher, dass sie von einer Frederike sprach, und verstehe gar nicht, warum sie sich daran nicht erinnert. Sie ist doch noch gar nicht so alt. Auf der anderen Seite – ich bin ja auch nicht mehr ganz frisch, wenn ich an mein Desaster mit diesem Enkeltrick nachdenke. Wahrscheinlich habe ich mich getäuscht. Ich glaube, ich hole mir doch auch noch was Süßes.«

Auch Eleonore verschwand in Richtung Kuchenbüfett. Frederike sah ihr hinterher und dachte über das Gesagte nach. Es war schon merkwürdig, wie häufig das Thema Einbruch bei den Gesprächen an Bord aufkam. Und mit welcher Energie ihr Haus durchsucht worden war. Vielleicht war es nur ein Missverständnis gewesen, aber möglicherweise hatte Cornelia ja tatsächlich den Namen Frederike erwähnt, und irgendwie war diese Information dann mit ihr verknüpft worden. Das würde bedeuten, dass jemand vom Schiff hinter den Einbrüchen steckte. Wie auch immer, bei dieser Pokerrunde wurde definitiv zu viel gequatscht, dachte Frederike frustriert.

Inzwischen war Cornelia, ein Stück Käsekuchen und zwei Tassen Kaffee balancierend, zum Tisch zurückgekehrt.

»Hier, der Kaffee ist für dich. Wie sieht es bei dir zu Hause aus? Schlimm?«

Frederike nickte müde. »Ja. Die haben wirklich das Unterste zuoberst gekehrt. Die Kripo war da und hat Spuren gesichert, mir aber keine großen Hoffnungen gemacht, dass ich die Sachen wiederbekomme oder man die Einbrecher fasst.«

»Das ist das Schlimmste daran, finde ich. Man hat den Eindruck, die geben sich gar keine Mühe, die Verbrecher zu fassen.«

Cornelias Stimme klang frustriert, sodass Frederike sie erstaunt ansah. »Hast du so was auch schon mal erlebt?«

»Ich nicht, aber meine Schwester. Bei ihr hat man die komplette Wohnung verwüstet und den Schmuck geklaut. Aber die Verwüstungen waren schlimmer als der Raub. Die Versicherung hat das als Vandalismusschaden klassifiziert und nicht gezahlt.«

»Oh, das ist übel. Mein Versicherungsvertreter meinte tatsächlich, ich habe Glück im Unglück, dass es nur

Diebstahl ist.« Frederike schnaubte erbost. »Nur! Wenn ich das schon höre. Die haben alles auf dem Boden verstreut und sind mit ihren dreckigen Schuhen durch meine Wäsche gelatscht. Mir wird schlecht, wenn ich nur daran denke. Ich werde in diesem Schlafzimmer wahrscheinlich keine ruhige Minute mehr haben und werde beim leisesten Geräusch zusammenzucken. Das ist das Elend, wenn man allein wohnt.«

Cornelia nickte. »Ja, das ging meiner Schwester auch so. Sie hat furchtbar unter dem Einbruch gelitten.«

Frederike sah sie neugierig an. »Was hat sie gemacht? Ist sie umgezogen?«

»Nein. Sie hat sich das Leben genommen.«

Ohne ein weiteres Wort stand Cornelia auf, ließ alles stehen und liegen und ging in Richtung Ausgang. Frederike schaute ihr betroffen nach. Wie schrecklich! Sie überlegte kurz, ob sie aufstehen und ihr folgen sollte, als Eleonore wieder zum Tisch kam.

»Also, ich habe noch mal über die ganze Sache nachgedacht. Ich bin sicher, dass Cornelia von dir und deinen Goldstücken gesprochen hat. Hast du ihr wirklich nichts davon erzählt?«

Frederike schüttelte nachdenklich den Kopf.

»Aber ist auch egal! Wenn du keine Goldstücke hattest, kann sie auch keiner klauen, nicht wahr?« Eleonores Stimme klang unangemessen fröhlich. »Da hast du ja noch mal Glück gehabt.«

Doch Frederike war sich da nicht so sicher.

WEITERFAHRT NACH KOBLENZ

Sie entschuldigte sich bei Eleonore und ging in Richtung Schiffsbrücke, um nach Frank Ausschau zu halten, als *My heart will go on* erklang. Ob Frank noch an Bord war? Der Kapitän hatte ihn bestimmt darauf hingewiesen, dass es Zeit war, an Land zu gehen. Aber dann hätte er sich doch sicher von ihr verabschiedet. Sie ging zur Reling, doch auch am Kai war nichts von ihm zu entdecken, und sein Auto stand immer noch dort, wo er es vor einer knappen Stunde geparkt hatte. Vielleicht hatte Frank ja Jessica ausfindig gemacht und befragte sie in diesem Moment.

Frederike wollte sich gerade in Richtung Gästecounter bewegen, als Frank plötzlich neben ihr stand und entgeistert auf den immer größer werdenden Abstand zwischen Schiffsrumpf und Kaimauer starrte. »So ein Mist. Ich habe völlig die Zeit vergessen.«

»Hast du das Lied nicht gehört?«

»Welches Lied?« Er blickte sie verwirrt an.

»Wo warst du? Hast du Jessica gefunden?«

Frank rieb sich die Stirn. »Nein, der Kapitän konnte mir auch nicht weiterhelfen. Ich bin noch mal in das Treppenhaus gegangen und habe mir den Lift angeschaut. Er funktioniert auf jeden Fall.« Er wandte sich ab. »Ich muss zum Kapitän, damit die mich wieder an Land lassen. Ich hoffe, das klappt.«

Frederike hielt ihn auf. »Warte mal. Wir haben nur noch diese Nacht, um das Rätsel zu lösen. Wenn Jessica an Bord ist, kann sie dir nicht mehr aus dem Weg gehen.«

Frank war nicht überzeugt, sodass sie nachlegte: »So eine Flusskreuzfahrt hat doch was! Du kannst Willis Kabine nutzen. Denk drüber nach. Wolltest du mir nicht sowieso den Rücken decken nach Willis Kollaps?«

»Und wie soll ich morgen von Koblenz zurück nach Cochem kommen?«

»Ach, da gibt es doch sicher eine Zugverbindung. Oder ein Kollege holt dich ab. Oder ich fahre dich. Mein Auto steht in Koblenz. Sieh es mal so: Wenn du jetzt abhaust, gehe ich heute Nacht alleine auf die Pirsch. Morgen kommen wir in Koblenz an und gehen von Bord. Diese Nacht ist die letzte Chance, den Hintermännern oder -frauen auf die Schliche zu kommen. Ach, übrigens, gibt es schon eine Auswertung des Handys unseres Enkeltrickbetrügers?«

Frank zog eine Grimasse. »Ich habe gerade den Eindruck, dass du mich erpressen willst. Du solltest doch inzwischen gemerkt haben, mit diesen Typen ist nicht zu spaßen. Dieser Claudio ist tot, und Willi war auch verdammt nah dran. Ich kann mir nicht vorstellen, dass Leonie Jansen in irgendeiner Form einen Alleingang von dir erwartet.«

»Leonie Jansen kennt mich ganz gut, und ich denke, ihr Vater – der ja, wie du weißt, ein alter Kollege von mir ist – wird ihr schon gesteckt haben, wie ich ticke. Also ja, ich bin ziemlich sicher, dass sie genau das von mir erwartet.«

»Es gibt Tage, da spüre ich eine gewisse Neigung in mir, dir den Hals umzudrehen, weißt du das?« Das Grinsen in Franks Gesicht stand im Gegensatz zu seinen Worten. »Gut, ich bin dabei. Engel hat mir schließlich befohlen, in der Sache weiterzuermitteln. Das passt also. Dann muss ich mir jetzt nur noch einen Kabinenschlüssel organisieren.«

Frederike nickte zufrieden. Sie war froh, dass Frank an ihrer Seite war. So ganz wohl war ihr bei dem Gedanken daran, ohne Rückendeckung zu agieren, nicht gewesen. Sie hoffte auf die Pokerrunde. Gemeinsam würden Frank und sie hoffentlich das Rätsel um die gestohlenen Daten, den Enkeltrick und was auch immer noch mit dranhing, lösen können.

Frank hatte inzwischen sein Mobiltelefon gezückt und die Nummer seiner Dienststelle gewählt. Er informierte rasch einen Kollegen über seinen weiteren Verbleib an Bord und bat ihn, ihn morgen in Koblenz abzuholen, sobald das Schiff dort anlegte. »Gibt es schon was Neues über die SIM-Karte, die ich von der Wiese gefischt habe?«

Der Kollege verneinte, versprach aber, sich zu informieren und Frank schnellstmöglich Bescheid zu geben.

Frederike schlug vor, die Zeit bis zum Abendessen zu nutzen, um sich auf dem Sonnendeck ein ruhiges Plätzchen zu suchen.

»Ich habe den Eindruck, wir haben eine Menge loser Fäden, die aber alle irgendwie zusammengehören. Die

Datensätze im Internet, dieser schnelle Enkeltrick, der falsche Unfall von Claudio, Willis Entführung, ja selbst der Einbruch bei mir scheint da irgendwie hineinzugehören. Vielleicht finden wir ja gemeinsam das Strickmuster. Ich habe den Eindruck, dass diese Pokerrunde der Schlüssel dazu sein könnte.«

»Das bringt alles durcheinander!« Frederike war frustriert. Sie saß gemeinsam mit Frank in ihrer Kabine. Die beiden hatten sich das Abendessen aufs Zimmer bringen lassen, um ungestört das weitere Vorgehen besprechen zu können. An Deck war zu viel Trubel gewesen. Jessica hatten sie den ganzen Abend nicht zu Gesicht bekommen. Frank hatte die Befürchtung geäußert, dass sie bereits abgetaucht war, doch Frederike hatte die Hoffnung noch nicht aufgegeben.

»Die Pokerrunde wäre unsere letzte Chance, Jessica etwas nachzuweisen. Doch durch die erneute Sperrung des Treppenhauses kann sie sich denken, dass die Unfall-Story geplatzt ist und wir ihr Spiel durchschaut haben. Sie wäre verrückt, die Pokerrunde durchzuziehen. Aber wenn sie die jetzt abbläst, haben wir nichts gegen sie in der Hand, und unsere ganzen Ermittlungen sind nichts wert. Morgen gehen alle von Bord, und das war's dann.« Frederike zerrupfte frustriert ein altes Papiertaschentuch.

Frank betrachtete sie belustigt, aber auch mit einer gewissen Ungeduld. »Hallo? Du tust ja so, als wüssten wir, wer Claudio getötet hat. Das ist doch im Moment noch alles reinste Spekulation.«

Frederike war sauer. Natürlich verstand sie, dass man den Tatort erneut hatte sperren müssen, bis die Ermittlungen abgeschlossen waren. Hätte ich selbst ja nicht anders gemacht, gab sie innerlich zu. Aber die Enttäuschung überwog. Sie hätte zu gerne einen Blick auf die Pokerrunde geworfen, denn sie war sicher, das Rätsel lösen zu können, und wollte Jessica ein für alle Mal das Handwerk legen. Inzwischen nahm sie die ganze Angelegenheit sehr persönlich. Da war sie nur zu gerne bereit, auch mal ein paar Regeln zu beugen.

Frank biss herzhaft in ein gegrilltes Hühnerbein und sprach mit vollem Mund weiter. »Jetzt hör mal auf, mich anzumachen, nur weil ich meinen Job mache. Hier mein Vorschlag. Du bist doch mit diesen beiden Frauen ziemlich eng. Geh raus, finde sie und bekomme raus, ob heute eine Pokerrunde stattfindet. Ich werde derweil in Ruhe zu Ende essen.«

Frederike rollte mit den Augen, stand auf und schnappte sich ihre Strickjacke. »Ich bin gleich wieder da. Wehe, du isst meinen Pudding.«

Sie hatte Glück. Eleonore saß gemeinsam mit Harry und einem weiteren Mann an der Bar und trank ein Mineralwasser. Frederike hob eine Augenbraue und deutete fragend auf das Getränk, während sie sich neben Eleonore auf den Barhocker schob.

»Am letzten Abend abstinent?« Sie bat Mascha um einen Laphroaig. Einen würde sie schon vertragen, auch wenn sie mehr oder weniger im Dienst war.

Eleonore beugte sich geheimnisvoll zu Frederike hinüber und sprach mit gesenkter Stimme: »Heute Abend startet die letzte Runde. Die Einsätze wurden erhöht. Da bleibe ich nüchtern und hoffe, dass die anderen das nicht tun.« Sie deutete auf Harrys bereits halb geleertes Weinglas. Der war gerade mit seinem Nachbarn ins Gespräch vertieft.

»Wenn mir jemand einen ausgibt und ich nicht ablehnen kann, lasse ich mir von Mascha einen Wodka einschenken.« Sie beugte sich noch weiter zu Frederike und flüsterte: »Sie hat für mich Wasser in die Flasche gefüllt.«

Frederike schenkte ihr einen bewundernden Blick. Eleonore war abgebrühter, als sie vermutet hatte.

»Noch eine Runde für die Herren«, bestellte Eleonore und zwinkerte Frederike zu.

»Und für die junge Frau noch einen Wodka!«, ergänzte Harry und deutete auf seine Mitspielerin. Anscheinend wollten die sich alle gegenseitig unter den Tisch trinken.

»Wo findet das Spiel denn statt? Kann man da zugucken?«

Eleonore zögerte. »Sorry, aber das kann ich dir nicht sagen. Wir mussten alle Geheimhaltung schwören, und ehrlich gesagt haben wir dir schon viel zu viel erzählt.«

»Okay, das kann ich verstehen.« Frederike nahm einen Schluck aus ihrem Glas und blickte dann auf ihre Uhr. »Ich hätte ja keine Lust, mir die Nacht um die Ohren zu schlagen, und bin froh, wenn ich gleich ins Bett kann.«

Eleonore nickte. »Ja, es ist schon anstrengend, aber heute lohnt es sich eben besonders. Jessica hat für die letzte Runde die Einsätze verdoppelt.«

Doch Frederike konzentrierte sich auf die für sie wesentliche Information. »Jessica? Also ist sie noch an Bord?«

Eleonore schaute sie mit großen Augen an. »Aber ja. Wieso fragst du?«

»Ich habe sie heute Nachmittag gesucht und sogar beim Kapitän nach ihr gefragt. Und da war auch noch jemand von der Kripo, der mit ihr reden wollte.«

Eleonore lachte auf. »Na, dann ist es ja kein Wunder, dass du sie nicht gefunden hast. Ich nehme an, sie wollte dem Kripobeamten aus dem Weg gehen. Immerhin macht sie heute Abend noch mal ein gutes Geschäft. Das Startgeld richtet sich nämlich nach den Einsätzen.« Sie blickte auf ihre Armbanduhr. »Ich glaube, ich lege mich noch ein, zwei Stündchen aufs Ohr, damit ich heute Nacht fit bin.«

»Dann musst du dich aber sputen, wenn ihr um Mitternacht loslegen wollt.«

»Heute starten wir erst um eins.«

Frederike stand mit ihr auf. »Viel Glück heute Nacht! Ich gehe auch ins Bett, bin fix und fertig nach dem Tag.« Sie gähnte. Eleonore nahm sie in den Arm. »Du hast heute ja auch einiges durchgemacht. Träum was Schönes!«

Kurz darauf betrat Frederike ihre Kabine. Sie war erleichtert, dass sie die Uhrzeit hatte in Erfahrung bringen können. Ansonsten hätten sie sich die ganze Nacht auf die Lauer legen müssen.

Frank hatte es sich auf einem Sessel gemütlich gemacht und schlief mit offenem Mund. Er schreckte auf, als sie die Tür ins Schloss fallen ließ.

»Du schnarchst wirklich, weißt du das?«

»Nein, tue ich nicht. Ich habe noch nicht mal geschlafen.« Er rieb sich die Augen.

»Tu dir keinen Zwang an. Die Runde startet um ein Uhr, also in knapp vier Stunden. Ich lege mich auf jeden Fall hin. Ich brauche meinen Schönheitsschlaf.«

Frank stand auf. »Ich hole dich kurz vor eins ab. Lass dein Handy eingeschaltet.«

An der Tür drehte er sich noch mal um. »Wo müssen wir denn eigentlich hin?«

»Richtung Wellnesscenter. Direkt daran grenzt ein kleines Bistro an, da läuft die Sache. Das Bistro wird auf dieser Reise nicht genutzt. Ein Wasserschaden. Es würde mich nicht wundern, wenn Jessica hier ihre Hände im Spiel hätte. Der Raum ist einfach viel zu praktisch. Jessica soll übrigens auf dem Schiff sein, ist aber anscheinend auf Tauchstation gegangen.«

Frank nickte. »Nachvollziehbar, nach allem, was wir wissen. Da muss es sie ganz schön gefuchst haben, dass ich an Bord geblieben bin.«

»Vielleicht hat sie das ja gar nicht mitbekommen. Sie war ja zu diesem Zeitpunkt irgendwo unter Deck.«

»Darauf würde ich nicht wetten.«

»Wie auch immer, heute soll noch mal richtig abkassiert werden. Ich denke, sie rechnet sich aus, dass wir ihr auf den Fersen sind, nachdem Claudios Tod nun definitiv als Tötungsdelikt eingeordnet und das Treppenhaus als Tatort erneut gesperrt wurde. Ich bin sicher, dass sie morgen direkt nach der Anlandung das Weite suchen wird.«

»Du spekulierst zu viel. Schlaf eine Runde. Dann werden wir uns überraschen lassen.«

Frank öffnete die Tür und verließ Frederikes Kabine.

KOBLENZ

Kurz vor eins klopfte er leise an Frederikes Tür. Inzwischen hatten sie wieder in Koblenz angelegt, und die Reise ging dem Ende zu. Frederike saß in ihrem Sessel, blickte nach draußen in die Lichter der Nacht und hörte auf das Gluckern und Plätschern des Wassers. In einer solchen Stimmung kamen ihr immer die besten Gedanken. Sie hatte über die Geschehnisse der letzten Tage gegrübelt. Der Betrugsversuch mit Eleonore, der Einbruch bei ihr, das illegale Glücksspiel, organisiert und durchgeführt von dem Pärchen Claudio und Jessica. Waren sie wirklich ein Paar gewesen oder einfach nur Komplizen? Und was war der Auslöser für Claudios Tod? Spielte Willi hier eine Rolle? Und wozu war Claudio überhaupt diese Beziehung eingegangen, wenn er doch mit Jessica zusammen war? Ein Spiel mit dem Feuer?

Sie hatte den Eindruck, dass sie alle etwas übersahen. Auf jeden Fall hatte das Ganze nicht mehr allzu viel mit dem Auftrag zu tun, mit dem Leonie sie an Bord geschickt hatte. Und es blieb ihr nur noch diese Nacht, um das Geheimnis zu lüften.

Sie schrak aus ihren Gedanken auf, als sie endlich das leise Pochen registrierte, und eilte rasch zur Tür. Frank schlüpfte an ihr vorbei in die Kabine. »Hast du geschlafen? Ich habe mindestens dreimal geklopft.«

»Entschuldige, ich war in Gedanken versunken und habe am offenen Fenster gesessen. Beim Plätschern des Wassers muss ich das überhört haben.«

Sie schnappte sich ihre Handtasche und wollte den Raum verlassen.

Frank beäugte misstrauisch das rosafarbene Teil. »Hast du nicht was Unauffälligeres?« Er war komplett schwarz gekleidet.

»Meinst du mein Ninja-Outfit?«, schnaubte Frederike verächtlich. »Das ist in der Reinigung. Quatsch, wir sind hier auf Kreuzfahrt. Falls uns jemand sieht, tun wir so, als wärst du besoffen, und ich bringe dich zu deiner Kabine.«

»Einverstanden, aber mit umgekehrten Rollen!« Frank zog seinen dunklen Blouson aus. Darunter trug er ein weißes Hemd. Mit seiner schwarzen Hose und dem Hemd konnte er notfalls als Teil des Personals durchgehen. »Los, auf geht's!«

Frederike nickte resigniert und ergab sich ihrem Schicksal. Ist der Ruf erst ruiniert, lebt sich's gänzlich ungeniert.

Leise näherten sie sich dem Eingang des Bistros, immer wieder lauschend, ob nicht noch ein Nachzügler plötzlich hinter ihnen auftauchte. Auf die Unterstützung von Herrn Schmitz hatte Frederike verzichtet. Sie wollte vermeiden, seine Aktivitäten bei ihren nächtlichen illegalen Exkursionen publik zu machen. Außerdem hatte auch dieser Mann mal ein Recht auf Nachtruhe. Frank war ja bei ihr, ein Mann des Gesetzes. Er würde sie beschützen. Sie kicherte leise bei dem Gedanken, was ihr einen warnenden Blick von ihm einbrachte.

»Wenn du jetzt einen Lachanfall bekommst, werfe ich dich eigenhändig über Bord.«

Sie riss sich zusammen und folgte ihm zur Tür. Frank legte ein Ohr an das Holz, doch kein Geräusch drang in den Gang hinaus. Frederike deutete auf die Klinke und stellte sich seitlich zur Tür. So konnte sie notfalls eingreifen, sollte es eine unangenehme Überraschung geben. Doch dann bedeutete sie ihm, kurz zu warten. Frank blickte sie genervt an, geduldete sich dann aber ergeben, bis sie den Verschluss ihrer Tasche geöffnet und nach ihrem Pfefferspray geangelt hatte. Da, gefunden! Sie schob sich die Tasche wieder über die Schulter, hielt das Fläschchen mit ausgestrecktem Arm vor sich und winkte Frank, jetzt die Tür zu öffnen. An seinem Blick erkannte sie, was er ihr sagen wollte: Wehe, du triffst mich! Sie grinste.

Vorsichtig drückte er die Türklinke herunter, stets auf die Geräusche aus dem Raum lauschend. Aus dem Bistro ertönte das Geräusch von Chips, die auf den Tisch geworfen wurden. »Ich erhöhe«, sagte eine männliche Stimme. Anscheinend lief gerade ein Spiel.

Frank schob die Tür auf und betrat den Raum. Er hielt seinen Ausweis vor sich. »Junge, Kriminalpolizei.« Frederike blieb im Gang stehen und wartete erst einmal ab, wie die Reaktionen der Spieler ausfielen. Ihr Blick suchte Jessica, doch vergeblich.

Acht Menschen saßen um den Tisch versammelt, Karten in der Hand und Chips vor sich liegend. Aller Augen waren auf Frank gerichtet, aber niemand reagierte.

Frederike schob sich vorsichtig an ihm vorbei und stellte sich schräg neben ihn, um sowohl die Runde als auch die Tür im Auge behalten zu können.

Eleonore und Cornelia saßen mit am Tisch und schauten sie entgeistert an. Frederike lächelte fröhlich und winkte ihnen mit einem vertraulichen Zwinkern zu.

Frank rollte mit den Augen. Sein Blick fiel auf den Kartengeber. »Ich nehme an, Sie sind der Dealer?«

Der Mann ließ die Karten fallen, als würde er sich an ihnen verbrennen. »Himmel, nein. Wir wechseln uns bloß ab, weil unser Dealer uns hat sitzen lassen.«

Harry warf ihm einen warnenden Blick zu und wandte sich dann mit all seiner Autorität an Frank. »Was bringt die Kripo dazu, unsere Pokerrunde zu unterbrechen? Wir nutzen nur die Gelegenheit, uns ein kleines Spiel zu gönnen.«

»Wo finden wir Jessica Langhans?«, mischte sich Frederike ein.

»Sie ist nicht gekommen.« Die Äußerung kam von Cornelia, die sich auch durch den warnenden Blick von Harry nicht von einer Antwort abbringen ließ.

Der übernahm wieder das Wort. »Wie gesagt, wir sind hier nur eine Gruppe Reisender, die sich zu einem Spielchen verabredet haben.« Er deutete auf die vor ihnen liegenden Chips. »Wir spielen um Spielgeld. Es gibt hier also nichts, was die Polizei interessieren könnte, und deshalb wäre es schön, wenn Sie uns nun weiterspielen ließen.« Er nickte dem völlig verunsicherten Dealer zu, das Spiel wiederaufzunehmen.

Frederike merkte, dass Frank auf Rückzug umschaltete. Was wollten sie auch hier ohne Jessica? Doch ihr Blick war auf den Stehtisch direkt neben der Tür gefallen, auf dem ein Körbchen mit einer erheblichen Menge Bargeld stand. Sie hatte genügend von Cornelia erfahren, um zu ahnen, was es damit auf sich hatte.

»Einen Moment noch«, mischte sie sich ein und ging zu dem Stehtisch hinüber. »Wenn ich das richtig sehe, ist das definitiv kein Spielgeld, sondern eine erhebliche Menge Bares. Lassen Sie mich raten – das ist das Startgeld, um hier mitzumachen.«

»Ja«, bestätigte Cornelia nüchtern, während Harry noch nach einer Ausrede suchte.

»Jetzt passen Sie mal auf!« Frank zog sich einen Stuhl heran und setzte sich zwischen zwei Mitspieler an den Tisch. Er bedeutete Frederike, es ihm nachzutun. »Ich erkenne eine illegale Glücksspielrunde, wenn ich sie sehe.«

Harry wollte ihn unterbrechen, aber Frank ließ ihn gar nicht zu Wort kommen. »Mich interessiert das nur am Rande. Ich bin hier, um das Tötungsdelikt an Claudio Salvini zu untersuchen. Ob und wie Sie Ihre Einnahmen aus dem Glücksspiel versteuern, ist nicht meine Angelegenheit, ich bin ja nicht bei der Steuerfahndung.« Er betonte das »Ich«. »Aber ich brauche von Ihnen ein paar Informationen über diese Runde hier.«

Eleonore hatte bisher geschwiegen, wandte sich nun aber an Frederike. »Bist du etwa auch bei der Polizei?«

Frederike schüttelte den Kopf. »Nein, ich bin in Rente. Ich sitze hier nur dabei.«

Doch Frank ließ sie damit nicht durchkommen. »Frau Suttner ist im Auftrag des BKA hier und ermittelt in Sachen Datenmissbrauch.«

»Datenmissbrauch?« Cornelia zog die Augenbrauen hoch.

»Was sollen wir darunter verstehen?«, wollte ein weiterer Mitspieler wissen, den Frederike zwar von Angesicht, aber nicht namentlich kannte.

»Bevor wir starten, möchte ich Sie bitten, sich auszuweisen. Sollten Sie keine Ausweispapiere dabeihaben, reicht mir auch erst einmal die Angabe Ihres Namens und Wohnorts. Alles andere holen wir dann nach. Sie werden hier als Zeugen befragt, damit wir uns da richtig verstehen, nicht als Verdächtige.« Ein befreites Aufseufzen ging durch den Raum. »Frederike, hast du was zu schreiben?«

Sie kramte in ihrer Handtasche und brachte einen Stift zum Vorschein. »Mein Notizblock liegt in der Kabine.«

Cornelia schob ihr einen Schreibblock hin.

Die Gruppe stellte sich namentlich vor, doch hatten anscheinend alle beschlossen, die Redeparts Harry und Cornelia zu überlassen. Dabei war Harry bemüht, die Runde als kleine private Pokerrunde erscheinen und Jessicas Rolle außen vor zu lassen, während Cornelia völlig ungeniert erzählte, wie sich die Treffen in den vergangenen Nächten abgespielt hatte.

Nach einer Weile beteiligten sich auch die anderen Spieler am Gespräch und trugen zur Aufklärung bei. Wahrscheinlich wollten sie bei der Kripo ein paar Punkte sammeln, sollte sich die Steuerfahndung doch irgendwann für sie interessieren, dachte Frederike zynisch.

Kurz darauf war das Bild komplett.

Von Beginn an hatte Jessica als Veranstalterin die Runde organisiert. Sie kannte alle namentlich und kümmerte sich wohl auch um das Telegram-Forum, wo sich die Pokerspieler zu Turnieren und illegalen Spielrunden verabredeten. Die meisten Teilnehmer kannten sich dementsprechend untereinander aus den Chats, viele hatten auch schon öfter miteinander oder besser gesagt gegeneinander gespielt. Bei allen handelte es sich um professionelle Zocker, die um große Summen spielten und hierzu die passenden Gelegenheiten suchten. Auch Eleonore war schon häufiger dabei gewesen. Die Einladung zu der Telegram-Runde funktionierte nur auf gegenseitige Empfehlung. Die Spieler machten ihrer Administratorin Jessica einen Vorschlag, und die entschied dann, ob sie eine Einladung aussprach. Alle bis auf zwei waren schon länger dabei. Für Cornelia war es sogar eine Premiere. Wahrscheinlich war sie deshalb noch so auskunftsfreudig, dachte Frederike bei sich. Sie hatte den Eindruck, dass ihr im Gegensatz zu den anderen Spielern völlig das Unrechtsbewusstsein fehlte.

Die Runden liefen immer gleich ab. Direkt beim Betreten des Raums wurde das Startgeld von Jessica in bar kassiert. Claudio hatte bis zu seinem Tod als Dealer fungiert, um sicherzustellen, dass alles fair und mit rechten Dingen zuging. Nach seinem Ableben hatte Jessica auch diesen Part übernommen. Die Veranstaltungen von Jessica hatten in der Szene einen guten Ruf. Sie galt als ehrlich, fair und sauber. Soweit man wusste, war die Reederei nicht involviert, deshalb galt an Bord höchste Geheimhaltungsstufe. Denn allen Beteiligten war klar, dass Glücksspiel an Bord verboten war.

Die heutige Pokerrunde war angekündigt, aber Jessica war nicht im Raum gewesen, als die Spieler eintrudelten. Also hatten sich die Teilnehmer kurz abgesprochen, hatten Lust zu spielen und wechselten nun mit dem Kartengeben. Das Startgeld hatte man brav eingesammelt und auf dem Stehtisch am Eingang deponiert.

»Und niemand von Ihnen hat Jessica Langhans heute Abend gesehen?« Frank wollte anscheinend ganz sichergehen und erntete Kopfschütteln und Verneinungen.

»Nun gut!« Er wollte sich erheben, doch Frederike mischte sich ein. »Ich hätte doch noch eine Frage. Wie würden Sie die Rolle von Claudio Salvini beschreiben?«

»Für meinen Geschmack hat er zu viel gequatscht, aber mit Karten konnte er umgehen.« Das kam von einem düster wirkenden Mittsechziger, der sich als Klaus Neumann vorgestellt hatte.

»Wie meinen Sie das?«

»Ich konzentriere mich gerne aufs Spiel und habe meine Ruhe. Das war bei ihm nicht möglich. Auch Jessica machte gerne Small Talk, aber bei ihr beschränkte sich das auf die Pausen zwischen den Spielen oder wenn wir hinterher noch zusammensaßen. Claudio hat eigentlich permanent erzählt, uns um unsere Meinung gebeten, Fragen gestellt.«

»Ich fand das immer nett.« Eleonore bemühte sich, für den jungen Mann Partei zu ergreifen. »Er hat sich wirklich für uns interessiert, wie wir leben, welche Sorgen wir uns machen. Und hatte auch immer spannende Themen.«

»Ja, du quatschst ja auch gerne«, mäkelte Klaus. »Du könntest genauso gut Bingo spielen. Pokern erfordert Konzentration!«

»Und weil ich mich nicht konzentriere, habe ich dir in den letzten Nächten rund sechzehntausend Euro abgenommen, was?«, pampte Eleonore zurück, um sich sofort danach die Hand erschrocken vor den Mund zu schlagen und ängstlich zu Frank herüberzuschauen.

»So viel zum Thema Spielgeld«, bemerkte Frank trocken und warf Harry einen scharfen Blick zu. Der erblasste.

»Wie auch immer«, fasste Frederike zusammen. »Hier wurden anscheinend zahlreiche Informationen gesammelt. Über Sie. Wir können es noch nicht beweisen, aber es gibt einige Hinweise darauf, dass die persönlichen Informationen, die Sie hier in der netten Runde ausgeplaudert haben, den Weg ins Darknet fanden und dort meistbietend verkauft wurden.«

Die Anwesenden reagierten schockiert, vor allem Eleonore. »Willst du damit sagen, dass dieser Betrugsversuch bei mir hier seinen Ursprung hatte und Jessica und Claudio dafür verantwortlich waren?«

Frederike schaute sie direkt an. »Ich – wir – können es noch nicht beweisen, aber ja, ich denke, mindestens einer, wenn nicht beide, haben das organisiert. Die gesammelten Informationen, das enge Zeitfenster – die Indizien sprechen dafür.«

»Wie lange weißt du das schon?«, wollte Cornelia wissen.

Frank mischte sich ein. »Von wissen kann keine Rede sein. Sagen wir, es ist ein begründeter Verdacht. Aber wir haben die Ermittlungen noch nicht abgeschlossen.«

»Ja, aber wo ist denn jetzt Jessica?«, wollte Eleonores Sitznachbarin wissen.

Frank seufzte. »Das würde uns auch sehr interessieren.« Er schaute zu Frederike. »Hast du noch Fragen?«

Sie schüttelte den Kopf.

»Okay, meine Herrschaften, dann lassen wir Sie mal weiterspielen. Aber denken Sie daran – nur mit Spielgeld!« Doch Franks erhobener Zeigefinger und sein Lächeln machten deutlich, dass es ihm herzlich egal war.

Harry musste das letzte Wort haben. »Das ist hier eine private Pokerrunde. Da darf man auch um Geld spielen! Wenn man den Gewinn versteuert«, beeilte er sich noch hinzuzusetzen, als Frank ihm einen finsteren Blick zuwarf.

Nachdem sie die Tür hinter sich geschlossen hatten, verharrten sie kurz.

»Mist!« Frederike war sauer. »Das war eine Sackgasse.«

»Nicht ganz! Immerhin können wir uns nun ziemlich sicher sein, die Quelle des Datenklaus auf der *Wilma* aufgedeckt zu haben. Und ich denke, sie ist damit auch versiegt. Die Leutchen werden sich zukünftig zweimal überlegen, wem sie ihr Herz ausschütten.«

»Auch wieder wahr. Aber ich glaube nicht, dass Leonie damit zufrieden ist. Sie wollte die Hintermänner. Und dazu brauchen wir Jessica.«

Da öffnete sich die Tür, und Eleonore trat zu ihnen. Aus dem Raum ertönte das Geräusch des Kartenmischens. »Mir ist noch etwas eingefallen, das wichtig sein könnte.«

»Nur zu!«

»Wir haben das gerade noch mal kurz besprochen. Jessica hat doch für den letzten Abend den Einsatz erhöht. Das ist tatsächlich noch nie vorgekommen und entspricht auch nicht unseren Gepflogenheiten. Wer zur

Runde kommt, weiß, was einen erwartet. Die anderen haben das bestätigt. Vielleicht hat es nichts zu bedeuten, aber ihr solltet das wissen. Und nochmals danke, dass ihr mir bei Kai-Uwe geholfen habt.«

Sie wandte sich wieder zur Tür.

Frank sah Frederike an. »Dann wollte Jessica definitiv ein letztes Mal absahnen.«

»Gut möglich. Wenn die Erhöhung des Einsatzes so unüblich ist, hat es wohl eine Bedeutung. Wahrscheinlich braucht sie noch ein wenig Kleingeld für ihre Flucht.«

»Und damit stellt sich die alles entscheidende Frage: Wo ist sie jetzt?«

Die beiden wechselten einen langen Blick.

»Vielleicht hat sie ja mitbekommen, dass Willi wach geworden ist, und hat Sorge, er könnte sie als seine Entführerin identifizieren.«

»Oder man hat ihr gesagt, dass ein Kripobeamter an Bord ist, und sie befürchtet, dass du sie verhaften willst. Oder dass ihre kleine Pokerrunde auffliegen könnte und sie ihren Job verliert.«

»Oder dass sie Claudio in die Mangel genommen und ihm das Genick gebrochen hat«, ergänzte Frank.

»Mmh, das kann ich mir bei ihr nicht vorstellen.«

Da öffnete sich langsam die Tür, die sich noch nicht hinter Eleonore geschlossen hatte, und diese schaute mit großen Augen um die Ecke. »Ist Claudio nicht die Treppe runtergestürzt?«

Die beiden schauten sie betroffen an.

»Entschuldigt bitte, ich wollte wirklich nicht lauschen. Aber das war gerade so spannend.«

Frank verdrehte die Augen, doch Frederike hatte den Eindruck, dass hinter Eleonores Einmischung ein konkreter Anlass stand, zog sie in den Flur und schloss nachdrücklich die Tür zum Bistro. Nicht, dass da noch mehr kamen, um zu lauschen.

»Ja, er wurde getötet. Warum fragst du?«

»Na ja, als du gesagt hast, du könntest dir das bei Jessica nicht vorstellen ... das mit dem Genickbruch. Also, Claudio hat ja viel geredet. Dabei hat er unter anderem erwähnt, dass Jessica auch mal bei der Security gearbeitet hat. Da hatten sich zwei am Tisch in den Haaren, Klaus und Dieter, als Jessica gerade auf der Toilette war, und da hat Claudio gemeint, dass Jessica nicht lange fackeln würde, wenn sie zurückkäme. Sie würde beide am Kragen packen und rausschmeißen. Und als Klaus das nicht glauben wollte, hat er erzählt, sie wäre Landesmeisterin im Kraftdreikampf oder so und könnte beide einhändig stemmen. Keine Ahnung, ob es stimmt, aber falls doch ...«

»Falls doch, hätte sie nicht nur Claudio mit Leichtigkeit das Genick brechen, sondern ihn auch über die Brüstung schmeißen können«, beendete Frederike den Satz. »Aber warum hätte sie das tun sollen? Waren die beiden nicht ein Paar?«

Eleonore zog die Schultern hoch. »Das dachte ich am ersten Abend, aber später war das Verhältnis zwischen den beiden angespannt. Keine Ahnung!«

Im Gegensatz zu ihr hatte Frederike eine Idee, was das Verhältnis getrübt haben könnte.

Es half alles nichts: Ohne Jessica kamen sie nicht weiter. Sie mussten sie finden.

»Gut, danke. Geh wieder rein. Wir kümmern uns«, verabschiedete sie Eleonore. Dann warf sie Frank einen düsteren Blick zu. »Los, gehen wir in meine Kabine.«

Hoffentlich war Jessica noch an Bord. Und hoffentlich war Willi gut zu Hause angekommen und schlief friedlich in seinem Bett. Und hoffentlich hatte er ein gutes Alibi, falls Jessica tatsächlich verschwunden war.

»Du kannst jetzt machen, was du willst. Ich bin zu müde.« Frank rieb sich das Gesicht. »Wir haben schon halb drei. Ich brauche dringend eine Mütze Schlaf. Wenn ich die Informationen in der Kabine richtig verstanden habe, sollen morgen früh bis neun Uhr die gepackten Koffer vor der Tür stehen für den Abtransport.«

»Du hast doch gar kein Gepäck«, wunderte sich Frederike.

»Ich nicht, aber Willi.«

Ach ja, stimmte ja. Frederike nickte. »Okay, ich gehe auch ins Bett. Wenn Jessica hier nicht aufgetaucht ist, ist sie wahrscheinlich gar nicht mehr auf dem Schiff. Meinst du, sie hat es immer noch auf Willi abgesehen?«

»Ich hoffe nicht. Ich habe aber eben, als du auf Toilette warst, die Pforte im St. Ägidius informiert. Man wird ein Auge auf seine Wohnung haben. Ihn selbst habe ich nicht wecken wollen.«

»Das beruhigt mich. Da ist das betreute Wohnen ja mal für etwas gut. Aber bist du sicher, dass er überhaupt zu Hause ist?« In Frederikes Schädel pikste die Befürchtung, dass Willi etwas mit Claudios Tod zu tun und er es nun auf Jessica abgesehen haben könnte.

Frank schaute sie erstaunt an. »Was meinst du? Hast du Willi in Verdacht?«

Frederike wand sich unter seinem Blick. »Du hast doch selbst gesagt, dass wir nichts ausschließen dürfen.«

Er zögerte, doch dann griff er zum Telefon. »Junge, Kriminalpolizei, ich bin es noch mal. Tun Sie mir einen Gefallen und gehen Sie bitte kurz in die Wohnung von Wilhelm Walther. Ich möchte sichergehen, dass er dort ist und es ihm gut geht. … Ja, ich bleibe in der Leitung!«

Es dauerte einige Minuten, bis sich die Pforte des Hillesheimer Seniorenheims wieder meldete.

»Gut, vielen Dank. Nein, es ist alles in Ordnung.«

Dann wandte Frank sich wieder Frederike zu. »Er liegt in seinem Bett und schläft. Anscheinend hat er ein Schlafmittel genommen.«

Sie seufzte erleichtert auf. »Gut, das beruhigt mich. Dann lege ich mich jetzt auch hin. Sollen wir uns morgen um neun zum Frühstück treffen?«

KOBLENZ AM MORGEN

Doch es sollte nicht bis neun Uhr dauern, bis sie sich wiedertrafen. Es war kurz nach sechs, als Frank Junge durch Stimmengewirr und Fußgetrappel auf dem Gang geweckt wurde. Er kämpfte sich aus dem Schlaf und blickte auf seine Uhr. Definitiv zu früh fürs Frühstück. Da musste etwas anderes passiert sein.

Er richtete sich auf und checkte sein Handy. Nichts. Neugierig stieg er aus dem Bett, als es an der Tür klopfte. Er blickte an sich hinunter. Nur im Slip konnte er schlecht öffnen, also rief er: »Moment«, und warf sich in T-Shirt und Jeans, bevor er die Kabinentür öffnete. Kapitän Büdenbender stand in der Tür, die Stirn sorgenvoll in Falten geworfen.

»Es tut mir leid, dass ich Sie stören muss, aber ich muss Ihnen etwas zeigen.«

Frank hob neugierig die Augenbraue, fragte aber gar nicht erst nach, sondern zog sich flott seine Schuhe an und folgte dem Kapitän in Richtung des Personalflurs. Doch statt bei einer der Kabinen zu stoppen, ging es weiter durch die Crew-Messe, direkt in den Bereich des Maschinenraums und von dort nach draußen in den vorgelagerten Bug. Hier standen zwei Mitarbeiter und starrten betroffen auf die blutüberströmte Frauenleiche, die dort mit verrenkten Gliedern lag.

»Sie können wieder an die Arbeit gehen, die Kripo übernimmt ab hier.« Büdenbender nickte seinen beiden Mitarbeitern zu, die sich daraufhin in den Maschinenraum zurückzogen. Er legte den Kopf in den Nacken. Oben an der Reling, die zu der Außentreppe führte, stand ein weiteres Crew-Mitglied. »Sie bleiben bitte dort oben und sorgen dafür, dass niemand diesen Bereich betritt.«

Frank hatte sich derweil niedergebeugt, um sich die Leiche genauer anzuschauen. »Können Sie die Frau identifizieren? Ich sehe an der Uniform, dass es jemand von Ihren Leuten ist.«

Büdenbender nickte. »Ja, es ist unsere Host, Jessica Langhans. Wir haben sie heute Morgen schon vermisst. Üblicherweise koordiniert sie die Ausschiffung und ist deshalb schon früh auf den Beinen.«

»Apropos Ausschiffung: Bitte sorgen Sie dafür, dass niemand das Schiff verlässt. Wir müssen die Reisenden befragen. Vielleicht können Sie dafür sorgen, dass sich nach und nach alle im Frühstücksraum einfinden. Ich informiere jetzt erst einmal die Kollegen.«

Der Kapitän seufzte. »Das hatte ich schon befürchtet. Eigentlich sollen wir bereits heute Nachmittag zu einer neuen Tour aufbrechen. Ich muss die Reederei informieren.« Er wandte sich ab und griff nach seinem Mobiltelefon. »Brauchen Sie noch etwas? Ansonsten wissen Sie, wo Sie mich finden.«

Frank schüttelte den Kopf. »Ich komme zurecht. Danke. Oder warten Sie, könnten Sie Ihren Mitarbeiter anweisen, dass Frau Suttner, eine der Mitreisenden, hier unten Zutritt erhält?«

»Frau Suttner?« Der Kapitän wirkte sichtlich irritiert. Man konnte ihm ansehen, dass er am liebsten nachgefragt hätte. Doch Frank ignorierte seine Neugier und nickte nur. Dann wandte er sich wieder der toten Jessica zu.

Einige Zeit später tauchte Frederike oben auf dem Sonnendeck auf und kletterte vorsichtig die Treppe hinunter. Inzwischen war es gegen sieben, und die ersten Reisenden waren schon auf den Beinen.

»Was hast du so lange gebraucht? Ich habe dich schon vor einer halben Stunde angerufen. Wenn du dir den Tatort noch anschauen willst, musst du dich sputen. Jeden Augenblick müssten die Leute von der Spurensicherung eintreffen.«

»Tut mir leid, aber morgens brauche ich erst mal meine Zeit im Badezimmer.« Frederike errötete leicht, als sie das sagte.

Frank grinste. »Verstehe!«

Doch dann setzte sich ihre Professionalität durch. Frederike ging neben der Leiche in die Hocke und musterte forschend Jessicas Oberkörper. Sie lag auf dem Rücken, in einer Blutlache, Gesicht und Hals waren blutbeschmiert und ihre langen Haare völlig verklebt.

»Zu viel Blut für einen Sturz. Ich kann es wegen der ganzen Haare nicht genau sehen, aber ich habe den Eindruck, dass man ihr die Kehle durchgeschnitten hat. Was meinst du, hat sie noch gelebt, als sie hier heruntergestürzt ist?«

Frank hockte sich neben sie. »Schwer zu sagen. Ich glaube eher nicht. Für mich sieht es so aus, als wäre sie von oben rückwärts auf die Freifläche geprallt. Aber mit der Frage soll sich der Rechtsmediziner herumplagen.«

»Ob sie schon tot war, als wir sie gestern bei der Pokerrunde vermisst haben?«

»Das Blut war bereits geronnen, als sie gefunden wurde. Sie liegt also schon mindestens zwei Stunden hier. Aber wann genau das passiert ist? Keine Ahnung! Dazu müsste man sich die Leiche genauer ansehen.«

»Können Sie mir mal sagen, was Sie da machen?«, donnerte von oben eine Stimme herunter. Ein älterer Mann um die fünfzig, dessen deutliches Übergewicht von dem Einwegoverall noch betont wurde, stand oben an der Reling und funkelte sie an, während ihm das Crew-Mitglied, von dem Frank inzwischen wusste, dass es Mehmet hieß, das Törchen zum Treppenabgang entriegelte.

Frank richtete sich auf.

»Ach, Sie sind es. Guten Morgen, Herr Junge. Nichtsdestotrotz sollten Sie wissen, dass Unbefugte keinen Zutritt zum Tatort haben.« Kurzatmig bewegte sich der Mann die Treppenstufen hinunter.

»Frederike, das ist Dr. Johnson, unser Rechtsmediziner. Herr Johnson, das ist Frederike Suttner, Kriminalkommissarin a. D. und für Ermittlungsarbeiten im Auftrag des BKA auf dem Schiff.«

»Herr Doktor Johnson, ich habe schon viel von Ihnen gehört«, sagte Frederike schmeichelnd.

Der Mediziner hob die Augenbrauen. »Ach was! Dann haben Sie sicher auch gehört, dass ich es sehr schätze, wenn man mich ungestört meine Arbeit machen lässt. Bitte entschuldigen Sie mich.«

Er schob die beiden zur Seite und beugte sich über die Leiche. »Ich könnte hier ein wenig Platz gebrauchen.«

In der Tat war der Platz hier vorne am Bug recht beengt. Frank und Frederike warfen sich einen Blick zu und bewegten sich in Richtung Maschinenraum.

»Der ist aber nicht nett!«, flüsterte Frederike Frank zu.

»Nein, ist er nicht, aber fähig!«, flüsterte Frank zurück.

»Und ungeduldig!«, ergänzte die Stimme von Johnson. »Junge, wieso ist der Tatort nicht abgesperrt? Wenn ich mir das hier ansehe, hätte ich nicht über die Treppe kommen dürfen. Der Tatort sollte sich oben auf dem Sonnendeck befinden.«

Frank fluchte leise, während Frederike ihn erstaunt musterte.

»Sorry, ich muss mich darum kümmern. Kommst du mit nach oben?«, murmelte er ihr zu.

»Selbstverständlich. Aber zuerst noch eine Frage an Herrn Dr. Johnson.« Sie verzichtete darauf, ihre Stimme zu heben. Anscheinend hatte der Mann ja gute Ohren. »Wurde der Frau die Kehle durchgeschnitten?«

»Davon ist auszugehen.«

Kurze Zeit später saßen Frank und Frederike im Raucherbereich der Crew auf dem Sonnendeck. Inzwischen war die Spurensicherung eingetroffen und hatte entsprechend Aufmerksamkeit auf dem Schiff erregt. Der Bereich war weiträumig mit Polizeiband abgesperrt und Mehmet wieder an die Arbeit geschickt worden.

Einige Passagiere hatten sich auf dem Sonnendeck eingefunden und beäugten von Weitem, was sich da tat. Bisher gab es noch keinen Protest, dass man nicht von Bord gehen durfte. Aber es war ja auch noch Frühstückszeit, und das Ausschiffen sollte erst gegen neun Uhr dreißig beginnen.

»Ich glaube, wir können davon ausgehen, dass Jessica bereits tot war, als die Pokerrunde startete. Sonst wäre sie sicher dabei gewesen und hätte abkassiert. Was hältst du davon, wenn wir uns mal in ihrer Kabine umschauen?«

Doch bevor Frank antworten konnte, mischte sich eine ruhige Männerstimme von hinten ein. »Na, Sie haben es sich hier ja nett gemacht. Das sieht so gar nicht nach Arbeit aus.«

»Aber genau das ist es. Wir denken gerade nach.« Frederike hatte sich erhoben und sich dem Herrn im zerknautschten Trenchcoat zugewandt. »Kriminalhauptkommissar Engel! Sie haben sich persönlich auf den Weg gemacht? Geben Sie es zu, Sie wollten auch immer mal eine Flusskreuzfahrt machen und sich das Schiff anschauen, stimmt's?« Sie reichte ihm die Hand.

»Die liebe Frau Suttner, der dornige Nagel in meinem Fleisch!« Doch das warmherzige Lächeln strafte seine Worte Lügen. Die beiden hatten schon einiges gemeinsam erlebt und gelernt, sich zu respektieren. Er blickte sich um.

»Sie haben recht. Es ist schon ein imposantes Schiff. Das hatte ich mir nicht so luxuriös vorgestellt. Aber jetzt interessiert mich doch mehr die Leiche. Was wissen wir schon?« Er wandte sich Frank Junge zu.

»Die Tote ist Jessica Langhans, Crew-Mitglied der *Wilma*. Sie war hier als Gastgeberin angestellt, kümmerte sich also um alle Belange der Gäste. Wir hatten sie in Verdacht, hier an Bord gemeinsam mit ihrem Kollegen Claudio Salvini Gästedaten zu beschaffen und zu verkaufen. Das tat sie im Rahmen einer illegalen Glücksspielrunde. Claudio Salvini wurde vor drei Tagen getötet und der Mord als Unfall getarnt. Wir haben Frau Langhans gestern auf frischer Tat ertappen wollen, doch sie war nicht bei der Pokerrunde dabei. Wahrscheinlich war sie da schon tot. Wahrscheinlich wurde ihr gestern im Laufe des Abends die Kehle durchgeschnitten. Johnson hat sich noch nicht festgelegt. Die Leiche wurde inzwischen abgeholt und in die Rechtsmedizin gebracht. Im Moment ist die Spurensicherung im Einsatz. Aktuell sieht es danach aus, als hätte man ihr dort an der Reling die Kehle durchgeschnitten und sie dann über die Brüstung gestürzt.«

»Da hat es anscheinend jemand ernst gemeint.«

Frederike nickte ihm zu. »Ich grübele gerade darüber nach, warum man sie nicht einfach über Bord geworfen hat. Wenn man sie nur zwei Meter weiter hier über die Reling geschickt hätte, wäre der Körper in den Sog der Schraube geraten, und Jessica Langhans wäre als Fischfutter geendet. Eine Leiche hätte man aller Wahrscheinlichkeit nach nicht gefunden.«

»Ach, woher weißt du das?« Frank ging in die angedeutete Richtung und blickte die Schiffswand hinunter. »Stimmt, hier geht es direkt ins Wasser, während man dahinten auf der Treppe zum Maschinenraum oder direkt auf der Bugplattform landet.« Er blickte sie auffordernd an.

»Ich habe mich die Tage mal mit Mascha darüber unterhalten. Mich hat es ein wenig gewundert, dass man Claudio nicht einfach über Bord geworfen, sondern sich noch die Mühe mit dem inszenierten Unfall auf der Treppe gemacht hat.«

»Und zu welchem Schluss bist du gekommen?«

»Zu keinem. Das verstehe ich immer noch nicht, denn es ist eigentlich gar nicht so schwierig, auf einem Schiff eine Leiche verschwinden zu lassen. Anscheinend wollte man, dass Claudio gefunden wurde und es nach einem Unfall aussah.« Sie zuckte mit den Schultern. »Aber wollte man auch, dass Jessica gefunden wird? Oder hat man sich in der Dunkelheit einfach vertan?«

»Vielleicht wurde sie ja auch erst zu später Stunde getötet, als das Schiff schon angelandet war. Im Eifer des Gefechts ging Jessica über die Reling, und der Mörder konnte es gerade noch so drehen, dass die Leiche nicht auf den Kai fiel. Das hätte sicherlich noch eine Menge mehr Aufmerksamkeit auf sich gezogen als das hier.«

Hauptkommissar Engel sah von einem zur anderen. »Nun gut, ich denke, wir müssen uns gedulden, bis Doktor Johnson sich zu einem etwas genaueren Todeszeitpunkt einlässt. Ich werde mich mal umsehen. Sie befragen die Zeugen? Ich habe Ihnen Verena Kleinschmidt mitgebracht. Sie kann Sie dabei unterstützen.«

Frank nickte, man konnte ihm jedoch ansehen, dass ihn die Aussicht nicht gerade begeisterte, nun rund hundertvierzig ungeduldige Reisende, die eigentlich nach Hause wollten, zu befragen.

Auch Frederike erhob sich. »Ich telefoniere jetzt erst einmal mit Leonie Jansen und bringe sie auf den neuesten Stand. Ich denke, dass sich mit Jessica Langhans' Tod das Problem des Datenklaus erledigt haben sollte. Mal sehen, wie Leonie das sieht. Danach komme ich auch in den Frühstücksraum. Vielleicht kann ich ja aus der Menge heraus das eine oder andere interessante Detail aufschnappen.«

Wie Frederike es sich schon gedacht hatte, war Leonie Jansen ähnlich zwiegespalten wie sie auch. Zwar konnte man sich nach dem Gespräch mit den Pokerspielern ziemlich sicher sein, die Quelle des Datenlecks gefunden zu haben, aber so richtig glücklich war niemand darüber. Einerseits war damit der Zugriff auf die Hintermänner versperrt, von deren Existenz Leonie fest überzeugt war. Und andererseits warfen die beiden Todesfälle nun viele weitere Fragen auf.

»Hake doch noch mal wegen der SIM-Karte nach. Da müssten doch inzwischen die Telefonlisten des Providers vorliegen. Und wir wissen auch immer noch nicht, ob nicht Adressdaten und Telefonnummern gespeichert waren. Das könnte unsere einzige Chance sein, dem Pärchen auf die Pelle zu rücken, die den Enkeltrick durchziehen wollten. Vielleicht finden wir so doch noch einige Hinweise auf die Drahtzieher.« Frederike wollte so schnell nicht aufgeben. »Hier kann ich nichts mehr tun. Sollte dir noch irgendetwas einfallen, sag Bescheid. Ansonsten breche ich gleich nach Hause auf und kümmere mich um mein Haus.«

»Ach ja, der Einbruch, du Arme. Schon deshalb sollten wir die Hintermänner schnappen. Halt die Ohren steif!«

Frederike verabschiedete sich von ihr, blieb dann aber sinnierend im Deckchair sitzen. Der Einbruch. Genau.

Kurze Zeit später saß sie mit Eleonore und Cornelia in einer Sitzgruppe in der Bar. Hierher wurden alle geschickt, die bereits mit der Kripo gesprochen hatten. Abreisen durften sie trotzdem erst, wenn alle mit der Befragung durch waren. Ein kluger Schachzug von Frank, dachte Frederike bei sich. Zwar äußerten die bereits Befragten deutlich ihren Unmut, dass sie nun noch aufgehalten wurden, aber alle fassten sich doch in Geduld, weil niemand bevorzugt behandelt wurde.

Ein Steward kam mit einem Tablett mit vollen Sektgläsern – mit und ohne Alkohol – vorbei. Eine kleine Aufmerksamkeit des Hauses wegen der entstandenen Unannehmlichkeiten. Die drei griffen zu. Dabei bemerkte Frederike, dass Cornelia mit der linken Hand zufasste. An der rechten Hand befand sich ein großes Pflaster am Zeigefinger. Frederike hatte das Pflaster gestern schon registriert, als Cornelia ihr das Schreibpapier zuschob, aber nicht weiter darauf geachtet.

»Wie ist das passiert?« Sie deutete auf Cornelias Hand.

»Das?« Cornelia streckte ihr die Hand hin. »Ach, nur ein Schnitt. Ich habe mich gestern Abend blöd an der Nagelfeile verletzt, als ich meinen Daumennagel behandelt habe. Bin abgerutscht.«

»Tut es sehr weh?«, erkundigte sich Eleonore besorgt. »Gestern hat das noch ganz schön geblutet.«

»Nein, halb so wild. Ich habe gestern nur unglücklich mein Glas gepackt, weil ich nicht mehr dran gedacht habe. Da ist die Wunde wieder aufgegangen. Jetzt ist sie aber richtig verarztet. Sagt mal, was glaubt ihr, wie lange wir hier noch bleiben müssen? So langsam möchte ich doch nach Hause.«

»Ja? Ich finde es hier ganz schön. Zu Hause hocke ich doch meist allein rum. Ich freue mich immer auf die Reisen und unsere kleinen Spielrunden.« Eleonore schaute Cornelia fragend an. »Wie hat es dir denn gefallen? Du warst ja jetzt das erste Mal dabei.«

Frederike blickte Cornelia über ihr Glas hinweg an. »Ach ja, stimmt, das hattest du erzählt. Wie bist du denn zu der Runde gestoßen?«

Doch bevor Cornelia antworten konnte, mischte sich Eleonore ein. »Durch ihre Schwester. Die habe ich schon ein paarmal getroffen. Sie hat Cornelia empfohlen.«

Eine Erinnerung schoss durch Frederikes Schädel. »Deine Schwester? Die, bei der auch eingebrochen wurde?«

Cornelias Gesicht wurde zu einer Maske. Anscheinend hatte Frederike einen wunden Punkt getroffen. »Ich muss mal zur Toilette!« Sie erhob sich und ging in Richtung Ausgang.

Frederike schaute betroffen hinter ihr her.

»Bei Teresa wurde eingebrochen? Davon hat sie gar nichts in unserer Telegram-Gruppe geschrieben. Inzwischen ist sie aber auch nicht mehr sehr aktiv.«

»Sie ist tot.« Frederike blickte immer noch hinter Cornelia her.

»Was? Wieso?«

Doch Frederike war bereits aufgestanden und Cornelia gefolgt. Dann überlegte sie es sich plötzlich und kam zurück zu Eleonore. »Sag mal, wie gut ist Cornelia eigentlich beim Poker?«

Eleonore grinste selbstgefällig. »Was glaubst du? Sie ist grottenschlecht. Was meinst du, warum ich so erpicht darauf bin, dass sie beim nächsten Mal wieder dabei ist?«

»Dachte ich es mir doch.«

Frederike eilte zu Frank in den Frühstücksraum. Er war immer noch damit beschäftigt, die Passagiere zu befragen, ob sie am Vorabend irgendetwas Relevantes wahrgenommen hatten. Verena Kleinschmidt notierte sich anschließend die Personalien. Dann konnten die Leute erst einmal gehen.

»Frank, hast du kurz Zeit?«

Frank stand auf und trat zu ihr. Von der Seitenlinie kam Gemurre von wegen Vordrängeln und so, aber die beiden ließen sich davon nicht irritieren.

»Tu mir einen Gefallen und bitte Johnson, sich mal die Blutspuren genauer anzuschauen. Es wäre möglich, dass das Blut von zwei Personen stammt, von Opfer und Mörder«, raunte Frederike ihm zu.

»Wie kommst du darauf?«

»Na ja, wenn eine relativ ungeübte Person jemandem mit einem Messer den Hals aufschlitzt, wäre es doch möglich, dass sie mit dem Messer abrutscht und sich dabei selbst verletzt.«

Er sah sie forschend an. »Aber das sagst du doch nicht ohne Grund. Was hast du gesehen?«

»An Cornelias Hand befindet sich ein Pflaster an der Wurzel des Zeigefingers. Eine solche Schnittwunde könnte entstehen, wenn man ein Messer ohne Fingerschutz verwendet. Eleonore sagte, die Wunde hätte gestern während der Pokerrunde noch geblutet. Sie muss also frisch gewesen sein.«

Frank zog Frederike nach draußen. »Lass uns kurz in deine Kabine gehen. Hier hören zu viele mit.«

Nachdem sie die Kabine betreten hatten, ließ sich Frank auf einen Sessel sinken. »Warum hast du Cornelia in Verdacht?«

Frederike zählte an den Fingern ab: »Erstens Motiv, zweitens Gelegenheit, drittens Beweis. Zum Motiv: Sie hat mir erzählt, bei ihrer Schwester sei auch eingebrochen worden und dass diese das nicht verwunden und sich umgebracht habe.«

»Himmel, ich hoffe, dir geht es gut!« Frank musterte sie besorgt. »So ein Einbruch ist doch kein Drama.«

»Jetzt schweig stille und lass mich ausreden.« Frederike war ungehalten. Glaubte er wirklich, sie würde sich wegen so einem Scheiß umbringen? Da würde sie eher das Haus verkaufen und umziehen, aber doch nicht so was!

»Zweitens Gelegenheit: Cornelias Schwester Teresa war Mitglied in der Pokerrunde und hat Cornelia für die Gruppe empfohlen. Ich nehme an, das könnte Cornelia selbst mit dem Handy ihrer toten Schwester veranlasst haben. Deshalb war sie bei dieser Tour dabei, obwohl sie laut Eleonore eine grottenschlechte Pokerspielerin ist. Ich hatte ja den Eindruck, dass sie gewonnen hätte. Das war aber nicht so.«

»Vielleicht hat man sie erst einmal ein wenig gewinnen lassen, um ihr später das letzte Hemd auszuziehen«, spekulierte Frank.

»Möglich, weiß ich aber nicht. Drittens Beweis: Wenn sie tatsächlich eine Schnittwunde an der Hand hat und es Blut von ihr an der Leiche oder am Tatort gibt, haben wir sie.«

»Dann bräuchten wir für den Vergleich eine DNA-Probe von ihr.«

»Nichts leichter als das.« Frederike zog vorsichtig Cornelias Sektglas aus der Tasche, das sie vorhin heimlich hatte verschwinden lassen. »Hier. Ich bin ziemlich sicher, dass ihr bei der Beweislage auch einen DNA-Abstrich beantragen könntet.«

Frank nahm das Glas vorsichtig in die Hand und betrachtete die Lippenspuren am Glasrand. »Lass uns das nehmen. Was man hat, hat man. Wir werden sie jetzt gleich auf jeden Fall gehen lassen müssen. Ich kann die Leute hier nicht ewig festhalten, und die Spurensicherung und der DNA-Abgleich brauchen ihre Zeit. Falls du mit deiner Theorie recht hast und sich überhaupt Spuren von ihr finden lassen.«

»Was hältst du davon, wenn ich noch mal mit ihr rede? Vielleicht bekomme ich von Frau zu Frau ein Geständnis aus ihr heraus.«

Frank zuckte mit den Schultern. »Versuch dein Glück. Aber sei vorsichtig. Wenn sie wirklich Jessica die Kehle durchgeschnitten hat, ist mit ihr nicht zu spaßen.«

»So nahe lasse ich sie nicht an mich heran.«

Einige Minuten später klopfte Frederike an Cornelias Kabinentür und drückte dann die Klinke herunter. Wenn sie Glück hatte, hatte ihre Reisegefährtin das Zimmer noch nicht geräumt. Im ersten Moment dachte sie, das Zimmer wäre leer, doch dann entdeckte sie Cornelia, die mit dem Rücken zur Tür auf dem Sessel saß und das gegenüberliegende Ufer betrachtete. Sie wandte sich nicht um.

Frederike trat zu ihr und setzte sich in den zweiten Sessel. Cornelias Gesicht war tränennass.

»Das mit deiner Schwester tut mir leid. Wie war sie?« Frederike nestelte ein Papiertaschentuch aus ihrer Tasche und drückte es Cornelia in die Hand.

Diese griff danach und wischte sich die Augen, dann putzte sie sich die Nase.

»Teresa war meine kleine Schwester. Sie war fünf Jahre jünger als ich, deshalb musste ich immer auf sie aufpassen. Ich habe mit ihr gespielt wie andere Mädchen mit ihren Puppen. Sie war ein richtiger Sonnenschein, immer fröhlich und gut gelaunt. Ich war eher die Stille, sagte meine Mutter, während Teresa stets voller Lachen war.«

Ein Schluchzen entrang sich ihrer Kehle, und sie presste sich das Taschentuch auf den Mund.

»Du hast sie sehr geliebt, nicht wahr?«

Cornelia nickte schluchzend.

Frederike schob ihren Sessel zu ihr herüber und nahm sie in den Arm. Sie verzichtete auf tröstende Kommentare und ließ Cornelia einfach weinen. Es gab Momente, wo Worte versagten.

Nach einer Weile richtete sich Cornelia wieder auf. »Hast du vielleicht noch ein Taschentuch? Das ist schon durch.«

Frederike lächelte sie an. »Eine ganze Packung, wenn es sein muss. Hier!«

Erneut schnaubte Cornelia sich die Nase. »Danke. Das hat gutgetan.«

»Wie lange ist es her?«

»Letztes Jahr im Herbst. Sie hat sich vor einen Zug gelegt.«

Frederike legte ihr tröstend die Hand auf den Arm. »Das war sicher furchtbar für dich.«

»Furchtbar war, wie sie sich nach dem Einbruch verändert hat. Sie war immer ein fröhlicher Mensch gewesen, doch nach dem Einbruch bekam sie Panikattacken. Sie fühlte sich in ihrem Zuhause unsicher, zuckte bei jedem Geräusch zusammen. Und es war ein altes Haus mit vielen Geräuschen! Ich habe sie gefragt, ob sie nicht für eine Weile zu mir ziehen wollte, aber sie wollte mir nicht zur Last fallen.«

»War sie in Therapie?«

»Nein, sie hat so schnell keinen Platz bekommen. Der Arzt hatte ihr Beruhigungsmittel verschrieben, doch entweder nahm sie sie nicht oder sie wirkten nicht. Irgendwann kam der Punkt, wo man sie kaum noch erreichen konnte. Sie stand morgens nicht mehr auf, war den ganzen Tag müde und hatte überhaupt keine Motivation mehr. Ich habe dann mit ihrem Hausarzt telefoniert, und er hat nach einem Hausbesuch ein Antidepressivum verschrieben.«

»Gut, wenigstens etwas.«

»Nein, nicht gut. Sie hat sich dadurch ein wenig aufgerafft und sogar überlegt, ob sie nicht doch zu mir ziehen soll, doch stattdessen ist sie eines Nachts aus dem Haus gegangen und hat sich auf die Gleise gelegt.«

»Oh mein Gott!« Frederike nahm Cornelias Hände in ihre. »Ich kann mir gar nicht ausmalen, wie es dir ergangen ist.«

»Ich war so wütend! Wütend auf den Arzt, wütend auf unser Gesundheitssystem, wütend auf den Einbrecher, ja sogar wütend auf sie, weil sie sich einfach so davongemacht hat.«

»Hast du dir wenigstens Hilfe geholt?«

Cornelia nickte. »Ich bin in einer Trauergruppe für Angehörige von Selbstmördern. Das hat ein wenig geholfen, dass ich mich wieder aufgerafft habe. Aber die Wut ist noch da.«

Frederike betrachtete sie und sagte vorsichtig: »Wut ist eine starke Emotion. Sie kann Energie liefern.«

Cornelia erwiderte ihren Blick. »Ja. Ich habe mir ein Ziel gesucht!«

»Willst du darüber reden?«

»Nein!«

Die Verbindung, die eben noch zwischen den beiden Frauen geherrscht hatte, brach ab. Für Frederike war es, als fiele ein Vorhang. Sie lehnte sich in ihren Sessel zurück. Viel Zeit blieb ihr nicht, wenn sie Cornelia ein Geständnis abringen wollte. Es war erstaunlich, wie sich die Frau im Laufe der Reise verändert hatte. Von der materialistisch eingestellten Klischee-Düsseldorferin mit blondiertem Haar und Markenklamotten war nicht mehr viel übrig geblieben. Die Frau ihr gegenüber wirkte unnahbar und düster. Frederike wurde nicht ganz schlau aus ihr. Sie beschloss, die Brechstange hervorzuholen. Vielleicht hatte sie Glück, und Cornelia wollte sich die Sache von der Seele reden. Immerhin hatte sie die Polizei gestern bei der Pokerrunde durch ihre Offenheit unterstützt.

»Darf ich dir mal eine Geschichte erzählen? Es ist einfach nur eine Geschichte, sonst nichts.«

»Wozu?« Cornelia blickte starr aus dem Fenster. Es war deutlich, dass sie jetzt am liebsten allein wäre.

»Nur so. Vielleicht kommt dir ja das eine oder andere bekannt vor. Es ist eine Geschichte von Trauer und Wut, von Rache und Vergeltung.«

Cornelia schwieg, und so begann Frederike einfach.

»Eine Frau, nennen wir sie einfach Helene, macht eine kleine Urlaubsreise auf einem Schiff, ein Schiff so wie dieses hier. Sie trifft sich mit Freunden, gemeinsam spielt man Gesellschaftsspiele, und es ist eine schöne und entspannte Zeit. Man quatscht miteinander, erzählt sich Privates und schenkt sich gegenseitig Vertrauen. Irgendwann ist die Reise zu Ende, und Helene fährt nach Hause in ihre hübsche Wohnung. Doch kurz danach, sie ist gerade wieder ein paar Tage auf Reisen, wird bei ihr eingebrochen, werden Wertsachen entwendet und ihr Zuhause verwüstet. Die Wohnung, die immer ihre persönliche Zuflucht war. Sie fühlt sich unsicher und ängstlich. Das, was früher ein Rückzugsort war, birgt nun schreckliche Erinnerungen. Erinnerungen, denen sie nicht ausweichen kann und an denen sie letztendlich zerbricht. Ihre Freunde und Verwandten beobachten diesen Verfall, doch sie können nichts tun. Sie fühlen sich hilflos. Vielleicht ärgern sie sich auch über Helene. Warum nimmt sie das so schwer? Sie könnte doch einfach umziehen? Außerdem sind es doch nur materielle Dinge, denn ihr ist nichts passiert. Sie ist gesund. Helene spürt vielleicht das Unverständnis, versucht gegenzusteuern und geht zum Arzt. Der verordnet Medikamente, doch in dem Moment, wo die Medikamente wirken, ist die Müdigkeit zwar weg, aber der Lebenswille dennoch nicht zurückgekehrt. Helene begeht Selbstmord.«

In Cornelias Gesicht zuckte es. Frederike beobachtete sie scharf, dann fuhr sie fort.

»Die Geschichte geht noch weiter, denn Helene hat eine Schwester. Eine große Schwester, die immer auf ihre kleine Schwester aufgepasst hat und sich nun Vorwürfe macht, das Drama nicht verhindert zu haben. Die Polizei hat bisher keine Verdächtigen finden können, und ihr, der Schwester, ist ganz übel bei dem Gedanken, dass die Verursacher des ganzen Elends möglicherweise ungeschoren davonkommen. Sie begibt sich auf die Spuren ihrer Schwester, nimmt sich das Handy und die Social-Media-Accounts vor, findet sogar ein Tagebuch. Und liest dort, dass Helene sich darüber wundert, dass die Einbrecher etwas gefunden haben, von dem sie fest geglaubt hat, dass es niemand jemals finden würde. Doch Helene hatte in einer schwachen Minute darüber gesprochen. Und so stößt die große Schwester auf eine Spur. Die Spur führt auf das Urlaubsschiff und zu einer Gruppe von Menschen, die Bescheid wussten über das Versteck. Helene hatte sich nicht vorstellen können, dass man ihr Vertrauen so missbraucht haben könnte, doch die große Schwester hatte da mehr Fantasie. Sie beschloss, dieser Spur zu folgen, sich der Gruppe anzuschließen und zu beobachten.«

Inzwischen hatte Frederike Cornelias ungeteilte Aufmerksamkeit.

»Die große Schwester begibt sich also auch auf das Schiff, trifft die Gruppe, und wieder wird gequatscht und getratscht. Um nicht selbst zur Zielscheibe zu werden, hat sie sich ein Opfer unter den Mitreisenden ausgesucht. Sie möchte beweisen, dass man aufgrund der Informationen, die auf dem Schiff ausgetauscht werden, Einbruchsopfer ausspäht. Und tatsächlich wird sogar noch während der Reise bei der betroffenen Person eingebrochen. Das ist für die Schwester der Beweis! Hier sitzen die Verantwortlichen für den Tod ihrer Schwester. Doch ist sie nicht auf Gerechtigkeit aus, sondern auf Rache.«

»Weißt du, das mit dem Einbruch bei dir hat mir wirklich leidgetan«, unterbrach Cornelia Frederike. »So schnell hatte ich damit nicht gerechnet. Wäre das erst später passiert, hätte ich vielleicht tatsächlich die Polizei eingeschaltet. In den ersten beiden Tagen an Bord habe ich immer wieder mit Jessica und Claudio zusammengesessen und beobachtet, wie sie ungeniert die alten Leute aushorchten – es hat mich rasend gemacht.«

Frederike stockte der Atem. War das ein Geständnis? Jetzt musste sie sehr vorsichtig sein. Cornelia war eine ernst zu nehmende Gegnerin.

»Es muss eine Erleichterung gewesen, als Claudio die Treppe hinunterstürzte.«

»Ja, in der Tat, das war es. Ich dachte, der liebe Gott hat dafür gesorgt, dass er bekommt, was er verdient. Doch anscheinend hatte da jemand anders seine Hände im Spiel.«

»Warst du es?«

Cornelia schnaubte auf. »Nein. Zu dem Zeitpunkt war ich mir noch nicht sicher, wie tief er in der Sache mit drinsteckt. Du hast mir erst später von dem Einbruch bei dir erzählt.«

Frederike dachte nach. Ja, das stimmte. Sie hatte den Einbruch erst einmal verschwiegen.

»Ich denke, Jessica hat ihn umgebracht. Sie war ein eiskaltes Biest. Irgendetwas ist zwischen den beiden passiert. Am ersten Abend waren sie noch ein Herz und eine Seele, doch bereits in der zweiten Nacht hat sie ihn abserviert.«

»Inwiefern?«

»Claudio hatte gerade Karten gegeben, als bei Jessica das Telefon klingelte. Sie hat das Gespräch draußen angenommen. Kurz danach kam sie zurück. Ihr Gesicht war kalkweiß, und ich glaube, sie war stocksauer. Sie hat einfach gesagt, er solle die Karten hinlegen, sie würde jetzt übernehmen und er solle verschwinden.«

»Und das hat er einfach so gemacht?«

Cornelia nickte. »Es war ganz klar, wer von den beiden das Sagen hatte. Er war nur ein kleines Licht. Aber er hatte ein sagenhaftes Talent, die Leute zum Reden zu bringen. Wahrscheinlich lernt man das als Barkeeper. Die haben ihm einfach alles erzählt.«

»Selbst, wo ich meine vermeintlichen Wertsachen gebunkert habe. Dir ist doch klar, dass du mich denen damit zum Fraß vorgeworfen hast, oder?« Frederike war wütend. Auf Cornelia, aber auch auf sich selbst. Letztendlich hatte sie sich selbst in die Situation gebracht: durch ihre Bereitschaft, auf dem Schiff als Lockvogel zu fungieren, und durch ihre Anstrengungen, als reiche, alleinstehende Frau die Aufmerksamkeit der Täter zu erregen. Es hatte zu gut geklappt, irgendwie war ihr die ganze Situation entglitten. Damit habe ich mich selbst zum Opfer gemacht und die Kontrolle verloren, dachte sie verärgert. Das hätte nicht passieren dürfen.

So in Gedanken versunken, bekam sie gar nicht mit, dass Cornelia neben sich griff und ein Messer aus ihrer Tasche zog.

»Es tut mir leid, aber ich befürchte, du bist mit deiner kleinen Geschichte ein wenig zu nahe an der Wahrheit.« Sie hielt das Messer in der verletzten Hand.

Frederike betrachtete die Klinge. »Ein Ausbeinmesser. Wie ungewöhnlich. Und ganz ohne Fingerschutz. Kein Wunder, dass du dich verletzt hast.«

»Hast du keine Angst?« Cornelia betrachtete sie argwöhnisch.

»Nein, nicht wirklich.« Das war gelogen, denn selbst wenn Frederike sich zutraute, einen tödlichen Angriff abzuwehren, würde das nicht ohne schwere Schnittverletzungen an den Armen und Händen abgehen.

»Ich glaube nicht, dass du eine Mörderin bist. Du wolltest deine Schwester rächen. Und das hast du getan. Aber warum solltest du mich töten wollen? Ich bin auch nur ein Opfer. Wie deine Schwester.«

»Mag sein.« Cornelia betrachtete versonnen das Messer.

»Wie hat es sich für dich angefühlt, deine Rache? Bist du jetzt zufrieden?« Frederike versuchte, das Gespräch in Gang zu halten. Vielleicht machte sich ja Frank auf die Suche nach ihr.

»Ich hatte es mir anders vorgestellt. Ich dachte, ich wäre froh, wenn sie tot ist. Oder erleichtert.« Cornelia wirkte auf einmal müde und erschöpft. Wie ein Schatten der dynamischen und resoluten Frau, die Frederike kennengelernt hatte. »Aber ich fühle mich nur leer.«

»Ja, Rache wird über- und Vergebung unterschätzt. Außerdem kannst du deinen Schuldgefühlen damit nicht entgehen.«

Cornelia hob den Kopf und blickte ihrem Gegenüber mit zusammengekniffenen Augen ins Gesicht. Frederike merkte, dass sie sich da gerade auf sehr dünnes Eis begeben hatte.

Sie bemühte sich zurückzurudern. »Na ja, ich kann mir vorstellen, dass du dich als ältere Schwester verantwortlich gefühlt hast. Dass du Teresa gerne geholfen hättest. Aber es war nicht deine Schuld.«

Cornelia standen nun Tränen in den Augen, sie ließ das Messer sinken.

Frederike fuhr ermutigt fort: »Rache ist oft nur ein Mittel, um unserer vermeintlichen Unzulänglichkeit zu begegnen. Und dann ist man frustriert, wenn man sich nach vollzogener Tat immer noch unzulänglich fühlt. Aber du bist nicht unzulänglich.«

Anscheinend waren das die falschen Worte gewesen, denn Cornelia hob nun erneut das Messer. »Du quatschst zu viel. Und du hast keine Ahnung. Ich höre mir das nicht länger an.«

In dem Moment klopfte es an der Tür, und zeitgleich wurde die Tür mit einer Schlüsselkarte geöffnet.

Eine junge Frau vom Housekeeping betrat das Zimmer. »Es tut mir leid, aber Sie müssen die Kabine jetzt räum...« In dem Moment sah sie das Messer in Cornelias Hand und brach mitten im Wort ab. Ihre Augen öffneten sich weit, sie schrie laut auf und wich zurück in den Gang.

Frederike nutzte die Ablenkung und schlug Cornelia das Messer aus der Hand. Es landete auf dem Teppich, von wo aus sie es unter das Bett trat. »Los, rufen Sie die Polizei her. Die sind im Frühstücksraum.«

Cornelia hatte sich inzwischen von ihrem Schreck erholt und sprang Frederike mit ausgestreckten Fingernägeln an. Frederike nahm den Kampf auf und hoffte nur, dass sich die junge Frau beeilte.

Kurze Zeit später saß sie in der Lobby und ließ sich von einem Mitarbeiter der *Wilma* die Kratzer desinfizieren, die sie auf Armen und unglücklicherweise auch auf der linken Wange davongetragen hatte. Sie tröstete sich mit dem Gedanken, dass sich Cornelia mindestens ein blaues Auge und eine Prellung an der Schläfe eingehandelt hatte.

Inzwischen hatte Frank die Mörderin offiziell verhaftet. Der Wagen, der ihn hätte abholen sollen, wurde nun gebraucht, um Cornelia aufs Polizeirevier zu bringen. Die Spurensicherung würde das Messer sichern und sich auch noch in der Kabine umsehen. Frank saß bei Frederike, wartete nur noch ab, bis sie verpflastert war, um sich dann detailliert das Gespräch und den Angriff schildern zu lassen.

Nachdem Frederike geendet hatte, schüttelte er nur müde den Kopf.

»Du lieber Gott. Ich dachte, du wolltest ihr nur ein wenig auf den Zahn fühlen. Ist dir eigentlich klar, wie sehr du sie provoziert hast?«

Frederike biss sich auf die Lippen. »In dem Moment fehlte mir echt die professionelle Distanz. Ihretwegen wurde bei mir eingebrochen, ihretwegen überlege ich gerade, ob ich mein Haus verlassen soll. Ich kann ihre Wut verstehen, weil ich selbst gerade ausgesprochen wütend bin. Auch auf mich, denn ich hatte sie so weit. Aber dann musste ich natürlich noch mal mein Maul aufreißen!«

»Du hast Glück gehabt, dass in dem Moment das Zimmermädchen reinkam. Wir haben inzwischen die Passagiere entlassen, und Kapitän Büdenbender möchte möglichst schnell klar Schiff machen, damit die nächste Gruppe an Bord kommen kann. Ihr wart die Letzten, die noch auf dem Schiff waren. Ich war gerade auf dem Weg zu euch, als ich den Schrei hörte.«

Frank war schnell zur Stelle gewesen. Er hatte Cornelia zurückgerissen und ihr die Arme auf den Rücken gedreht. Die Gelegenheit hatte Frederike genutzt, ihrer Widersacherin ein blaues Auge zu verpassen.

»Es tut mir leid, dass ich zugeschlagen habe.«

Frank winkte ab. »Das war im Affekt. Mach dir keinen Kopf. Bei dem Kratzer in deinem Gesicht läuft das unter Notwehr.«

Frederike war sich darüber im Klaren, dass Frank sie gerettet hatte. In dem engen Raum zwischen Bett und Fenster und mit den Sesseln dazwischen hatte ihr ihre Nahkampftechnik nicht geholfen. Sie war nur froh, dass es ihr gelungen war, das Messer aus Cornelias Reichweite zu entfernen, sonst wäre die Sache für sie übel ausgegangen.

Mascha kam vorbei und brachte ihnen eine Tasse Kaffee. »Hier, zur Stärkung, mit schönen Grüßen vom Kapitän. Er lässt fragen, ob die Räumlichkeiten alle wieder freigegeben sind.«

»Sagen Sie ihm, dass die Kabine von Cornelia Messner noch gesperrt ist. Da brauchen wir vielleicht noch eine Stunde. Sobald die Spurensicherung durch ist, sagen die Bescheid.« Frank blickte Frederike an. »Hast du deine Kabine schon geräumt?«

Frederike nickte. »Ja, den Koffer hatte ich heute Morgen schon vor die Tür gestellt. Jetzt kann ich es kaum erwarten, wieder nach Hause zu kommen. Obwohl mir davor graut, wie es bei mir im Haus jetzt aussieht.«

»Mach dir nicht allzu viele Sorgen. Angela und Grete haben ein kleines Wunder vollbracht.«

Gemeinsam machten sie sich auf den Weg.

WIEDER ZU HAUSE

Der Kratzer war zwar immer noch zu sehen, aber inzwischen doch schon verblasst. Frederike betrachtete sich im Spiegel ihres Badezimmers, fuhr sich mit den Fingern durch die Haare und lächelte sich aufmunternd an. Jetzt würde sie erst einmal Frühstück machen.

Sie war nun seit zwei Tagen wieder zurück in ihrem Zuhause. Inzwischen sprach Hannelore, ihr schwarzer Kater, wieder mit ihr, nachdem er sie am ersten Tag beleidigt ignoriert hatte. Anscheinend hatte er den Einbruch alles in allem gut überstanden.

Angela hatte sie bei ihrer Heimkehr schon erwartet, und auch Grete kam kurz darauf vorbei. Beide hatten sich unglaublich viel Arbeit gemacht, das Haus wieder in einen guten Zustand zu bringen. Alles war aufgeräumt, die Nahrungsmittel in der Küche ersetzt und die Vorratsdosen wieder gefüllt worden. Im Schlafzimmer roch es nach frisch gewaschener Wäsche. Tatsächlich hatte Angela in allen Räumen Räucherstäbchen abgebrannt, und ein leichter Duft nach Lavendel durchzog das ganze Haus.

Als sie gemeinsam bei einem Eierlikör im Garten zusammensaßen, hatte Frederike gegrinst. »So sauber war das Haus seit meinem Einzug nicht mehr. Vielleicht sollte ich den Einbrechern dankbar sein.«

»Du vielleicht, wir aber sicher nicht«, hatte Grete gemurrt, »ich habe sogar deine Schränke ausgewaschen.«

»Und ich deine komplette Wäsche gebügelt«, hatte Angela ergänzt, und Frederike war aufgestanden, um beide noch einmal zu umarmen. »Danke auch fürs Ausräuchern!«

Heute Nachmittag sollte der Schreiner kommen und die Schlösser an der Vorder- und der Hintertür tauschen. Danach, so hofften alle, würde Frederike sich in ihrem Haus wieder sicher fühlen. Hauptkommissar Engel hatte sogar angeboten, jemand vom Einbruchsdezernat zu bitten, das Haus auf Schwachstellen zu analysieren. Doch Frederike wollte keinen Bunker, keine Videoüberwachung und keinen stillen Alarm. Sie wollte ihr Vertrauen wieder zurückhaben, die Sicherheit, einfach alle Türen auflassen zu können, ohne dass jemand in ihr Heim eindrang. Landleben halt! Dafür brauchte sie wahrscheinlich etwas Zeit und eine Menge Gartenarbeit. Neue Schlösser waren okay, aber der Rest musste von allein wiederkommen.

Sie war erleichtert, dass nicht aller Schmuck verloren war. Die Stücke, die sie gerne trug, hatte sie mit auf die Reise genommen, um ihre Wohlhabenheit zur Schau zu stellen. Darüber war sie nun froh. Die anderen Schmuckstücke würde sie nicht vermissen. Goldmünzen oder sonstige Wertsachen besaß sie nicht, und das technische Gerät ließ sich leicht ersetzen. Um den Richter-Druck tat es ihr leid, doch Angela hatte die weiße Stelle auf der

Wand mit einer selbst geschossenen Landschaftsaufnahme ersetzt, die Frederike gut gefiel. Und ansonsten hatte sie Glück gehabt. Hannelore war nichts passiert, ihr war nichts passiert, ihren Lieben war nichts passiert, und ihr Haus stand auch noch. Also Glück im Unglück. Ihr Optimismus ließ sie so leicht nicht im Stich.

Morgen erwartete sie Leonie Jansen. Sie würden noch einmal gemeinsam den ganzen Fall durchgehen. Inzwischen gab es einige neue Erkenntnisse bezüglich der SIM-Karten-Auswertung, aber Leonie hatte am Telefon nicht mehr verraten.

Nach dem Frühstück machte Frederike sich auf nach Hillesheim. Sie hatte noch keine Gelegenheit gehabt, sich mit Willi auszutauschen. Er war sicher neugierig, wie die ganze Sache ausgegangen war. Anscheinend hatte er seine Entführung so weit gut überstanden, war aber noch ein wenig angeschlagen, hatte Frank ihr erzählt.

Er öffnete ihr selbst die Tür, und obwohl Frederike froh war, ihn auf den Beinen zu sehen, erschrak sie doch über sein graues Gesicht.

»Na, mein Lieber, geht es dir gut?«, begrüßte sie ihn mit einem aufgesetzten Lächeln, doch der Blick, den er ihr zuwarf, zeigte ihr, dass er ihr Erschrecken durchaus wahrgenommen hatte.

»Es geht mir weniger schlecht, als ich aussehe. Komm rein.« Er drehte sich um und ging auf seinen Stock gestützt zurück zu seinem Sessel, auf dem er es sich anscheinend gemütlich gemacht hatte.

Frederike schloss die Tür und folgte ihm.

»Entschuldige meine fehlende Gastfreundschaft, aber könntest du dir selbst einen Tee oder Kaffee machen? Mir geht es zwar wirklich schon wieder ganz gut, aber ich war heute früh noch mal beim Arzt zur Nachuntersuchung und bin doch jetzt ziemlich fertig.«

»Kein Problem. Willst du auch was?«

»Gerne einen Tee!«

Nach einer Weile saßen sich beide gegenüber, die dampfenden Tassen standen neben ihnen. Willi musterte Frederike und betrachtete eingehend den Kratzer im Gesicht.

»Du bist anscheinend auch nicht völlig unfallfrei aus der Sache herausgekommen. Was ist passiert?«

»Was hast du schon von Frank gehört?«

»Nur das Nötigste. Die Mörderin wurde verhaftet. Zu mehr war noch keine Zeit, und ihm war außerdem klar, dass du die Geschichte gerne selbst erzählen willst.«

Frederike lächelte. »Ja, das stimmt. Deshalb bin ich hier.«

Detailliert erzählte sie ihm, was sie in den letzten Tagen auf dem Schiff erlebt hatte, von ihren Exkursionen unterstützt durch den IT-Leiter Manfred Schmitz, von ihren Erlebnissen bei der Pokerrunde gemeinsam mit Frank, ihren Gesprächen mit Eleonore und Cornelia und wie sich so nach und nach das ganze Bild aus den vielen Puzzlesteinchen zusammengesetzt hatte.

»Wir wissen inzwischen, dass Cornelia – ganz ähnlich wie Leonie – Verdacht geschöpft hatte, dass man alte Leute auf dem Schiff aushorchte, um ungestört die unterschiedlichsten Betrugsmaschen zu planen. Zuerst hat sie nur beobachtet, aber als Eleonore dann mit diesem

Enkeltrick abgezockt werden sollte, direkt nachdem sie abends von ihrem geliebten Kai-Uwe erzählt hatte, fühlte sie sich in ihrem Verdacht bestätigt. Um nicht selbst in die Schusslinie zu geraten, hat sie mich dann als Köder benutzt. Sie war es, die bei uns am Mittagstisch das Gespräch auf Wertsachen gebracht und dann geschickt in Richtung Verstecke gelenkt hat. Und ich bin drauf reingefallen, weil ich froh war, dass das Thema aufkam. Und als Claudio und Jessica dann abends beim Pokern über den Einbruch bei Claudios Tante sprachen und das Thema auf Wohnumstände und Sicherheitsaspekte kam, hat sie die Informationen einfach ein wenig ausgeschmückt, sodass man nicht widerstehen konnte, die gute Gelegenheit bei mir auszunutzen, wo ich doch gerade so herrlich auf dem Schiff festsaß und niemandem in die Quere kommen konnte. Sobald Cornelia von dem Einbruch bei mir gehört hatte, war das für sie der Beweis. Jessica und Claudio waren die Schuldigen.«

»Hut ab. An Cornelia ist eine echte Ermittlerin verloren gegangen. Schade, dass es für sie so übel endet.«

»Nun, sie versucht jetzt, ihre Situation zu verbessern, indem sie redet. Sie hat zu Frank gesagt, schlimmer als im Altersheim könnte es im Knast auch nicht sein, aber deutlich billiger. Anscheinend hat sie sich mit ihrer Lage erst einmal abgefunden.«

»Merkwürdig, dass viele Menschen ein so schlechtes Bild von Altersheimen haben, nicht wahr? Wir wissen es besser. Aber ich glaube tatsächlich, dass sie den Aufenthalt hinter Gittern jetzt auch für ihr eigenes Seelenheil braucht. Cornelia ist kein schlechter Mensch, sondern nur durch ihre Verzweiflung über den Freitod ihrer

Schwester in dieses Fahrwasser gelangt. Ich denke, wenn sie ihre Strafe abgesessen hat, landet sie wieder auf den Füßen.«

Frederike nickte. »Ja, den Eindruck habe ich auch. Obwohl – bei allem Verständnis für ihre Aktion mit Jessica –, mich hätte sie wirklich außen vor lassen können.«

»Na ja, dann solltest du die Menschen nicht mit Küchenpsychologie bis aufs Blut reizen.« Willi grinste.

»Ja, aber ich habe doch recht gehabt, oder?«, wollte Frederike aufgebracht wissen.

»Wahrscheinlich. Aber die hohe Kunst der Psychologie liegt darin zu wissen, wann man besser den Mund hält. Und das war so ein Moment!«

»Du hast ja recht. Ich dachte, ich hätte sie am Wickel, und war so erleichtert, endlich begriffen zu haben, was da abgegangen ist – da habe ich sie unterschätzt.«

»Ich glaube, wir beide haben die Gefahren unterschätzt, in die wir uns begeben haben.« Willis Stimme klang bitter. Redete er jetzt von seiner Entführung?

»Wir wissen noch nicht alles. Frank vermutet, dass Jessica hinter Claudios ›Unfall‹ steckt und die Ermittlungen mit ihrem Tod nun eingestellt werden. Aber ich verstehe immer noch nicht, warum sie das gemacht haben soll.«

Willi betrachtete sie forschend. »Gib es zu, du hattest mich in Verdacht, stimmt's?«

Frederike hob die Schultern. »Verdacht ist zu viel gesagt, aber du warst auf jeden Fall involviert. Ich habe angenommen, dass sie eifersüchtig war, ihn deshalb getötet und dich entführt hat. Ich hatte mich irgendwann mal mit dem Personal auf dem Schiff unterhalten. Wusstest du, dass man eine Leiche während der Fahrt nur seitlich über die Reling schmeißen muss, und sie wird von den Schrauben angesaugt und in kleine Stücke geschreddert? Wahrscheinlich wollte sie Fischfutter aus dir machen und hat nur auf eine passende Gelegenheit gewartet.«

Willi erschauderte. Er war anscheinend noch knapper davongekommen als gedacht.

»Ich kann mir bei ihr kein anderes Motiv als Eifersucht vorstellen«, fuhr Frederike fort.

»Na ja, vielleicht war sie es nicht. Konkrete Beweise gibt es anscheinend keine. Aber ich will ehrlich mit dir sein: Ich hatte Angst, dass man mich mit dem Tod von Claudio in Verbindung bringen könnte. Und dabei ging es nicht nur darum, meine Privatsphäre zu wahren.«

Frederike konnte es nicht lassen. »Dir ist schon klar, dass Frank über deine Homosexualität Bescheid weiß, genau wie der Rest deiner Familie?«

Willi wurde blass, und seine Stimme klang leblos. »Du hast es ihm gesagt. Wie konntest du nur?«

»Nichts habe ich ihm gesagt. Er hat es mir gesagt.« Frederike hatte ihre Stimme gehoben, so sehr hatte sie Willis Vorwurf verletzt. »Begreife es doch endlich: Es ist uns egal. Frank weiß es schon ewig, und er hat sich gewundert, dass ich es nicht gemerkt habe.«

Sie stand auf, ging zu ihrem Freund, beugte sich über ihn und nahm ihn in den Arm. »Wir lieben dich, und wir respektieren deine Privatsphäre. Das tun wir alle. Du kannst entscheiden, wie du dein Leben lebst, und wir akzeptieren alles, was du tust.«

Sie spürte, dass Willis Schultern zuckten. Ihre Worte hatten ihn offensichtlich aufgewühlt. Es dauerte eine Weile, bis er sich wieder beruhigt hatte und nach einem Taschentuch tastete. Sie griff in ihre Rocktasche und reichte ihm eine Packung mit Papiertaschentüchern. »Claudios Tod tut mir leid. Du scheinst ihn gemocht zu haben.«

Willi schnaubte auf. »Gemocht? Ja, zuerst schon. Das hat sich allerdings schlagartig zerschlagen, als er mit seiner kleinen Erpressung startete, dieses miese Arschloch. Er hatte mitbekommen, dass ich nicht geoutet bin und dies auch nicht vorhabe. Als ich ihn um Diskretion bat, nannte er mir seinen Preis. Und er ließ wenig Zweifel daran, dass sein Schweigen Geld kostet.«

Frederike stockte der Atem. Himmel, wenn sie das vorher gewusst hätte! Dann hätte sie wahrscheinlich kaum noch Zweifel an Willis Täterschaft gehabt.

»Deshalb war ich an dem Tag so fertig. Mir ging es nicht nur um meine Privatsphäre, sondern auch darum, nicht in Verdacht zu geraten. Bei einem solchen Motiv? Da hätte man doch kaum noch woanders gesucht.«

»Du unterschätzt uns da, denke ich.«

Willi grinste sie schief an. »Du hattest mich doch schon in Verdacht, weil du meintest, ich könnte auf Jessica eifersüchtig gewesen sein. Nein, nein, meine Liebe, mir kannst du nichts vormachen. Ich stand ziemlich weit oben auf deiner Liste der Verdächtigen und hatte wenig Lust, mir dort den Spitzenplatz zu sichern. Deshalb war ich ganz froh über den Einbruch bei dir. So warst du mir aus dem Weg!«

Frederike erwiderte sein Grinsen. »Aber du siehst ja, wie weit du ohne mich gekommen bist: gekidnappt, gefesselt, total ausgetrocknet und halb tot. Wo wärst du jetzt ohne mich?«

Willi hielt ihr die Hand hin. »Danke! Ich weiß das wirklich zu schätzen. Und ich bin froh, dass ich mich nicht mehr verstecken muss. Vor dir nicht und auch nicht vor Frank.«

»Ach, du Idiot, das brauchtest du nie!« Frederike schlug ein.

Auf dem Rückweg fuhr Frederike am Golfplatz vorbei und hielt dort in den Feldern kurz an. Das Gespräch mit Willi hatte sie aufgewühlt. Die Erinnerungen, wie er da gelegen hatte, mehr tot als lebendig, war wieder hochgekommen, und die Angst um ihren Freund hatte ihr erneut den Atem stocken lassen. Sie hatte den Eindruck, sie sollte einfach ein paar Schritte durch die Natur gehen und die warmen Sonnenstrahlen auf der Haut genießen. Am Feldrand stand vereinzelt Klatschmohn. Die roten Farbtupfer erfreuten Frederikes Herz. Es war merkwürdig. Wenn sie sich selbst in Gefahr brachte, machte ihr das kaum etwas aus und raubte ihr auch nicht den Schlaf, aber die Sorge um ihre Lieben konnte sie wirklich fertigmachen. Aber vielleicht war das der Preis, den man für Freundschaft und Liebe zahlen musste. Denn Angst hat nur derjenige, der etwas zu verlieren hat. Sie stieg wieder in ihren Mini und fuhr nach Hause.

Am nächsten Tag kam Leonie Jansen vorbei und brachte Max seinen Helm und die Brille zurück. Anschließend setzten Frederike und sie sich in den Garten, und Leonie ließ sich die Details berichten.

»Alles in allem waren wir erfolgreich. Das Pärchen Jessica und Claudio wurde aus dem Verkehr gezogen, zwar nicht von uns und nicht in einer Art und Weise, die ich begrüßen kann, aber ich denke, die Reisenden auf der *Wilma* sind zukünftig vor Nachstellungen und Datenklau sicher«, resümierte Frederike zum Ende. »Willi geht es so weit gut, und er kommt wieder auf die Beine. Mein Kratzer ist auch schon fast verheilt, und Cornelia Messner sitzt hinter Schloss und Riegel. Um sie tut es mir leid. Ich halte Selbstjustiz grundsätzlich für eine schlechte Idee, aber in gewisser Weise kann ich ihr Vorgehen nachvollziehen.«

Frederike dachte zurück an die Zeit, als ein Mörder ihre Nichte bedroht hatte und ihr auf legalem Weg die Hände gebunden waren. Sie hatte das Glück gehabt, nicht erwischt zu werden, aber damals hätte sie ohne Zögern den Preis für ihr Handeln bezahlt. Und sie nahm an, Cornelia war es genauso gegangen. Trotzdem hoffte sie, dass Cornelia einen milden Richter fand.

»Du hattest am Telefon ja noch nach der SIM-Karte gefragt, nicht wahr?« Leonie holte ihr Handy aus dem Rucksack und scrollte durch ihre Notizen.

»Die hat uns ein ganzes Stück weitergebracht. Inzwischen haben wir die Einzelverbindungsnachweise für die letzten drei Monate bekommen. Länger war das Handy nicht in Betrieb. Ich habe die Daten inzwischen mal überflogen. Was interessant ist: Eine der angerufenen Nummern war das Mobiltelefon von Claudio Salvini. Ihm galt der letzte Anruf, bevor die Karte entfernt wurde. Wir können also getrost davon ausgehen, dass er mit dem Täter unter einer Decke steckte.«

»Claudio? Ich hätte eher auf Jessica getippt.« Frederike zupfte mit ihren Zehen Gras aus, während sie nachdachte. »Jessica hat den falschen Polizeibeamten an Bord begleitet und zu Eleonore gebracht.«

»Na ja, das war wahrscheinlich ihre Aufgabe, oder? Besucher an Bord zu begleiten, meine ich.«

»Ja, wahrscheinlich. So genau kenne ich das Stellenprofil jetzt auch nicht. Aber das könnte bedeuten, dass Claudio hinter dem Enkeltrick steckte. Vielleicht war Jessica noch nicht mal informiert. Das wäre natürlich ein guter Grund, weshalb sie so sauer auf ihn war.«

»Ja, wir denken immer noch über ihr Motiv nach, Claudio zu töten. Das macht mir noch ein wenig Bauchschmerzen.«

Frederike dachte an Claudios Versuch, Willi zu erpressen, doch sie schob den Gedanken beiseite. Diese Information wollte sie erst einmal für sich behalten.

»Hat euch denn die Rufnummernliste zu den Hintermännern geführt von dieser ganzen Datenklaugeschichte?«

»Nein, bisher nicht. Aber wir sind durch die Rufnummern auf das Pärchen gestoßen, das Frank am Kai beobachtet hatte. Die beiden wurden inzwischen vernommen. Und tatsächlich haben beide häufiger mit Claudio zusammengearbeitet, haben wohl auch eine gemeinsame Vergangenheit. Claudio heißt übrigens auch nicht Claudio Salvini, sondern Giovanni Tranconi. Über ihn gibt es eine Akte: Trickbetrug, Einbrüche, Erpressung, Körperverletzung, Nötigung – das ganze Programm. Eine Weile hat er als Loverboy gearbeitet und junge Frauen zur Prostitution verführt. Danach war er zwei Jahre im Bau. Kurz nach seiner Entlassung ist er untergetaucht und als Claudio Salvini wiederauferstanden. Die beiden am Kai waren bereits in den Jahren vor dem Gefängnisaufenthalt bei einigen Raubzügen seine Komplizen.

Frederike schüttelte resigniert den Kopf. »Was für eine Karriere! Dabei war er wirklich ein ganz ausgezeichneter Barkeeper, ein Künstler mit den Flaschen und zudem ein sehr angenehmer Gesprächspartner. Der hätte mit Leichtigkeit sein Geld auch auf ehrliche Weise verdienen können. So Leute werden doch heutzutage mit Kusshand gesucht.«

»Nun, vielleicht war das ja sogar sein Bestreben, als er bei der *Wilma* anheuerte, aber hier ist er mit Jessica zusammengetroffen, und die beiden müssen sich dann entschlossen haben, ihre Talente zu bündeln. Jessicas kleine Pokerrunden liefen schon seit einer Weile. Sie hat sich am Anfang auf das Preisgeld beschränkt und nach und nach angefangen, Daten zu sammeln und zu verkaufen. Das haben wir anhand unserer Gespräche mit dem Telegram-Kreis und durch die Ermittlungen im Darknet herausgefunden. Sie war dabei ziemlich diskret. Selbst die Mitglieder der Pokerrunde hatten keinerlei Verdacht, dass es nicht nur um Poker ging, obwohl es in ihrem Umfeld eine Häufung von Einbrüchen gab. Man hielt das wohl für eine Folge der vielen zugereisten Migranten und Asylsuchenden.«

Leonie schnitt eine Grimasse. »Wie dämlich ist das eigentlich? Blauäugig und vertrauensselig, wenn es um die eigenen Landsleute geht, aber wehe, es kommen Menschen mit Wurzeln in Afrika oder dem Nahen Osten ins Spiel. Da herrscht Misstrauen pur.«

Frederike legte den Kopf in den Nacken und schloss die Augen. »Vertrauen ist eine Oase im Herzen, die von der Karawane des Denkens nie erreicht wird.«

»Das hast du schön gesagt. Ist das von dir?«

Sie prustete. »Definitiv nicht. Von Khalil Gibran. Ich habe mich durch diesen vermaledeiten Einbruch bei mir mit dem Thema Vertrauen beschäftigt. Das ist mir nämlich gerade ziemlich verloren gegangen. Vertrauen in die Welt. Und immer, wenn ich nachts Geräusche höre und anfange zu grübeln, wer da womöglich irgendetwas stehlen will oder wie ich Einbrecher davon abhalten kann und wieso überhaupt Menschen bei anderen Menschen einbrechen und einfach etwas stehlen, wofür andere Menschen lange gearbeitet haben und woran ihr Herz hängt, nur um ein paar Euro zu machen, dann, ja, dann rufe ich mir diesen Satz in den Sinn, schicke meine Karawane des Denkens in die Wüste, begebe mich in die Oase meines Herzens, drehe mich herum und schlafe einfach weiter.«

»Liebe Güte, hast du es mal mit Autogenem Training versucht?«

Frederike zuckte mit den Achseln. »Wozu? Funktioniert doch. Aber davon mal ganz abgesehen: Angst ist heutzutage ein Geschäftsmodell. Halte die Leute in Angst, und sie fressen dir aus der Hand. So ist doch auch Jessica Langhans vorgegangen – eine heimliche Telegram-Gruppe, Teilnahme nur mit Einladung, strengste Diskretion. Das alles vermittelt Sicherheit gegen vermeintlich böse Kräfte von außen, die einem das kleine Spielglück nicht gönnen und womöglich sogar noch Steuern eintreiben wollen. Kein Wunder, dass die ihr alle aus der Hand gefressen haben. Für Misstrauen war da kein Platz.«

Leonie nickte nachdenklich. »Das kann schon sein. Dann hätte Claudio die kleine Pokeridylle mit seiner

Aktion in Gefahr gebracht. Durch den Enkeltrick bei Eleonore Heilmann hat er den Betrug in die Gruppe und aufs Schiff geholt.«

»Genau. Die Einbrüche waren ganz anders gelagert. Die fanden zwar möglicherweise noch während der Reise statt, aber doch so, dass sie erst später bemerkt und nicht direkt mit den Akteuren der Schiffsreise in Verbindung gebracht wurden.« Frederike dachte nach. Wenn sie nicht schon misstrauisch gewesen wäre, hätte sie dann eine Verbindung hergestellt zu den netten Reisenden auf dem Schiff oder der zuvorkommenden Crew? Eher nicht. Normalerweise bemerkten die Reisenden die Einbrüche beim Heimkommen und hatten dann erst einmal anderes im Sinn. Und wer dann noch zeitgleich seine Urlaubsimpressionen auf Facebook gepostet hatte, bekam direkt zu hören, dass man sich bei einem solchen Leichtsinn über einen Einbruch nicht zu wundern brauchte.

Leonie unterbrach ihren Gedankengang. »Die waren übrigens vorsichtiger, als wir zuerst angenommen haben. In der Regel hat man sich an Stammgästen vergriffen, die öfter auf den Schiffen unterwegs waren. Häufig tauschte man sich in der Telegram-Gruppe über weitere Reise- und Turnierpläne aus, sodass Jessica recht gut darüber informiert war, wo es einerseits was zu holen und es andererseits freie Bahn gab. Dadurch konnte sie relativ lange dieses Geschäft aufrechterhalten. Wir gehen inzwischen davon aus, dass sie gar nicht an den Einbrüchen oder den Betrügereien beteiligt war, sondern dass ihre Haupteinnahmequelle lediglich der Verkauf der Informationen an einen uns nicht bekannten Abnehmer war. Dazu kamen die Einnahmen durch die Pokerrunde als nettes Zubrot. Die Datensätze wurden ausgesprochen hoch gehandelt, und die Beschaffung war für sie völlig risikofrei. Selbst wenn der Handel aufgeflogen wäre, hätte sie kaum etwas zu befürchten gehabt. Vielleicht eine Geldstrafe für Datenhehlerei, mehr wahrscheinlich nicht. Die Informationen hat sie ja noch nicht einmal widerrechtlich erlangt, sondern sie wurden ihr freiwillig gegeben. Ein findiger Strafverteidiger hätte sie da schon rausgehauen.«

»Na, möglicherweise steckt Claudio beziehungsweise Giovanni …«

»Lass uns ruhig bei Claudio bleiben!«, unterbrach sie Leonie.

»… steckt Claudio hinter dem Einbruch«, fuhr Frederike ungerührt fort. »Cornelia hat erzählt, dass er während der Pokerrunde das Gespräch auf Einbrüche gebracht hat. Mir kam das gleich ziemlich plump vor. Und dann in mein Haus einzusteigen, obwohl ich für die Täter ein unbeschriebenes Blatt war und man ja nicht allzu viel über meine Lebensumstände wusste.«

»Dann müsste ihr Claudio von dem geplanten Einbruch erzählt haben. Den Enkeltrick bei Eleonore hat sie auf jeden Fall mitbekommen. Das wäre ein mögliches Motiv. Aber wahrscheinlich werden wir es nie genau erfahren. Wir untersuchen noch weiterhin die Spuren, haben inzwischen auch die Handys und das ganze Umfeld von Claudio und Jessica im Blick. Mal sehen, was sich noch ergibt. Aber ich glaube, im Großen und Ganzen ist der Fall ziemlich klar, und die Freundin meines Vaters kann wieder ohne ein schlechtes Gefühl in der Magengrube auf große Fahrt gehen.«

Leonie erhob sich und griff nach ihrem Helm, den sie dieses Mal vorsichtshalber auf einem Stuhl geparkt hatte. »Macht euch noch einen schönen Abend, ihr zwei.« Sie streichelte Hannelore übers sonnengewärmte Fell, was der sich gerne gefallen ließ.

Frederike war aufgestanden. »Ich bringe dich noch nach draußen.« Gemeinsam gingen sie in Richtung Gartentörchen.

EPILOG

Inzwischen war der Herbst eingekehrt, die ersten Blätter hatten sich verfärbt, und Frederike war damit beschäftigt, Verblühtes abzuschneiden und einige Heckensträucher zurückzustutzen, die inzwischen den Eingang zum Garten zuwucherten, als sie von der Straße Motorradlärm hörte. Sollte das Max mit seinem Gespann sein? Er war die Tage viel unterwegs und besuchte Oldtimertreffen. Doch das Geräusch knatterte weniger laut als die alte BMW. Da kam auch schon Leonie um die Ecke, ein großes flaches Paket in der Hand.

»Ich sehe mit Freuden, dass deine Eingangstür sperrangelweit offen steht. Anscheinend hat sich das Vertrauen wieder eingestellt und die Karawane ist weitergezogen?«

»Welche Karawane?« Frederike stand kurzzeitig auf dem Schlauch, doch dann erhellte sich ihr Gesicht. »Ach so, das Gibran-Zitat. Ja, die Karawane lugt zwar manchmal noch um die Ecke, aber sie hat sich deutlich verkleinert, keine großen Kamele mehr, nur noch ein paar kleine Lamas, und auch die werden weniger.«

»Das freut mich für dich. Und hier habe ich etwas, das dir hoffentlich auch eine Freude machen wird.«

Leonie schob ihr das Paket hin.

»Was ist das?« Frederike legte die Heckenschere beiseite und zog sich die Gartenhandschuhe aus. Sie begann zu strahlen. »Ist das …?«

Leonie nickte fröhlich. »Wir konnten ihn sicherstellen, und er gilt inzwischen nicht mehr als Beweismaterial.«

Frederike fackelte nicht lange und riss das Packpapier auf. Zum Vorschein kam der Bilderrahmen mit dem limitierten und handsignierten Druck von Gerhard Richter.

»Wie schön, dass ihr ihn wiedergefunden habt. Los, setz dich, ich hole uns einen Kaffee, und dann erzählst du mir alles.«

»Weißt du was? Ich komme lieber mit rein. Hier draußen ist es deutlich frischer als bei uns in Wiesbaden, und ich bin von der Motorradtour ziemlich durchgefroren. Kaffee hört sich gut an.«

Einige Minuten später saßen sie gemütlich in Frederikes Küche am alten Küchentisch, jede mit einer großen Steinguttasse vor sich.

»Seit deinem letzten Besuch sind fast drei Monate vergangen. Habt ihr noch etwas rausfinden können? Wie seid ihr an den Richter gelangt?«

»Eins nach dem anderen! Fangen wir mit dem Richter an. Wir haben ihn in einem Lagerraum sichergestellt, den Tranconi – oder bleiben wir der Einfachheit halber bei Salvini – angemietet hatte. Bei der Durchsuchung seiner Wohnung stießen wir auf die Unterlagen zum Lagerraum. Er hatte hier einige Möbel untergestellt. Von deinem Schmuck haben wir leider nichts finden können. Den haben seine Helfershelfer direkt zum Hehler gebracht. Das Pärchen vom Kai hat den Einbruch bei dir gestanden. Es sollte die letzte Aktion mit Claudio sein. Eigentlich wollten sie schon nach dem Enkeltrick aussteigen, aber der Einbruch war bereits fest vereinbart und erschien den beiden risikolos. Sie haben den Schmuck behalten und Salvini die restliche Beute in den Lagerraum gepackt. Damit ist jetzt definitiv klar, dass Claudio Salvini hinter dem Einbruch bei dir steckt und nicht Jessica Langhans.«

Frederike schlug mit der Faust auf den Tisch. »Ich hatte die ganze Zeit den Eindruck, dass wir etwas übersehen. Wie dämlich!«

Leonie schaute sie überrascht an. »Was meinst du?«

»Na ja, für uns war immer klar, dass Claudio und Jessica Komplizen waren, die gemeinsam agierten. Aber es war Claudios erstes Jahr auf der *Wilma*. Er konnte somit nicht der Datenhehler sein. Wahrscheinlich hat er Jessica auf dem Schiff kennengelernt, mit ihr angebandelt, und sie ist auf ihn hereingefallen. Der Typ hat immerhin früher als Loverboy gearbeitet! Und dann nutzte er ihre Kontakte und ihre Idee, um seine eigenen Geschäfte abzuwickeln. Und hat damit das ganze Geschäftsmodell in Gefahr gebracht.«

Leonie nickte. »Ja, nach Aussagen seiner Komplizen steckte er hinter dem Enkeltrick bei Eleonore und dem Einbruch bei dir. Er hat also die gesammelten Informationen direkt für seine eigenen Zwecke verwendet. Für Jessica waren die Informationen damit verloren. Er hat sie nach Strich und Faden betrogen.«

Frederike rollte mit den Augen. »Wahrscheinlich werdet ihr noch herausfinden, dass Jessica völlig unschuldig und nur ein Opfer der Umstände ist.«

Leonie lehnte sich entspannt zurück. »Nein, ist sie nicht. Wir können ihr den Mord an Claudio nachweisen.«

»Echt? Wie das denn?«

»Wir haben uns auch ihre Chatverläufe angeschaut. Es gab da mehrere Telegram-Gruppen. Ein Chat war besonders aufschlussreich. Anscheinend hat jemand beobachtet, wie dieser falsche Kommissar in Zell an der Mosel an Bord ging, das anschließende Telefonat der jungen Frau mitbekommen und gesehen, wie sie die SIM-Karte wegwarf. Besonders interessant fand er allerdings, dass jemand sich die Mühe machte, die SIM-Karte zu suchen und einzustecken.«

»Frank!«

»Genau. Wir wissen nicht so genau, was der Typ am Anleger wollte, aber Frank erinnert sich vage an einen Motorradfahrer, den er zuerst für den Trickbetrüger gehalten hat. Leider kann er keine brauchbare Beschreibung abgeben, und mehr als den Chat haben wir nicht. Die Rufnummer führt ins Leere – ein Prepaidhandy.«

»Vielleicht ein Kontaktmann oder sogar der Auftraggeber«, vermutete Frederike. »Zu schade, dass wir keine weiteren Spuren haben. Damit bleiben die Abnehmer, die ja eigentlich hinter den ganzen Betrügereien und Einbrüchen bei den Passagieren stecken, mal wieder außen vor. Aber so hat Jessica mitbekommen, dass irgendetwas läuft und man Claudio auf den Fersen ist«, überlegte Frederike laut, während sie aufstand, um

Milch aus dem Kühlschrank zu holen. »Willst du auch etwas essen?«

Leonie schüttelte den Kopf. »Später vielleicht. Der Typ auf dem Motorrad hatte auf jeden Fall das Sagen. Der Chatverlauf mit Jessica war alles andere als freundlich, und sie wurde unmissverständlich aufgefordert, die Sache in Ordnung zu bringen und die Spuren zu verwischen.«

»Und das hat sie dann getan.« Frederike nickte nachdenklich. »Sie hätte Claudio zwar einfach über Bord werfen können, aber sein Verschwinden hätte wahrscheinlich sehr viel mehr Aufmerksamkeit erregt als der kleine Unfall auf der Treppe. Nur zu blöd, dass wir beide bereits in Verdacht hatten und der Rechtsmediziner genauer hinschaute.«

»Ja, spätestens als sie Willi bei der Durchsuchung von Claudios Kabine erwischte, wurde ihr klar, das Problem besteht noch. Sie reagierte anscheinend eher intuitiv als geplant. Doch wohin mit dem Eindringling? Wahrscheinlich hat sie auf eine Gelegenheit gewartet, Willi über Bord gehen zu lassen. Doch hattest du dich inzwischen nach ihm erkundigt, die nächste Pokerrunde war terminiert, später gab es ein Kommen und Gehen in den Fluren. Sie hat anscheinend den richtigen Zeitpunkt verpasst.«

Frederike seufzte tief. Da hatte Willi richtig Glück gehabt.

»Natürlich war ihr spätestens, als Willi von Bord gebracht wurde, klar, dass sie ihre Zelte abbrechen musste. Allerdings war sie sich auch sicher, dass Willi sie nicht als Angreiferin identifizieren konnte. Darauf hatte sie geachtet. Also beschwichtigte sie ihren Auftraggeber und beschloss, den Job zu Ende zu führen. Sie war entschlossen, bei der Pokerrunde ein letztes Mal mit den erhöhten Einsätzen richtig abzusahnen. Danach wollte sie abtauchen, doch da kam ihr Cornelia dazwischen.«

Frederike runzelte die Stirn. »Wie hat Cornelia das eigentlich geschafft? Immerhin ist Jessica ein Kraftpaket. Das hätte auch ganz anders ausgehen können.«

Leonie grinste breit. »Wusstest du, dass Cornelia Messner einen Meisterbrief als Metzgerin hat und in Düsseldorf eine gut florierende Metzgerei mit drei Filialen betreibt? Sie hat früher noch Hausschlachtungen durchgeführt.«

»Ach, daher das Ausbeinmesser? Ich hatte mich schon gewundert. Das hat man ja nun nicht in jedem Haushalt vorrätig.«

Leonie nickte. »Und das wird ihr auch das Genick brechen. Sie hat das Messer mit an Bord gebracht. Damit können wir ihr einen Tatvorsatz nachweisen. Auf jeden Fall kann sie mit dem Messer umgehen und weiß auch, wie man den Kehlschnitt ansetzen muss. Jessica war anscheinend völlig arglos. Cornelia hat ihr eine Frage zur nächsten Pokerrunde gestellt und dann mit dem Messer ausgeholt, als Jessica sich gerade abwandte. Jessica hatte keine Chance. Sie wollte wohl noch ausweichen und ist dabei rückwärts über die Reling gestürzt. Durch ihre Drehung hat sich das Messer am Knochen verkantet, sodass Cornelias Hand abgerutscht ist. So kam die Schnittverletzung zustande.«

»Was für eine Geschichte! Eine richtige Räuberpistole. Aber davon abgesehen, der Aufenthalt auf dem Schiff hat Freude gemacht und das Essen war super. Ich habe tatsächlich zwei Kilo zugenommen in der knappen Woche.«

Leonie stand auf und schob ihren Stuhl nach hinten.

»Dann wiederhole es einfach. Schnapp dir Willi und zieht das Ganze noch mal durch, aber diesmal als Urlaub. Ich würde es euch gönnen.«

»Mal sehen!«

Als Leonie sich schon längst auf die Heimfahrt gemacht hatte, saß Frederike immer noch am Tisch und schaute aus dem Fenster, doch ihre Augen nahmen die Umgebung gar nicht wahr. Sie war froh, dass sie endlich, endlich sicher sein konnte: Willi war kein Mörder. Sie spürte tiefe Erleichterung. Ihre Oase im Herzen quoll über, und sie schickte die Karawane des Zweifels endgültig in die Wüste.

DANKE

Wie schön! Wieder ist ein Abenteuer zu Ende gegangen, und alle sind froh und munter zu Hause angekommen. Dieses Mal hat es mich mit meinen Recherchen auf ein Flusskreuzfahrtschiff verschlagen, zwar nicht auf die Mosel, aber auf den Rhein. Mein Mann Claus und ich genossen drei wunderbare Schnuppertage. Was für eine Freude! Das kann ich wirklich jedem nur empfehlen.

Vielen Dank an den Gästebetreuer Aram Pietz, der mir die vielfältigen Möglichkeiten zu Mord und Totschlag aufzeigte und mich auf zahlreiche Leichenverstecke, die ein Schiff wie die *MS Anesha* bietet, hinwies. Und mir den einen oder anderen Zahn zog! Tod im Fitnessraum? Das geht gar nicht!

Hotelmanager Martin Spotak informierte mich über die Abläufe auf solch einem Schiff und die Unterbringung der Crew. Und hatte auch noch einige Leichenverstecke in petto. Beide haben wesentlich dazu beigetragen, das Mordgeschehen rund um Frederike spannend und realistisch zu beschreiben. Natürlich habe ich mir trotzdem die eine oder andere schriftstellerische Freiheit erlaubt.

Auch Dr. Manfred Rittich war wieder mit an Bord der Geschichte und begleitete fachlich den Notfalleinsatz bei Willi. Sollte jetzt doch noch etwas falsch sein, liegt es an mir. Er hat sich alle Mühe der Welt gegeben. Danke dir, Manfred!

Natürlich gab es auch wieder einige Testleser und Testleserinnen, die mir mit hilfreichen Anregungen und Fragen auf die Sprünge halfen und auch Kritik nicht scheuten. Danke an Birgit Brett, Rita Vollmer und Alexander Haßel für eure Unterstützung.

Zwei »Neuleserinnen« gaben mir die Sicherheit, dass *Vertrau mir nicht* auch für diejenigen Leserinnen und Leser verständlich und nachvollziehbar ist, die die früheren Fälle von Frederike Suttner (noch) nicht kennen. Vielen Dank an Sophie Lütz und Wilma Pick. (Dass das Schiff nun auch Wilma heißt, ist wirklich reiner Zufall!)

Mein Dank gilt auch dem KBV-Verlag, meinem Verleger und Autorenkollegen Ralf Kramp für einen spannenden Titel und ein sehr atmosphärisches Cover, meiner Lektorin Nicola Härms, die akribisch alle Schwachstellen aufdeckt und Fehler ausmerzt. Sie hat wesentlichen Anteil daran, dass das, was ich im Kopf habe, auch wirklich stilsicher im Manuskript landet. Danke auch an Sabine Hockertz, Ira Schneider und Thea Greif vom KBV-Verlag für all eure Hilfe und Unterstützung, die schon etwas ganz Besonderes ist.

Habe ich jemanden vergessen? Hoffentlich nicht. Falls doch, war es keine böse Absicht, und ich hole das gerne bei einer anderen Gelegenheit nach.

Jetzt wünsche ich mir, dass Sie, die das hier lesen, ebenso viel Freude bei der Lektüre des Krimis hatten wie ich beim Schreiben. Danke, dass Sie Frederike auf ihrer Reise begleitet haben.

Freuen Sie sich auf die Fortsetzung!!!
Andrea Revers

KBV KRIMINALROMAN

Ralf Lano

EIN ECHO AUS STÄHLERNER ZEIT

Taschenbuch, 392 Seiten
ISBN 978-3-95441-663-9
15,00 EURO

Der erste Fall für den Eifeler Dorfschmied

1946 – Die Kriegsheimkehrer finden in der rauen Abgeschiedenheit der Eifelhügel traumatisierte Menschen und beschädigte Dörfer vor. Einer von ihnen ist Karl Bermes, der Schmied des Örtchens Disselbach in der Nähe von Bitburg.

Er ist noch nicht lange aus der Gefangenschaft zurückgekehrt, als sein bester Freund Werner bei der Detonation einer Mine am Rande des Dorfes getötet wird. Karl ist sehr schnell klar, dass es sich nicht um einen Unfall handelt, sondern um einen gezielten Anschlag.

Unweit der Unglücksstelle wurde mitten im Wald ein ehemaliges Lager des Arbeitsdienstes von der französischen Besatzung zum Flüchtlingslager umfunktioniert, das eine Menge undurchsichtiger Fremder ins Dorf bringt. Karl beginnt nachzuforschen. Eine der Neuankömmlinge ist Pauline, die Tochter des Lagervorstehers, die für Karl in jeder Hinsicht wichtiger wird, als er sich das hätte vorstellen können.

Nach und nach offenbart sich ein schreckliches Geheimnis, und Karl gerät in einen Strudel gefährlicher Ereignisse.

Eine hochspannende Nachkriegsgeschichte –
der fulminante Auftakt zu einer neuen Romanreihe